나팔꽃

나팔꽃

초판 1쇄 발행 · 2019년 11월 27일

지은이 · 강병철
펴낸이 · 황규관

펴낸곳 · 도서출판 삶창
출판등록 · 2010년 11월 30일 제2010-000168호
주소 · 04149 서울시 마포구 대흥로 84-6, 302호
전화 · 02-848-3097
팩스 · 02-848-3094

종이 · 대현지류
인쇄제책 · 스크린그래픽

ⓒ 강병철, 2019
ISBN 978-89-6655-116-3 03810

＊ 이 책은 충남문화재단의 기금을 받아 발행하였습니다.
＊ 이 책 내용의 전부 또는 일부를 재사용하려면 반드시 지은이와
   삶창 양측의 동의를 받아야 합니다.
＊ 책값은 뒤표지에 표시되어 있습니다.

나 팔 꽃

강병철 소설집

삶창

차
례

나
팔
꽃

조선임전보국단

　일본 제국주의의 도발적 진주만 기습 사태 직후이니 바야흐로 제2차 세계대전이 지구 전체로 확산되던 즈음이다. 그것은 항공모함 전투를 주도하던 야마모토 이소로쿠 연합함대 사령관의 오만이었다. 그랬다. 패착이었다. 기습 공격 한 방에 그때까지 관망 중이던 미국을 세계대전에 끌어들인 게 결정적 오판이었다. 그리고 그 고래 싸움의 틈새에서 땅바닥 지렁이처럼 허덕이던 식민지 백성들의 벼랑 끝 시국이 있었다. 일제의 독기가 바락바락 승해질수록 민초들은 총 맞아 죽고 매 맞아 죽고 병들어 죽고 굶주려 죽었다. 그 식민의 막바지였다. 백마강 중류에 자리 잡은 소도시 용주고등보통학교 젊은 학도들 역시 당연히 전쟁의 그물을 피할 수 없었다. 솔직히 말하면, 학도라는 신분만으로도 소위 '있는 집안의 출신들'인지라 그 시국 식민의 백성들만큼 주리고 가난하지는 않았지만 가슴이 바싹바싹 타들어가는 건 매한가지였다. 결국 폭압에 억눌린 분노를 터뜨리지 못한 채 찢겨진 산하처럼 심장의 화기를 다독다독 누르는 수밖에 없었고.

그 난세의 유월 오후 교실이 배경이다. 지금은 살모사 나베시마 (38세, 역사) 훈장의 '황국신민을 위한 시(詩)'를 판서중이다. 고요하다. 내리찍는 필체가 그의 눈매 닮은 예각처럼 서슬이 싸늘하니 학도들 모두 납덩이처럼 무거운 침묵으로 견디는 중이다. 맞서면 죽음이므로 무조건 쓰고 외워야 한다.

'문장의 세뇌 강도'가 갈수록 집요하고 지독해졌다. '어머니의 힘'이나 '여성도 전사다'를 낭송할 때는 그냥 머리를 비운 채 그의 목소리를 듣는 시늉만으로도 시간을 흘릴 수 있었는데 이번 주 「지원병에게」부터 돌연 암송으로 지침이 바뀐 것이다. 대드는 기미를 보였다간 졸업장도 날아가겠지만 당장 떨어지는 치도곤을 견딜 수 없었다. 당연히 그의 학습 세뇌 작업에 톱니바퀴 빨려 돌아가듯 달달 외우는 시늉에 빠질 수밖에 없다. 노천명, 서정주, 주요한, 김동명을 거쳤고 오늘은 모윤숙의 시이다. 우선 '대동아 조선임전보국단에서 맹활약 중인 여류 시인이며 『삼천리』에 실렸던 전선 돌격대 독려 작품'이라는 부연 설명부터 했다. 그리고 칠판 중앙에 획획 휘갈기니,

> 눈은 하늘을 쏘고 그 가슴은 탄환을 물리쳐
> 대동양의 큰 이상 두 팔 안에 품고
> 달리어 큰 숨 뿜는 정의의 용사

특히 둘째 줄 '대동양의 큰 이상 두 팔 안에 품고'에서 눈빛을 찡 그린 채 분필 도막을 딱 정지시켰다. 그 침묵도 끔찍한데 셋째 줄 '정의의 용사' 문장에서는 방점을 눌러 찍을 때마다 으깨진 분필 조각이 마루바닥에 뚝뚝 떨어졌다. 그리고 칠판을 쾅쾅 두들기며 교탁 아래를 '휙' 노려보는 것이다. 숨소리가 정지된다. '황국신민 선서'의 암송 순서대로 교무수첩에 체크된 학도들을 따로 모아 저물녘까지 외우지 못할 경우 선착순 오리걸음으로 운동장 뺑뺑이를 경고한다. 우물쭈물하면 당장 작대기가 날아온다. 오싹 끼치는 소름을 간신히 다독인다.

일본 동급생들은 달랐다. 그들의 조국에 대한 찬사이므로 선동 문장조차 거침없는 리듬으로 촬촬 외울 수가 있는 것이다. 그러나 조선 학도들은 착잡한 심정조차 전혀 드러낼 수 없으니 톱니바퀴 하나 들어갈 공간이 없다. 하여, '대일본제국이 조선을 보호해야 아세아가 번영한다'라는 암송 숙제를 통과하려면 목구멍에 가시 넘어가듯 찌익찍 걸릴 수밖에 없다. 그러니까 일본인과 조선인의 암송 감성은 태생부터 다를 수밖에 없다. 그의 까마귀 눈초리에도 그 차별성에 대한 노골적인 표출이 드러나는 이유이다. 그러거나 말거나 나베시마는,

"보라. 이렇게 암송 속도 차이가 현격하니 그게 어쩔 수 없는 조

상의 지능 차이이다. 조선인은 주삿바늘이나 전화기 하나 스스로 제작할 능력이 없다는 게 여기서도 증명되지 않나? 전차나 대포는 엄두도 낼 수 없다."

학도들 모두 그 치욕의 문장을 달달 외워 무뇌아처럼 그물망 코스를 통과하라는 하는 것이다. 어차피 피할 방법이 없으므로 손톱 발톱 죄다 감춰야 한다. 대동아 제국 건설의 지원병 문장이나 닦고 조이고 기름 쳐야 한다. 광풍을 피하는 방법이라곤 조선 반도를 벗어나 만주 독립학교에 가는 길밖에 없으나 그 결단 또한 삶과 목숨을 거는 행보이다.

그 대신 술을 마시며 울울함을 풀어내었다. 하굣길 벌판 어디쯤에서 끼리끼리 자조의 깡소주를 비우며 끓어오르는 심장박동을 지근지근 누를 수밖에 없는 것이다. 마지막 남은 열네 명의 빡빡머리 학도가 오리 꽥꽥 걸음으로 운동장을 박박 긴 다음 심장의 부글부글을 다독다독 누르는 판인데 마침 동급생 아라기(17세, 176센티)의 언행이 인내의 한계를 실험한 것이다. 키다리 체격과 매끈한 귀족 피부의 하이칼라 외모인데 세모진 주걱턱 하관의 가느다란 관상이 간교해 보이는 게 치명적 약점인 사내이다. 그가 하필,

"조선인은 태생이 게으르다."

나베시마의 닳고 닳은 훈시에 그렇지 않아도 숨이 막힐 노릇인데 그 늘어진 테이프를 재생시키면서 신경을 자극하는 것이다. 다른 일본인 동급생들은 '막다른 골목에 생쥐 몰아붙이기'식의 민족

갈등 막말만큼은 그나마 조심하는 편인데 유독 아라기의 조롱이 함부로 나가니 기름통에 불을 붙이는 격이다. 아니나 다를까 용석이 뒷담화로,

"이 친구 너무하네."

노여움을 토로하자 태안 사내 김수복(18세)이,

"말씀 좀 수정합세. '이 친구 너무 하네' 대신 이 빠가야로 걸레 새끼 박박 빨아서 빨랫줄에 널어놉세, 이렇게 교정하라구."

그 울분 풀이가 농담이 아닐 줄 알고 있으므로 먼저 화두를 꺼낸 용석 혼자 마음이 불안한 것이다. 난장을 벌이는 그 순간만큼은 카타르시스의 통쾌함에 젖을 수 있겠지만 그 후폭풍을 어떻게 감당한단 말인가. 훈육실에 끌려가면 개 패듯 매타작이 기본일 것이며 여차하면 퇴학까지 감수해야 한다. 그러거나 말거나 젊은 혈기들은 뒤를 계산하지 않은 채 그렇게 거사를 준비 중이었다. 용석도 불안하긴 했으나 차마 만류까지는 하지 못했다. 비겁자로 오인 살까 봐 그랬지만 아라기만큼은 한 번쯤 손을 봐야 한다는 생각도 있었다.

다구리

계룡산 근로 작업을 마친 복교의 길,

5월까지 실시되었던 '오전 수업→오후 작업'의 체제가 사라지면서 수업을 완전히 제치고 온종일 작업 체제로 전환되던 바로 그날이다. 계룡에서 왼쪽으로 꺾어지는 신원사 기슭에 집단 천막을 친 일주일 숙박이니 학업을 전폐한 노역이 시작된 것이다. 당연히 생전 처음 해보는 작업들이었다. 고보(高普)에 다니는 집안 자제들, 그럭저럭 살 만한 집들의 태생인 그들에게 지금의 노가다 작업은 아무래도 생소함 그 자체인 것이다.

이미 몸은 곤죽이 된 상태였다. 망치로 흑연석 잘게 깨뜨리기, 마대에 장석 채워서 나르기, 주석산 고르기, 깨진 바위 조각 모으기… 그렇게 여기저기 생짜 노가다로 끌려 다니면서 몸은 풀자루처럼 흐물흐물 늘어졌다. 딱 하나, 머루 넝쿨 잘라 가마솥에 쑤셔 넣고 생솔가지 활활 태워 펄펄 끓인 다음 그 속에 화학약품을 섞으면 주석산으로 변신하는 화학 작업이 새롭게 체득되긴 했다.

그 작업을 저물녘쯤 간신히 마쳤는데, 어쩌면 노가다로 뛰는 육체적 고단함이 차라리 나을 수도 있다. 문제는 귀곳길 후에도 조선문인보국회 시인들의 식민 독전 문장을 외우는 과제 이다. 그 암송 과제만 떠올리면 머리가 어항처럼 흔들리는 것이다. 매국적 문장이 강제 주입되는 자체가 면도날로 얼굴을 벅벅 긁는 심정인데 하필 귀곳길 트럭 뒤 칸에 일본 학도라고는 아라기 혼자만 타게 된 것이다. 그게 우연인 듯 필연의 갈고리이다. 원래 그 고보는 일본인과 조선 학생이 절반씩 비율인데 그날은 일본 학생들만 따로 찍어 담벼락 아래의 '정구장 밟기'에 동원시켰다. 일본 학생 모두 조금 쉬운 노작으로 일찍 귀교했는데 아라기 혼자 변소를 다녀오는 바람에 달랑 외톨이가 된 것이다. 그러거나 말거나 평소 말버릇으로 무심히,

"원조 조선 두뇌로는 주사기 하나 만들지 못하잖나?"

나베시마의 사이비 정보를 비아냥의 재탕으로 우려먹는 것이다. 짧은 순간 학도들의 눈빛이 번뜩인다는 걸 전혀 눈치채지 못한 채,

"경성, 대전 간 철도나 논산 탑정저수지, 시청 2층 빌딩까지 모두 조선총독부의 주도면밀한 기획이 아니면 건설이 불가능했단다. 민족의 지능은 학습으로 바뀌지는 게 아니니 사슴과 개의 족보처럼 차별하여 따로 업종을 나누는 게 당연하지 않은가? 온도계를 만들지 못하면 전투기는커녕 당연히 잠자리비행기 날개 하나 엄두가 불가능하다. 조선인은 노가다 단순 작업으로 분류시켜야 한다."

입술을 히죽히죽 벌렁거리는 게 영락없이 '다구리 놔주십사' 하며 매를 부르는 그 표정이다.

'좋다. 한판 벌리자.'

뒤쪽에 있던 김수복의 눈빛이 번쩍 빛을 뿜으면서 야전 텐트를 활짝 펼쳤으니 쏟아낸 말들의 인과응보가 시작된 것이다. 돌림빵 방식은 후쿠로 다다키(보 씌우고 때리기)이다. 머루를 씹던 중이라 발음이 우물우물 정확하지 않았지만,

"그래. 이 새끼야. 주사기 따위야 푸대 자루로 담을 수 있지만 그건 나중 얘기이고 우선 네놈 아귀통이나 박살내 보는 게 조선인인 내 소원이다. 네놈들이 씨부리는 미개인 돌주먹 맛 좀 봐라. 족발 같은 족바리 새끼."

왕주먹 선방을 신호탄으로 유리턱 깨지는 소리가 쨍그랑쨍그랑 터진다. 그 위로 모포가 또 한 장 씌워지면서 호박 터지는 소음을 재빨리 감춰버렸다. 발길질을 신호로 부여 토박이 김창태가 머루 껍질을 후투투 뱉으며 나이롱 잠바를 냅다 겹으로 뒤집어씌운다. 그 재빠른 동작 다음부터 파죽지세다. 길이 터진 다구리 펀치가 사방에서 연달아 작렬하니 눌렸던 힘이 모처럼 폭발한 것이다. 포획 그물에 잡힌 짐승처럼 바둥거리며,

"퀙, 쾌액!'

당장 소음부터 차단해야 한다. 트럭 앞자리 담임의 귓바퀴로 비명이 들어가는 순간 지옥 같은 빠따 방망이를 감수해야 한다. 그러니까 나름 방비를 한답시고 단체 합창으로 꼬약꼬약을 틀어막은 노래는 윤심덕의 '사의 찬미'다. 단발마로 터지는 발정 난 살쾡이 울음소리가 담요에 덮여 캑캑대는데,

광막한 광야에 달리는 인생아
너의 가는 곳 그 어드메냐
쓸쓸한 세상 험악한 고해에

조수석에 앉은 담임 기무라(45세, 지리)가 눈치 채지 못하도록 나머지 학도들이 첩첩 인의 장막을 쌓고 박수 소리 빡빡 악을 때리며 합창했다. 이제 어차피 모두가 공범이 되었다. 그랬다. 담요로 막을 치면 입막음이 되는 줄 알고 두들겨 패는 데만 혼신을 다했다. 용석은 집단 구타에는 전혀 가담하지 않았지만 '사의 찬미'를 합창했으니 내내 조선 학도의 공범으로 처리되는 셈이다. 일단 통쾌했으나,

드르르르릉. 끼익.

고바위 아래에서 트럭이 갑자기 멈춘 것이다. 그리고 뒤 칸으로 올라오는 기무라의 군홧발을 만나면서 학도들 모두 사색이 되었다.

"요시! 나왓, 조샌징들!"

귀교 이후 후폭풍은 일파만파였다.

'조선 학생들 열한 명이 비겁하게도 일본인 학생 딱 하나를 찍어서 다구리쳤단다. 합창으로 비명 소리를 차단한 채 두들겨 팼단다.'

직통 고발로 굴비처럼 엮여 훈훅실행이 이어졌으니, 용주고보뿐만 아니라 백제의 고도 전체가 일파만파 뒤집어진 것이다. 특히 주재소와 훈육실 쪽에서 거친 막말이 홍수처럼 쏟아지기 시작했다.

"명태는 두들겨 패야 부드러워지고 조선 놈은 두들겨 패야 순종을 배운다."

"적당히 패면 또 쌍심지 켜고 호시탐탐 덤빌 기회를 노릴 테니 아예 죽을 만큼 밟아 길들여야 한다. 고무줄보다 훨씬 질긴 엽전 근성은 초장에 싹부터 잘라버려야 한다."

담임 기무라는 교감 승진을 앞두고 있으니 그렇다고 치더라도 덩달아 길길이 날뛰는 조선인 훈장들의 영혼 안에는 과연 무엇이 자리한 것일까. 그렇게 트럭 뒤 칸 탑승 멤버들은 모두 굴비 두름처럼 끌려갔다. 마침내 현관 입구에 붓글씨 징계 명단이 커다랗게 공고되었으니 7호차 뒤 칸 탑승자 11명 전원이었다. 조아리고 무릎 꿇고 반성문을 써도 이미 늦었다. 솥뚜껑 내리치듯 팍삭 덮쳐서 으깬 다음 다꾸앙처럼 오독오독 자르기 시작한다.

무죄 판정된 학도는 한 명도 없었다. 김수복은 퇴학이고 김필식, 고두만, 천은규, 김창태, 신상원 등 다섯 명은 훈육실 빠따 스무 대씩 맞은 다음 일주일씩 유기정학을 먹었다. 용석은 현장 방관 죄목으로 근신 3일이었으니 트럭 뒤 칸 탑승자 중에는 그나마 가장 약한 처벌이었다. 그때까지 김필식과 고두만은 김수복에게 미안함은 있지만 퇴학을 면한 안도감으로 일단 가슴을 쓸어내렸다.

식민의 선배들

무릇 아무리 돌발적인 상황일지라도 우연이란 없다. 그들 역시 몰래 지하 학습도 벌였고 자취방 구석에서 기미독립선언문도 짯짯이 분석했던 바이다. 언제부터였나, 일제강점기 속에서 활화산처럼 피어올랐던 분노가 떨어진 꽃잎처럼 짓밟히다가 휴화산처럼 잦아드는 게 불안했을 뿐이다. 대량 징계 사태 역시 그렇게 숨을 죽였다가 다시 새싹처럼 움을 틔우던 그 연장선에 있었다. 그리고 공부를 시작했다.

3·1 만세항쟁 이후 이화여고 학생 유관순 누나의 모진 고문의 사연이 특히 배일의식을 고취시킨 것이다. 그랬다. 쇠꼬챙이로 열일곱 소녀의 손톱, 발톱을 뽑아냈으니 인간의 탈을 쓴 미친 짐승의 짓이다. 정수리에 끓는 물을 부었다는 만행은 너무 끔찍해 차마 떠올리기도 힘들다. 그런데도 유관순 누나는,

"나라에 바칠 목숨이 오직 하나밖에 없는 것이 이 소녀의 슬픔입니다. 나의 눈과 귀를 자르더라도 나의 소원은 오로지 조선의 독립입니다."

비장한 유언으로 세상을 떠나자 '여자 깡패'로 호도했으니 분하고 무서운 일이다. 그미뿐만 아니라 옥중의 모든 여자들이 생지옥보다 무서운 고문을 당했으니 식민지 조국 수천의 여성 열사가 모두 유관순 누나이다.

노영렬에게만 잔혹했던 것은 아니지만 크리스천 여학생이었던 그미의 고문은 특별히 부들부들 떨면서 따로 학습할 수밖에 없었다. 십자가에 반듯이 눕힌 그미 앞에 이글거리는 화로를 놓고 시작

했으니 신념의 모욕과 육체적 고통의 합체이다. 먼저 시뻘건 쇠꼬챙이를 벌겋게 달여 젖가슴을 난자하기 시작했다. 그리고 발가벗긴 알몸을 밧줄로 꽁꽁 묶은 채 마구간에 집어던졌다. 사흘 뒤 고문담당 형사가 히죽히죽 웃으며,

"너는 그래도 만세를 부르겠느냐?"

노영렬은 피로 더께가 진 두 눈을 부릅뜬 채,

"해방이 되고 당신들이 조국을 떠나면 그때야 만세를 멈출 것이오."

죽음을 각오한 결연한 의지로 대응했으니 그게 여성 전사의 비장함이다. 그러자 건장한 순사 두 놈이 양팔을 붙잡고 죽침으로 정수리 부분을 수십 번씩 찔러댔다. 나중에는 칼로 입술을 도려내려 했으나 주재소장이,

"그 짓만큼은 하지 마라. 두들겨 패는 건 조센징의 기를 죽이는 위력이지만 얼굴 난자는 자칫 조선인을 들쥐 떼처럼 우르르 들고 일어나게 할 위험이 있다."

막는 바람에 최악의 만행인 얼굴 난도질 하나만 겨우 면한 것이다. 고문 담당 형사의 이름은 조선인 정춘영(당시 55세)인데 조선 청년 학도들은 그 이름을 치를 떨며 수십 번씩 곱씹었다.

그러나 이 땅의 모든 청년 학도가 결연한 의지로 산화하는 건 불가능하다. 한머리 고향에서도 일찍 경성 유학을 떠났던 수재 사내 하나가 고문후유증으로 폐인이 되어 돌아오기도 했다. 책은커

녕 평생 대인공포증에 시달리며 사람 얼굴도 못 알아보았다. 읍내에만 가도 '모 아니면 도'의 기로에서 절망의 나락에 떨어진 선배들의 소문을 수도 없이 들었다. 일제의 앞잡이들은 그들을 찍어 본보기로 칭하며 자신의 선택이 올발랐음을 증명하려 했었다.

'보라, 폐인이 될 것인가. 출세를 할 것인가. 일본은 망하지 않는다. 대동아 제국 건설에 동참하는 게 사는 길이다.'

용석 역시 설레설레 도리질을 쳤지만 차마 정면 대결의 용기가 서질 않았다.

학습을 마치고 돌아오는 소도시 골목길에선 용석 혼자 사념에 빠진다. 저들이 누른 징계의 단추 한 방으로 인생이 초토화될 수도 있는 것이다. 아니, 지금도 우리들 중 몇 명은 이미 그 기로에 서 있는 중이다.

'절망의 끝은 도대체 제발 어디인가?'

아무도 없을 땐 도리질의 각도가 더 커진다. 분노를 터뜨리자니 후폭풍이 끔찍하고 참고 견디자니 끝이 보이지 않는 터널처럼 까마득하다. 제민천 모래톱에 묻어놓았던 술병을 꺼내어 통째로 병나발을 불어도 노여움이 풀리지 않는다. 연미산에서 우성 쪽으로 넘어가는 밤 능선은 여전히 순하고 부드러운데.

기미만세항쟁 10년 후에 벌였던 '광주학생항거' 역시 조선과 일본 열차 통학생들의 세력 대결 패싸움으로 치부하면 절대 안 되는 일이다. 일제는 끊임없이 패싸움 사태로 마무리하려 했지만 그 이전부터 쌓인 울분이 터질 때가 된 것이다.

이미 조선 남학생 이경채를 중심으로 한 무산자 정신 학습을 토대로 독서회가 조직되면서 광주 여학생 독서회인 소녀회 등과 연합하기도 했다. 그렇게 항일 의식을 고취시키다가 자취방 구두 발자국 소리와 함께 오랏줄에 끌려가는 살얼음판의 연속이었다. '나주→광주'로 열차 통학을 하던 박귀옥, 이광춘, 이금자 등 여학생들 희롱 사태에서 출발했지만 그 모든 사태의 시발점은 바닥에 응어리진 배일사상이 폭발한 것이다.

나주역에 막 내렸을 때 두 명의 일본 학생 다나카와 후쿠다가 양아치처럼 건들건들 다가와 담배꽁초를 휙 던지더니,

"그게 생쥐 꼬리냐? 촌스러운 조선 여자 댕기."

그 시비가 발단이 되긴 했으나, 원래 후쿠다의 '불발된 짝사랑의 럭비공 행태'라는 소문도 파다했다. 박기옥은 콧날이 오뚝하고 눈동자가 호수처럼 출렁였으니 기실 기차 통학 남학생들의 연정을 통째로 받았던 여신의 풍모이기도 했다. 후쿠다 역시 열차 통학에서 박귀옥의 옷깃을 스칠 때마다 가슴을 두근두근 다독였던 사내이다. 그 박귀옥이 2학년으로 진급하면서부터 웬 키다리 남학생 하나가 그림자처럼 붙어 다니기 시작한 것이다.

후쿠다는 절망했다. '못 먹는 감을 찔러볼 엄두가 안 나자' 그냥 아귀처럼 짓밟는 소아적 퇴행을 벌인 것이다. 그러거나 말거나 그

미는 불량 일본인의 행태 따위에는 눈길조차 주지 않으며,

"갈 길이나 가시오, 입 닥치고."

쏘아붙이자 후쿠다가 바싹 따라와 머리꼬리 댕기를 잡아당겼으니 아뿔싸, 이제 사단이 벌어진 것이다.

"앙탈하니까 더 여우 관상이네. 여우 사냥이나 해볼까?"

일행인 다나카가 말리는데도 그가 한사코 따라다니며 '훅' 콧김을 불어넣은 것이다. 박기옥은 날카롭게 노려보긴 했으나 우람한 사내의 힘을 도저히 당할 수가 없었다. 그렇게 옥신각신과 비명의 순간 웬 시커먼 그림자 하나가 성큼 가로막은 것이다.

광주고보 2학년 박준채는 덩치가 더 크고 의협심이 강한 사내였다. 후쿠다는 그를 소녀의 애인으로 착각하고 도발을 벌였으나 기실 한 골목에 살던 박귀옥의 사촌 동생이었다. 당연히 등굣길과 하굣길 모두 동행하며 그림자처럼 지켜주었으므로 후쿠다의 오해를 산 것이다.

"그만하시오."

그 순간 후쿠다의 눈꼬리가 경멸하듯 내려가더니 새끼손가락을 내밀며,

"니 꺼야?"

이번에는 한술 더 떠 검지와 중지 사이에 집어넣은 엄지를 쑥 빼면서,

"이건 했니?"

그렇게 풋감자 한 방 먹이며 실눈으로 다른 데를 보는 척하다가 느닷없이 선빵 주먹을 날렸다. 준채가 몸을 뒤로 빼며 가방으로 막았으므로 첫 방은 헛주먹이 되었다. 준채는 여유 있게 웃었으나 노여움을 풀지 않은 채,

"붙고 싶으면 일대일로 하자. 단 무기는 들지 말고 맨몸으로 상대해주고 싶다. 결정해라. 붙을 거냐? 사과할 거냐?"

그 순간 일본 학생들이 우르르 몰려들어 준채를 전신주에 밀어붙이니 순간적으로 역부족 상태가 될 뻔했다. 그러나 준채의 동무들 역시,

"조선 학생 모여라. 쪽바리들과 패싸움이다."

소매를 걷어붙인 채 우르르 몰려들었으니 순식간에 아수라장이 된 것이다. 호출 소리가 터지자마자 각목이 튀어 오르면서 여자들의 비명이 쏟아지면서 역전의 상인들까지 우르르 구경을 나왔다. 본격 패싸움 직전까지는 그렇게 박빙의 소강상태였다. 아침 통학 열차에 조선 학생 30명과 일본인 학생 50여 명이 뒤엉켜 주먹과 구둣발이 날아갔으니 시발 자체만 볼 때 어쩌면 사소한 이유일 수도 있었으나,

호루루루루룩.

호루라기 소리와 함께 순사들 20여 명이 우르르 몰려와 패싸움을 정리한답시고 일방적으로 조선 학생에게만 곤봉 세례를 먹이더니,

"조센징들 모두 나와."

소리치는 것이다. 특히 주재소장 다구라(41세)는,

"지금 대업을 준비할 비상사태의 시기에 국가를 혼란스럽게 하다니 용서할 수 없다. 칙쇼."

조선 학생들만 따로 유치장에 집어넣고 두들겨 패기 시작했다. 그리고 학교 측에 통보한 명단 역시 조선 학생뿐이었으니 편파 수사도 너무 노골적이다. 소문이 일파만파 퍼지면서 모두 분노한 채,

"조선 학생들은 개돼지가 아니다."

유도부 감독까지 야구방망이 들고 일본 쪽 싸움에 가담했으니 이제 열차 통학생들끼리의 단순한 패싸움이 아니게 되었다. 소문이 봇물처럼 커지면서 반일 항쟁으로 일파만파 확대된 것이다. 전라도에서 물수제비 퍼지듯 불어 오른 인파가 전주, 대전, 천안, 서울까지 노도처럼 퍼지면서 거국적인 시위로 확산된 것이다. 전국적으로 320개 학교 5만4000여 명의 청년 학도가 거리로 나왔으니 도도히 밀려오는 해일이 될 줄만 알았다. 구호도 점차 '한판 붙자' '죽기 아니면 살기다'식의 기선 제압에서,

"식민지 노예교육을 중단하라."

"조선 독립 만세."

민족의식의 분출로 확장되었으나 딱 거기에서 소강상태로 흩어졌으니 조금은 아쉬운 일이다. 그러나 그게 끝이 아니었다. 남녘땅 모든 학교에서 엄청난 징계로 화답했으니 그 탄압과 구속으로 마

24

무리되는 건 13년 전이나 지금이나 변함이 없다.

제민천의 맞장

용주고보 학도들 역시 광주 선배들의 전설적 사안을 비밀 학습으로 공유하면서 그 맥의 정기를 이어오긴 했다. 백제의 소도시에서도 일제에 대한 크고 작은 저항이 우후죽순으로 터지긴 했으나 그 규모가 지엽적 소강상태 수준으로 잦아들었으니 안타까운 일이다. 일이 터질 때마다 피해 상황도 덫이 되고 발목을 묶는 지독한 사슬이 되었다. 마찬가지다. 소소한 뒷골목 싸움을 벌여도 조선 학생만 딱 찍어내서 중징계를 때리니 출석부 명렬표가 팍팍 쪼그라드는 것도 엄청난 부담이다. 그나마 뒷골목 건달식으로 표출한 면도 없지 않았으니 울컥을 참지 못함이 아쉬움도 있긴 했는데, 깽판식 반항으로는 김필식이 대표적이었다.

그가 관공서 유리창에 홧김에 돌팔매를 날렸다가 주재소에 끌려간 사건이 그렇다. 중국집 골방에서 회식 중 오줌이 마려워 바깥에 나왔다가 울컥 일을 벌인 것이다. 호루라기를 불며 쫓아오는 순사들을 피해 일단 청벽 쪽까지 도망치면 되는 줄 알았다. 금강 낭떠러지로 뛰어내리며 완전히 따돌렸다고 한숨을 쉬는 순간 거머리처럼 따라잡은 젊은 순사 하나가 버드나무 뒤에서 다리를 걸은

것이다. 발로 뭉개고 도망치려 했으나 권총을 뽑는 바람에 두 손을
들 수밖에 없었다.

김필식은 주재소에서 곤봉과 구둣발로 팥죽이 되도록 얻어맞고
사흘 뒤 만신창이로 출소하였다. 맨살에 구렁이를 칭칭 동여맨 듯
한 구타의 흔적 때문에 퇴학만큼은 면했으니 오히려 서류 징계를
몸으로 때운 셈이다. 그 대신 중국집에서 함께 배갈 병마개를 따던
나머지 학도들도 오그르르 대열에 묶여 크고 작은 징계를 먹었다.

김창태는 관사 앞에 세워진 교장의 자전거 뒷바퀴를 이단옆차
기로 찌그러뜨리고 일주일 유기정학 징계를 당했으니 그 또한 시
시한 사건이었다. 그러나 다음 사태가 비밀의 베일로 묶였으니 망
정이지 하마터면 엄청난 곤욕을 치를 뻔했다. 징계를 당한 다음날
훈육교사 사택 담장을 또 넘은 것이다.

월장 후 일곱 살 먹은 풍산개를 쥐도 새도 모르게 보쌈질로 끌
고 가 도적골 검바위 개울에서 보신탕 잔치를 했는데도 들키지 않
은 건 기적 같은 일이다. 배갈을 섞은 고등어로 검둥개의 혓바닥을
녹여 완전히 잠이 든 짐승을 자루에 통째로 집어넣고 도적골까지
메고 간 것이다. 쥐도 새도 모르게 해치운 사건도 어쨌든 비열한
강자에 대한 적합한 응징이라며 비밀리에 공유시켰다. 칼에는 칼,
송곳에는 송곳이다.

가장 젠틀했던 싸움은 '제민천의 맞짱'이다. 그러나 그 사건으
로 유도 2단 김수복을 위시한 고보 독수리파 여섯이 이중 징계를

26

먹었으니 '아라기 응징'의 후폭풍이 너무 길고 큰 게 확실하다. 김수복은 제적 출교로 강화되면서 재입학조차 불가능한 영구 퇴출자가 되었고 유기정학이었던 고두만마저 또 퇴학으로 징계가 한 단계 높아졌다.

청년들은 징계 불사까지 마음을 굳혔으나 학부모들은 저마다 온도 차가 있었다. 내 자식이 맞는 수모는 견딜 수 있으나 징계만은 피해야 한다며 부글부글 찾아온 사람이 바로 고두만의 아버지이다. 그는 원산도 염전 주인으로 소금가마 팔아 아들을 유학 보낸 갯부자 출신이었다. 수단방법을 가리지 않고 졸업장 열매를 따야 한다며 일찌감치 '배수의 진'을 쳤다. 여기서도 부친 고오봉(49세)씨는 '모 아니면 도'의 승부를 걸었다. 가방 속에 낫을 품고 교장실에서 이틀 동안 넙죽 무릎을 꿇었다나 어쨌다나… 거사를 벌이기 전에 부친은 아들에게 귓속말로,

"꿇은 무릎을 절대로 펴지 않겠다. 그러나 네 징계가 끝까지 해결이 안 된다면 그때는 가방에 감춰둔 조선낫 꺼내 이판사판 쇼부 친다."

아들 고두만이 오히려 아버지를 만류할 정도였으나 고오봉 역시 황소고집을 꺾지 않았다.

"손바닥이 발바닥이 되도록 빌어보겠다고 말하지 않았냐? 그러나 끝까지 너를 퇴학시킨다면 이판사판 죽인다."

고오봉 씨가 가방에서 낫을 꺼내지 않은 채 징계 수위를 낮췄다

는 풍문도 사발통문처럼 떠돌았으니 목숨을 건 부성애랄까?

그러나 제민천의 맞짱 전설은 파다했던 소문과는 달랐다. 대등한 숫자의 구경꾼들 입회하에 일대일 대결로 마무리했으니 그게 청년 학도의 결기다. 다구리도 아니고 각목과 야전삽이 춤을 추는 골목길 막장싸움도 아니었다.

솔밭이 스산하게 물들던 그 저물녘,

연미산 너머 사라진 불빛이 다시는 돌이오지 않던 검은 산 검은 강변이다. 그랬다. 능선도 검었고 강물도 먹물처럼 단색으로 채색되었다. 그리고 제민천의 으스름달밤, 보름달 빛 교교한 그늘 아래 말뚝처럼 버티고 있는 일본 학생 여섯의 그림자들이 전신주처럼 길다. 반대쪽에 등을 진 곰나루 자갈마당 조선 학도들도 아예 장승처럼 꿈쩍도 없다.

서 있는 사람은 조선인 김수복과 일본 사내 도요토미다. 김수복은 앙딸막 딱딱한 말가죽 근육이고 후리늘씬 도요토미는 몸이 새 털처럼 가볍다. 여섯, 여섯으로 숫자를 맞춘 다이다이 열두 명이니 대등한 대결이다.

"먼저 쳐."

김수복의 제안에 도요토미는 고개를 설레설레 흔든다.

"원칙을 정하고 붙어야 한다. 사내답게 깨끗한 승부를 보여주자."

수복도 그 제안에 흔쾌히 응한다.

그는 이제 퇴학생으로 방이 붙었으니 석별 맞장이다. 수복은 맨

발에 웃통을 벗어 백사장 위에 가지런히 정돈한다. 도요토미는 반
팔 차림에 지까다비를 신은 그대로이다. 지까다비 끈을 꽁꽁 조이
면 몸이 조금 둔해지지만 타격이 매워지니 일장일단이다. 두 청년
이 10보씩 떨어져 대결 자세로 마주 서자 그때까지 마주 서 있던
양쪽 참관인들도 동시에 모래밭에 착석했다. 양쪽으로 다섯 명씩
가부좌 관망 자세에서 흐트러짐이 없으니 그게 사나이 학도의 기
본 성정이다. 다음은 짱들의 일대일 맞장 규칙이다.

첫째, 3분씩 3회만 싸우되 결판이 안 나면 판정으로 마무리한다.
둘째, 구경꾼의 물리적 개입은 일절 금한다.
셋째, 몽둥이나 쇠붙이 등 흉기를 사용하지 않는다.
넷째, 뒤끝을 싸그리 날리고 상큼하게 정리한다.

먼저 싸움 규칙을 쌈박하게 나누되 승부가 끝나면 일절 뒤끝을
없애자는 약조이다. 그즈음의 청년들이 가장 듣지 말아야 할 소리
는 '비겁'이란 단어였으니 일대일 승부나 구경꾼들의 관망들이 모
두 그 경우이다.

자, 이제 시작이다. 공수도 유단자 도요토미는 놓고치기로 거리
를 재며 빙빙 돌다가 찬스를 잡아 훅 들어올 자세이고 유도 근육
김수복은 접근전으로 바싹 달라붙을 기회를 찾는 중이다. 칠흑 같
은 어둠에는 근육의 용량보다 더듬이 촉수 감각이 더 중요하다. 완

력과 스피드 그리고 섬세한 헤아림까지 조화를 읽어내야 한다.

까치발 옮기던 도요토미의 몸이 먼저 하늘로 치솟은 건 그의 공격적 체질 탓이다. 공중제비 회전 돌려차기가 비호처럼 빠르다. 그러나 쫘악 뻗은 발을 꺾으면서 곡괭이처럼 허공을 찍어 내리는 순간 수복이 재빨리 손바닥으로 땅을 짚고 고양이발목치기로 낚아 버렸다.

'걸렸다.'

미루나무처럼 기다란 그림자가 자갈밭에 휘청 쓰러지면서 순식간에 도요토미가 밑에 깔렸다. 수복이 올라타 코브라처럼 목을 칭칭 감싸자 구경꾼들이 일제히 받은 신음을 감춘다. 깔린 몸이 자반뒤집기를 시도할 때마다 자갈밭 돌멩이들이 팟팟 요동쳤으나 관객들 모두 여전히 움직임이 없다. 도요토미의 몸이 다시 허리를 들썩이며 두어 번 용틀임 쳤으나 수복에게 묶인 옹매듭이 풀릴 기미가 보이지 않는다. 다만 수복이 목을 조이며 자갈밭을 구를 때마다 도요토미의 몸도 상대방 팔이 움직이는 각도를 따라 같은 방향으로 구르면서 방어했으므로 최악의 필살기인 조르기는 피할 수 있었다. 그렇게 자갈밭이 불꽃을 튀었으나 비슷한 동작의 엎치락뒤치락 반복이다. 첫째 판은 김수복의 우세이지만 무승부 판정.

5분 휴식 후 둘째 판.

두 청년 모두 담대한 표정으로 다시 장승처럼 마주 서 있다. 서서히 시계 반대 방향으로 마주 움직이는 두 사람의 뒤꿈치가 고양이 발목처럼 빙빙 날렵하다. 이번에도 도요토미의 선제공격이다. 발목이 허공을 가르며 이단옆차기를 날린 다음 착지 동작과 동시에 표범처럼 앞차기를 휙 뺐었다. 웬만한 인간 같으면 그의 발차기 한 방에 나가떨어지곤 했는데, 다행이랄까, 그의 발차기와 주먹 모두 수복의 얼굴에 닿지 못한 채 어깻죽지만 강타했을 뿐이다. 그나마 수복의 근육질 맷집이 워낙 좋아서 버틴 것이지 웬만한 몸은 녹아웃이 될 만큼 강력한 타격이다. 이번에는 주먹을 피한 김수복의 근접전이 '번갯불에 콩 볶듯' 날렵하다. 바싹 다가서더니 도요토미의 발등을 밟은 찰나 그 상태 그대로 박치기를 넣은 것이다. 빠르다. 그리고 정통이다.

딱.

돌멩이 부딪치는 소리와 함께 도요토미의 몸이 볏단 무너지듯 스르르 주저앉았다. 아, 피가 흐르지 않는 게 더 위험하다. 김수복도 쓰러진 상대를 공격하지 않았으므로 싸움판은 거기서 끝난 것이다. 관전하던 일본 학도들도 무르팍이 들썩이긴 했으나 더 이상 움직임이 없이 늪 같은 침묵이 흘렀으므로 패배를 인정한 셈이다. 도요토미는 심장을 쓰다듬다가 강바닥에 큰대자로 양 팔을 뻗은 자세 그대로,

"싸움은 졌지만 더 이상의 복수 없이 여기서 끝이다. 미안하다. 퇴학생 동기의 심정을 헤아리지 못한 채 맞장을 뜨자 해서."

김수복도 일격을 당한 어깨를 어루만지며,

"아니다. 아라기는 한 명인데 조선 학생들이 우르르 후쿠로 다다키 쳤으니… 우리들도 울컥을 못 참은 거야. 마찬가지로 미안하게 생각한다. 떠나는 몸으로 맞장만큼은 피하고 싶었으나 비겁하다는 소리를 듣기 싫었기 때문이었으니 이해하라. 승패 여부를 떠나 너는 젠틀맨이다. 그러나 우리들도 너희 일본처럼 목숨을 바쳐야 할 조국이 건재하다면 그렇게 트럭 뒤 칸의 다구리 따위는 벌이지 않았을 것이다. 민감한 부분을 자꾸 건드린 탓도 있었음을 이해해 달라. 그리고 나의 학창 시절은 여기서 끝이 났다. 모두 잘 있어라."

석별 이전에 악수와 깊은 포옹으로 마무리했으니 청년다운 결기다. 별들이 밤하늘에 그물처럼 출렁이는 천변에서 두 개의 그림자가 부스스 등을 보였고 나머지 구경꾼들도 몸을 털며 일어섰다. 관전자들끼리도 서로 어깨를 적당히 두들기고 반대 방향으로 따로따로 술청을 찾았다. 그리고 퇴학생 김수복의 이름이 한동안 용주고보에 전설처럼 남기도 했다. 용주고보의 딱 한 명뿐인 여성인 서무과 김수미 양도 눈물을 글썽거렸다는 소문이 얼핏 들렸으나, 그것뿐.

어디서든 울울 청년의 타는 가슴을 토로할 공간이 없었다. 낱낱의 교정 모두가 극한의 살벌함 그 자체인 것이다. 스승이건 한 기수 선배건 서릿발 쩡쩡 서리니 징계 경감은커녕 어떻다 할 입술 한

번 벙끗할 수가 없었다.

겨울철, 빤쓰 바람으로 운동장 돌리는 것도 그 시절에서 직수입된 군사 문화이다. 더러는 알몸의 맨살에 모자와 배낭, 운동화 차림으로 운동장 뺑뺑이를 돌렸으니 몸의 고통과 심장의 수치심을 동시에 덮어씌우는 작태인데 그 또한 전쟁터 군기 잡기에서 들여온 체벌이다. 훈육 교사들도 그렇게 오로지 엄벌 강화로 청년들의 기를 누르면서 난세를 돌파할 참이었다. 단추 하나만 흐트러져도 복도건 운동장이건 죽도를 내려쳤고 훈육실까지 끌려가면 무조건 원산폭격이었으니 이미 임계점을 지난 상태다.

그럴수록 독립운동 정보가 고팠는데, 그 토로가 살얼음판처럼 아슬아슬한 것이다. 아무리 문고리를 채워도 자꾸만 밀담이 새어나가니 묘한 일이다. 보초까지 세우고 수군수군 나눈 조바심들이 어느새 바깥으로 흘러나가 오랏줄로 끌려가는 사태도 터졌다. 조선 학도끼리도 누군가 주재소 프락치일 거라며 서로를 의심하기도 했다.

출석부에 빨간 줄 그어지는 횟수가 삼삼오오 늘어났다. 110명 입학생 중 5년 차 졸업반 진급자는 50명 내외로 줄어들었으니 절반 이상이 잘려 나간 것이다. 더러는 귀향해서 삽자루 잡으며 브나로드 계몽운동에 나섰고 만주행 이후 독립군들의 신흥무관학교에 입교도 했으니 그네들 모두 '가방끈의 꽃길'을 포기한 선택이다. 가장 안타까운 벗들은 일본 유학파들이다. 멍든 가슴 쓸어내며 일본 유학생으로 진출하는 실용 노선을 선택했다가 감옥에 갇힌 채 생체실험을 당하기도 했으니 송몽규, 윤동주 같은 이름자들이다. 그나마 청년 학도의 기개가 그 자리에서 가장 성성했음을 들은 것은 나중 얘기이다.

징병검사

방학 때 만나는 고향 한머리의 판세는 용주고보 분위기와는 비교조차 안 되는 딴 나라 딴 세상이었다. 주재소장이 코딱지 후비다가 내민 손짓 한 방에 면소재지 전체가 파죽지세로 먹히는 것이다. 아전급 권력자들은 '단추 누르는 맛'에 기가 승했고 농투성이들은 옴짝달싹 고개 세울 엄두도 내지 못했으니 그 또한 난세를 견디는 방법일까. 농민들은 철저히 무력했고 그야말로 지푸라기 하나 들어 올릴 기력도 없이 하루하루를 지탱하는 중이었다. 민초들은 그저 시키는 대로 팽팽 돌아야 했다. 면직원의 행태 역시 주재소 꼬붕 완장 하나 꿰차고 방방 떴으나 어느 누구도 저항할 엄두를 내지 못하는 것이다.

'총독부→도청→읍사무소→면사무소→이장'

수직 하달의 맨 마지막 먹잇감이 민초들이었다. 특히 중간관리자들의 수탈이 기세등등했으니 '때리는 시어머니보다 말리는 시

누이가 더 미운' 꼴이다. 더구나 그들 앞잡이의 대부분은 일본인이
아니라 조선인 핏줄이었다.

'조선인은 빡세게 조져야 팽팽 돌아간다.'

'팽이는 매를 멈추면 쓰러진다. 때려야 돌아간다.'

특히 한머리 주재소 서기 하루다(36세)는 야만의 문장을 부끄러
운 줄도 모른 채 입에 달고 다녔다. 그는 원래 '한 씨' 핏줄 중 가장
먼저 창씨개명한 완장 출신답게 민초들의 피를 거머리처럼 빨아
대었다. 낮에는 피마자 생산 채찍질로 법석이었고 저녁에는 제방
둑 쌓기에 소 떼 몰 듯 왕왕대다가 밤마다 황국신민의 서사를 외
우라며 달달 볶아댔는데 공출할 물품도 밑바닥을 친 지 오래다. 좌
우지간 숟가락이건 솥뚜껑이건 쇠붙이란 쇠붙이는 닥치는 대로
빼앗는 것이다. 솥뚜껑이나 밥주걱, 젓가락까지 죄다 나무로 바꾸
어야 했다. 가장 극심했던 건 기름 공출이다. 피마자는 발동기 가
공 과정을 거쳐 비행기 윤활유가 된다 하니 무조건 훑고 짜서 바
쳐야 했다. 기름 자원 아주까리가 고갈되면 솔가지 송진을 따서 할
당량을 채우라니 자투리 시간마다 소나무에 매달려 허리가 휘는
것이다. 나중에는 참기름, 들기름까지 걷어갔으나 어디에 쓰는 건
지 알 수가 없었다. 하필 그해는 20년 만의 가뭄이었다. 갈대 속껍
질이 마르고 풀뿌리까지 바닥나 보릿고개 넘길 일이 까마득했다.

용석이 징병 신체검사를 받으러 떠나던 1943년 즈음.

서산 소학교가 집결지였으므로 신검 전날 부성면 병사계 사내의 인솔하에 완행버스를 탔고 단체로 차부 앞 대지여관에 숙소를 정했다. 어린 창부들이 몸을 파는 유곽촌 싸구려 다다미방은 계단을 밟을 때마다 삐걱삐걱 소음조차 음습했다. 2층 칸막이 깨끗 신음을 피해 1층 넓은 방을 잡았는데 그게 오히려 바깥 방음이 제대로 안 되었으므로 말이 새어 나가기 가장 쉬운 위치가 된 것이다. 그 와중에도 징병 학도 출신들은,

"언제까지 족바리들에게 고삐 끌리듯 압송되어야 하느냐? 아, 묘책이 없구나."

아는 얼굴 만난 김에 한탄이라도 해야 속이 풀릴 것 같았다. 그렇게 끼리끼리 여관방에 모여 끓는 심장을 토로할 벗들을 찾았다. 처음에는 첩자의 낚시코에 걸릴세라 바싹 얼어붙었다가 막소주 몇 잔 돌아가면서 억눌렸던 보따리를 화르르 털어내기 시작했다.

전학생 김도석(22세)의 논리가 가장 정연해서 초장에는 주로 그가 좌장 노릇을 하고 우수마발들이 듣는 형식이다. 그는 배재학당 재학 중 사고를 치고 전학을 왔단다. 눈길을 마주쳤다는 이유로 뺨을 날리는 일본인 선배를 두들겨 패고 도망치듯 낙향하여 2년 뒤에 복학한 뜨내기 사내인데 통이 크고 뒤끝이 없었다. 읍사무소 관료인 아버지가 손을 써서 이차구차 충청도 용주고보로 학적을 바꾼 전학생이니 나이는 동기생보다 두 살이 많지만 그가 먼저,

"나이가 무슨 상관인가? 연령 불문 모두 친구로 통용하자."

화끈하게 제안해서 편안하게 말을 트게 했다. 대신 '이놈, 저놈' 마구잡이 농담 하대는 못 하니 그게 '연장자 대우 겸 호칭상 대등 관계'이다. 성적은 중간 이하지만 경성 수돗물 먹은 만큼 똑똑하다는 평을 받아 벗들의 신뢰를 통째로 얻은 사내이다.

"일단 고개 숙이지만 일본이 틈을 보이면 후닥닥 뛰쳐나가 한반도 전체에 들불을 지르겠다. 아니 그 이전에라도 '이 나쁜 천황 개새끼야' 목소리를 딱 한 번이라도 마음 놓고 내지르고 싶다. 아, 욕이라도 한번 시원하게 내지른 다음 화끈하게 깨지고 싶다. 시펄."

그러다가 김도석과 신상원의 언쟁으로 목소리가 커지기 시작했다. 태화관의 '민족대표 33인'의 독립선언서에 대한 공방이었는데 취기가 올라온 만큼 토론도 격렬해지고 목소리도 높아졌다. 신상원이 먼저,

"그들은 민족대표라는 이름만 걸었을 뿐 정작 파고다공원의 독립만세항쟁에는 참여하지 않았으니 비겁한 지식인의 행태 아닌가?"

이의를 제기하자 김도석이,

"아니다. 종교 지도자를 포함한 모든 분야의 대표자들이고 먹물들이다. 역사에 남을 선언적 의미가 필요하지 않겠는가?"

"그렇다면 민중들이 기다리는 파고다공원에서 독립선언서를 읽어 불을 지펴야지 왜 태화관에 웅크려 저희끼리 몰래 숨어서 읽는단 말인가? 독립운동도 민초와 지식인이 따로국밥처럼 따로따로

놀아야 하는가?"

"숨어서 읽다니… 읽은 다음 종로경찰서에 연락을 했다는 사실을 자네만 모르는가?"

"그게 바로 자수를 한 것이다. 민중들은 일제의 총칼에 피 흘리며 쓰러지고 감옥에 갇히는데 지식인이랍시구 따로 모여서 달랑 선언서 한 장 읽고 그담 전화 한 통으로 자수를 하다니, 그들은 현장의 백성들을 멀리한 채 체면치레 행동을 한 것이다. 나중에는 선언문 작성자 최남선부터 오그르르 친일파로 변절했지 않나?"

"비폭력 항쟁의 의미가 중요하다."

말을 이어가려던 순간 김도석이 담뱃불을 끄며 검지를 입술에 붙인 채,

"쉿, 조용히… 낮말은 새가 듣고 밤말은 쥐가 듣는다."

아닌 게 아니라 합판 칸막이가 불안하긴 했다.

용석도 고개를 끄떡였지만 무슨 수로 기미년만세항쟁만 한 들불을 다시 한반도에 지필 수 있단 말인가. '평화적'이란 단어를 떠올리려 했다가 설레설레 도리질 한다. 기미년 그해에도 그냥 평화적 만세만 부르다가 수도 없는 동포들이 피 흘리며 꽃잎처럼 우르르 쓰러져 죽지 않았는가. 일제는 닥치는 대로 총부리를 쏘아댔고 그 피비린내가 아직 가시지도 않았는데 비폭력 저항이란 말에 무슨 당위성이 있는가.

"그러니까 테러라도 벌여야 한다. 힘이 없더라도 일제의 간담을

서늘하게 할 수 있다."

신상원이 토로하듯 불쑥 던진 한 마디에 섬찟하게 눈길을 모으기도 했다. 김구와 안중근이 그랬고 김원봉과 박재혁이 그랬다.

그러나 그때와 지금은 상황이 다르다. 당차게 옳은 문장을 던질 수는 있어도 정작 실행에 옮길 방도가 요원하니 분노를 누르며 속으로 개탄만 할 뿐이다. 가끔은 지푸라기 하나 올릴 기운이 없다는 생각도 든다.

김수복의 합세로 태안반도 소식통이 전달되면서 토론이 일시 중단되었다. 그 대신 처음 듣는 정보에 열기가 새롭게 불었다. 일제 비행기가 미국과의 공중전에서 번번이 격추당하여 종이비행기(Paper Plain)로 조롱당한다는 소문도 이미 파다하게 퍼지던 즈음이었다. 그렇게 모일 때마다 새로운 정보가 쏙쏙 적립되면 힘이 솟는 느낌이다. 안흥 바다 일본 군함이 미군 잠수함의 공격으로 침몰당했다는 이야기가 참으로 신선한 소식이다.

'그 바다 깊숙이 가라앉은 물건들이 인양되지 못한 채 아직도 격렬비열도 앞바다 여기저기 가라앉았다.'

그 정보망은 처음 듣는 소식이다. 조선총독부는 '좌초'라고 못을 딱 박았다. 만약 미군 잠수함의 폭침으로 일본 군함이 침몰되었다면 지휘관 모두 목이 달아나는 것은 시간 문제였지만 대일본제국의 국제적 체통이 가장 중요한 관건이었으므로 아예 폭침의 '폭'자(字)도 꺼낼 수 없었다.

'전투에 실패한 지휘관은 용서할 수 있지만 경계에 실패한 지휘관은 용서할 수 없다'

그런 전투 철학을 꺼내며 김수복이 고개를 쳐들자, 전구 다마 그림자가 빠드득빠드득 몸을 틀었다. 그렇다. 경계를 허술히 한 패배는 철저히 지휘관의 책임이다. 그러나 그게 논리의 끝이 아니다. 신상원이,

"미국 놈, 소련 놈들 모두 결코 은인이 아니다. 아니, 그놈들뿐만 아니라 강대국이란 것들은 결국 모두 자기 나라 권력층 이익을 위한 것이다."

그러면서 삼국통일을 예로 든다. 김유신이 당나라 힘을 빌려 백제를 멸망시키는 바람에 한강 북쪽을 되놈들이 먹었다는 논리도 참신했다. 마찬가지였다. 동학난리 때 왜군이 관군을 도운 것도 당연히 열강의 침략 교두보를 확보하려는 쟁탈전이란다. 갑오년 동학혁명이 청일전쟁으로 이어진 것도 승냥이 떼의 초식동물 찢어먹기 싸움판이다. 동학년 그해 갑오경장의 내부 개혁으로 민심을 수습하려고도 했으니 그게 '뺨 때리고 어르기'식이다.

그러니까 적과의 싸움은 목숨 걸고 싸우는 게 당위적으로도 맞긴 했으나 장쾌함 뒤에는 반드시 피비린내 번지는 복수가 따랐으니 후련한 감격도 순간일 뿐이다. 김좌진 장군의 청산리전투로 쑥대밭이 되었던 일본군들이 대규모 병력 투입으로 무차별 살상을 벌여 간도의 수천 동포가 보복 학실된 지옥의 참변이 그 경우이다.

소련군도 마찬가지다. 간도참변 이후 몸을 피신한 대한독립군들이 소련령 자유시에 집결했으나 소련적색군이 무장해제를 요구하며 총을 쏘아댄 것이다. 독립군들은 또 어쩔 수 없이 거기서 탈주하여 만주로 귀환했으니 텃밭을 잃은 설움을 호소할 공간조차 없다. 적들의 보복은 가혹했고 특히 약소민족만 골라 소름끼치는 잔혹사를 연출했다.

똑같은 사건도 보는 시각에 따라 새로운 내용으로 정립되니 그게 역사 철학이다. 그러니까 일본을 향해 전쟁하는 미국 놈과 소련 놈들까지 모두 우리 편으로는 절대 믿지 마라는 주장이다. 결국 조선 민족 스스로의 힘으로 일어나야 해방 후에 조국의 중심을 잡을 수가 있는 것이다. 그런데 나라의 힘이 약하니 무슨 방도로 일제를 이길 수가 있는가? 안중근 의사 같은 기습 암살이나 폭탄 투척뿐이다.

'부산경찰서장 하시모토를 암살하시오'

김원봉의 지시를 받고 즉각 실행에 옮긴 박재혁은 공립 부산상고 출신이다. 그는 학창 시절 최천택, 박홍규 등과 '동국역사'를 비밀리에 등사하여 여기저기 삐라를 뿌렸던 경력의 소유자이다. 그는 암살을 위한 주도면밀한 계획 끝에 경찰서 잠입에 성공하였다. 그리고 복도에서 하시모토를 부르며 고개를 돌리는 순간 폭탄을 투척한 것이다. 즉시 그 현장에서 체포되었다는 사연도 기실 학습에서 들은 이야기이다. 체포된 박재혁은 마지막으로,

"미수에 그친 건 분하지만 앞으로 동지들이 내 뒤를 이을 것이다."

"그런다고 조선이 독립될 것 같으냐?"

"아니다. 우리들이 끊임없이 싸우고 있다는 것을 동포들에게 보여주는 것이다."

그렇게 마지막 말을 남기고 형장의 이슬로 사라졌다. 아닌 게 아니라 그의 의거를 디딤돌로 윤봉길, 이봉창 등 숱한 열사들이 뒤를 이어 몸을 던졌다.

상하이 유학파 손규철의 정보도 생생했지만 윤봉길 의사의 폭탄 투척이 가장 놀라운 일이었다. 덕산보통학교를 중퇴한 윤봉길 선배는 서숙으로 한학 수업을 마치고 조국 독립을 꿈꾸며 중국으로 망명한 소위 지식인 상남자다. 노예교육 거부하고 상하이 한인 애국단에 가입 후 전의를 불태웠다니 원래 '될성부른 떡잎'이었으리라. 그러다가 홍커우 공원에서 열린 일본 천황이 태어난 날인 천장절과 전승 축하 기념식장에서 홀연 도시락 폭탄을 던진 것이다. 일단은 쾌거이다.

앞잡이

난세는 앞잡이들의 출세에 지름길을 만들어주는 기회이기도 하다. 그 청년 학도들의 밀담을 옆방에 숨어 있던 야스다(安田) 보초가 도둑고양이처럼 엿들은 것이다. 조선인 출신인 그도 역시 성이 본디 안(安)가 가문의 뜨내기였다. 머슴 신분이었다가 가장 먼저 창씨개명에 앞장서더니 주재소 끄나풀로 자원하면서 출세욕을 불태우며 본색을 드러냈다.

그는 주재소의 할당량을 채우기 위해 열아홉 살 고두리 처녀 복자를 정신대에 끌고 가려 했었다. 다행이랄까, 큰애기 복자는 원북면 근식이와 약혼을 했고 이미 뱃속에 아기씨를 잉태 중이었는데 아직 겉으로 보기에는 표시가 나지 않는 상태였다. 복자는 토방에 서서 식은땀 흘리며,

"보세유. 이 몸으루 어떻게 나갈 수가 있남유."

아랫배를 가리키다가 손바닥 비비며 연신 사정했다. 야스다는 더욱 오만한 거드름으로,

"처녀가 애를 배어놓고 할 말은 다 하다니 세상이 말세로구나. 어디 확인해봐야 알 수 있지 않겠나? 배를 걷어라."

벌벌 떨고 있는 복자를 짚누리 뒤로 끌고 가 임신 여부를 확인한다며 속살을 더듬은 것이다. 이번에는 손을 올려 손가락으로 젖퉁이를 꾹꾹 찌르다가 바싹 붙어 옷 속에 손을 넣고 키득키득 주물탕까지 시도했단다. 복자는 몸을 돌려 연신 팔뚝으로 밀어내며 절반만 견딜 수밖에 없었단다. 그 불상놈에게 복자건 복자 애비건 근식이건 어느 누구도 귀싸대기 한번 날리지 못했으니 분한 일이

다. 복자뿐만 아니라 부엉골 정자나 성안벌 애자까지 그런 식으로 몸을 주물렀다고 소문이 꼬리에 꼬리를 이었지만 그뿐이었다. 응징할 방법이 없는 것이다.

이번에는 그가 직접 신체검사 장정들 숙소 옆방에서 몰래 도청하면서 밀고용 도표를 그린 것이다. 이튿날 신검을 마친 용석이 귀가 보따리를 싸고 숙소를 나서는데,

"헉."

야스다 보초가 콧등에 검지를 붙이며 턱짓으로 지프차를 가리킨다. 안경 낀 운전병이 그릉그릉 시동을 걸어놓은 상태다. 일본 헌병 두 놈이 양쪽에서 칼 소리 치렁치렁 호송하고 있었으므로 몸싸움이라도 벌였다간 자칫 칼질을 당할 수도 있다. 도망칠 타이밍은 이미 놓쳤다. 게다가 저만치서 김종진, 손규철, 신상원 같은 신검 동기생 세 명도 팔목을 뒤로 묶인 채 따로따로 끌려가고 있어서 대응할 자신이 아예 사라진 상태였다. 징병검사도 억울한데 일제 끄나풀에게 오그르르 체포까지 당하는 것이다. 그러거나 말거나 그는 용석의 혁대를 낚아채어 다짜고짜 지프차에 처박더니 그대로 고개를 콱 누른다. 숨이 막히면서 엔진 소리만 크릉크릉 높아지는 중이다.

"숙여."

뒷자리 밑창에 쑤셔 박더니 무르팍으로 목덜미를 누르는데 그의 팔목 근육이 너무 강해 숨을 쉴 수가 없다. 신작로 덜컹덜컹 소

리 따라 몸이 붕 뜨면서 엉덩이도 찧었지만 '아얏' 소리도 못 한 것이다.

철제 바퀴 끌리는 쇳소리부터 오싹하더니 문이 열리고 가린 눈이 풀렸을 때는 전구 다마 하나만 달랑 켜진 흐릿한 골방이었다. 퀴퀴하다. 그리고 모든 물상에 시멘트 냄새가 싸하게 배인 게 섬뜩하다. 철제 의자와 나무 책상, 박달나무 몽둥이 두 개와 물 양동이 하나 그리고 바가지까지 오싹하게 서린 냉기에 오금을 펼 수가 없었다.

흐으흑, 흑. 악.

게다가 벽을 뚫는 옆방의 비명소리가 너무 처참한 것이다. 항아리 깨지는 소음과 발정 난 짐승 소리의 합체가 소름을 오솔오솔 돋게 만든다. 야스다가 손가락 끝으로 용석의 눈자위를 꾹꾹 찌른다. 그 모욕 행위에도 반항할 엄두가 도저히 나질 않는다.

"어젯밤 불령선인들의 여관방 행태를 샅샅이 불면 목숨만은 살려준다. 무슨 작당을 했느냐? 일단 털어놓는 정황을 봐서 죗값을 정하겠다. 숨겨봤자 소용없으니 제대로 대답하지 않으면 관절을 뽑아내겠다. 빠가야로."

목소리를 낮추는가 싶더니 당장 싸대기가 날아온다. 일단 두들겨 패서 기선을 잡은 다음 조근조근 취조에 들어갈 모양이다. 어쨌든 매타작 고통을 감수하며 최대한 시간을 끌어야 한다.

"한 말이 없소이다."

완전 거짓말은 아니다. 어젯밤 형님네 오꼬시 가게에 들렀다가 저녁을 먹고 늦게 도착했으니 마지막 토론 장면만 선명할 뿐 밀담 초장 부분이 머리에서 지워진 건 사실이다. 야스다는 피식 웃으며 허리띠를 조이더니 의자에 앉은 자세 그대로 몸을 획 날린다. 이번에도 귀싸대기인 줄 알고 재빨리 고개를 숙였는데 무릎치기가 명치를 치는 바람에 숨이 막힌다. 용석도 처음에는 비명을 지르지 않으려 이빨을 옹물었다. 그러나,

"얼마나 버티나 보자. 요시."

정수리 각목을 외통수로 먹은 후부터는 감각조차 무디어져 나중에는 통증도 못 느낄 정도다. 비명조차 제대로 터뜨리지 못한다. 차라리 놈의 군홧발 한 방에 기절이라도 하고 싶다,며 숨만 헉헉 내뿜는데 야스다는 미친 듯이,

"조선이 독립된다는 귀신 씻나락 까먹는 망상은 시궁창에 버리고 일본에 충성하는 게 구질구질한 찌질이를 벗어나는 길이다. 반성하는 답변이 나오지 않으면 당장 갈기갈기 갈아 마시겠다. 너뿐만 아니라 느이 집안 전체를 아작내겠다. 엽전 스키."

주절주절 씨부리는 게 정신병자가 틀림없다. 어쩌면 저 미친 인간에게 맞아 죽어 여기에서 영원히 나가지 못할 수도 있다고 생각했다.

"…으."

"빠샤버리겠다. 개새끼."

거품을 버걱거리며 흘려 입술 양쪽에 묻은 허연 버캐가 실제로 삼복더위에 게걸대는 개 새끼 몰골이다.

"배운 놈들은 머리 채우기 전에 아예 싹을 쌍둥 잘라야 해…. 자, 한 방에 끝내자. 똑바로 불어라. 칙쇼."

"어젯밤 형님네 오꼬시 가게에서 놀다가 늦게 합류한 게 전부요. 아는 게 없으니 아무리 문초해도 더 이상 나올 게 없다오."

아버지에 대한 기억은 없다. 네 살 때 췌장암으로 돌아가셨다는 얘기만 들었을 뿐이니 얼굴은 사진틀 속에서만 만났다. 안방의 빛바랜 흑백사진 틀에서 허연 수염의 선비풍의 사내를 수도 없이 눈에 익히면서 저 사람인가 보다 했던 게 부친 얼굴로 또렷이 각인되었을 뿐이다. 그저 '장맛비에 마당의 피명석이 떠나가도 글만 읽는 선비'라고 모친에게 들었다. 부친 옆에 함께 사진을 찍은 누렁개의 기억도 이제 그냥 알싸하다.

그렇게 아버지를 일찍 여읜 용석은 형님의 손에 성장한 거나 다름이 없었다. 그래서 용석은 열 살 위의 형제에게 어린 날부터 꼬박꼬박 '형님'이라고 호칭했다. 식솔에 대한 책임감이 버거웠던 형님 역시 일찌감치 실용의 길을 선택했다. 농사로는 부(富)를 불릴 미래가 보이지 않는다며 일찌감치 생산 사업에 뛰어들었다. 실용적 감성이 체득되면서 매사에 다부져서 빠르게 터를 잡았다.

첫 번째 사업 오꼬시 장사부터 짭짤한 재미를 본 것이다. 집에서 먹던 재래식 전통 한과로 대량생산의 대열에 뛰어들었으니 타고난 사업 수완과 감각도 그렇지만 미래를 예견하는 눈이 있는 것이다. 일단 방향을 잡으면 과감하게 추진했고 혼신으로 매달렸으니 필시 사업가 체질이다. 그리고 '배워야 한다'며 어린 동생에게 한머리 최초로 고보 교복을 입혀주었으니 대추방망이 몸집처럼 추진력 또한 만만찮은 사내이다. 단 한 가지,

"모난 돌이 정 맞기 쉬우니 쉽사리 나대지 마라. 특히 난세에는 무조건 몸을 숙이고 고개를 들지 말아야 한다."

주재소나 군청 같은 관공서와 일체 각을 세우지 마라는 충고를 빠뜨리지 않았다. 그는 몇 년 내에 술도가인 양조장으로 사업체를 바꿀 것을 계획하는 중이다. 그 형님을 지키는 게 가장 중요하다.

형님은 물론 가족들 모두 고구마 뿌리처럼 뽑혀 나와 굴비 두름으로 묶여갈 참이니 아무리 얻어맞더라도 버텨내야 집안이 산다. 아무튼 자수성가한 형님네 가게에 방문하여 고보 공납금 문제를 얘기하다가 여관에 들어온 것까지는 사실이니 그 이야기를 근거로 버틸 수밖에 없다. 낚시코에 잘못 걸리는 순간 끝장날 수 있다. 용석은 맞으면서도 '나는 실제로 모른다'며 자기 최면을 걸기 시작했다. 그러나 야스다 역시 집요하다.

"거짓말 또 해봣!"

대답하면 거짓말이라고 몽둥이가 날아들었고 가만히 있으면 '배일사상 먹물 근성의 묵비권 반항'이라며 아구통을 먹인다. 그는 '고문으로 진실이 탄생한다'고 믿는 헌병대 앞잡이들에게 배운 취

조 학습을 실습 중이다.

"황폐한 조선 땅을 신기술 사용으로 얼마나 개발시켰는데…. 저수지도 파고 철도 갱목 세우고 신작로 뚫고, 스산 시내에 2층 빌딩도 올렸잖앗! 너희 조선 놈들은 정신 상태를 근본부터 개조해야 해."

용주고보 아라기 놈이 날렸던 그 똑같은 문장을 여기저기서 재탕 삼탕 듣는 것이다. 게다가 같은 민족 핏줄끼리 '너희 조선 놈들'이란 말은 또 무슨 개소리인가? 견딜 수 없다. 마지막 싸대기에서 용석이 거칠게 반항한 건 혼몽 탓도 있었으리라. 그야말로 무의식 중에,

"죽여라."

벌떡 일어나 밀어붙인 것이다. 그런데 웬일일까, 죽음을 각오한 순간 몸을 짓이기는 군홧발조차 편안하게 느껴지는 것이다. 어럽쇼. 야스다 보초가 오히려 당황한 표정으로,

"이 새끼."

손바닥이 날아오긴 했으나 타격의 강도가 아까보다 확실히 무디어졌다.

"…당신도 조선 사람이잖소? 나도 어차피 포탄이 우박처럼 쏟아지는 전쟁터로 출정 가는 몸인데 십중팔구 전사한다는 풍문이니 아마도 유골 상자로 돌아오지 않겠소?"

야스다는 '전사'와 '유골 상자'라는 단어에 갑자기 기가 죽었는

지 흠칫 자세를 가다듬는다. 어쩌면 몸을 바쳐 적진의 항공모함에 뛰어드는 가미카제 특공대를 떠올리며 '잘못 건드렸나?' 하는 표정도 보이는 것 같다. 용석도 기왕지사 바싹 고삐 당기듯,

'만약 내가 계급장 높여 살아서 귀환하기만 하면 당신도….'

그렇게 에둘러 으름장 놓으려던 용석이 벌컥,

"왜 조선 사람이 일본의 하인배 노릇을 하냐구요? 너희 조선 놈들이라니, 같은 배달민족끼리."

그 말이 너무 나갔다,며 아차, 깨닫는 순간 야스다는 입술에 냉기를 띠며,

"어리석은 놈. 조선 하인이 자기 조상도 아닌 생판 남의 핏줄 양반네 상전 모시는 건 뭐가 제대로 된 충효 의식이란 말이냐? 사람이 태어날 때부터 위아래 계급이 어디 있더냐? 조선 상놈이 일본 힘을 빌려 못된 상전 먹살 잡는 게 왜 잘못된 도덕성이란 말이냐? 해방되어봤자 느이들은 또 조선 땅 높은 나리 놈들 밑에서 비루하게 살아갈 것들… 바보 같은 놈. 나는 천민 출생이니 이런 난세에 출세의 끈을 잡아 내 자식새끼에게는 굽신굽신 비천한 생활을 물려주지 않을 결심을 한 것이다. 내 아들딸들이 상놈 소리 듣는 머슴살이 팔자로 상전들의 노리개로 사는 게 싫단 말이다. 힘센 제국주의 아래서 사는 거나 조선 땅에서 무능한 상전 모시고 사는 거나 이판사판 '그 나물에 그 밥상'이다. 누가 내 앞길을 막느냐? 본쿠라 새꺄."

막장 욕설을 섞었지만 씹어대는 논리 자체가 만만한 건 아니다.
용석도 울컥을 누르며,

"나는 그냥 농부의 자식이고 학도병으로 끌려가는 학생일 뿐이
오. 당신의 출세를 위해 사선에 투입된 학도병의 다리에 족쇄를 걸
다니 이건 출전하는 젊은이에 대한 도리도 아니오. 왜 하필 나 같
은 사람을… 이제 제발 그만."

흐느낌을 토하자 언제부터였나, 야스다도 마음이 약해졌는지
취조 강도를 한 단계 낮추려 하는 순간, 문이 열리면서 햇살이 쏴
하고 쏟아지는 찰나이나마 그리도 아늑할 수가 없다. 그러나 곧바
로 썩은새 같은 어둠이 밀리기 시작한다. 키가 작은 뱁새눈의 사내
가 방 안의 사태를 보며 피식 웃더니,

"빨리 끝내고 저자 보러 가야지. 야스다상."

그러더니 귓속말로 소곤거리는 것이다.

"오늘 수당으로 밴댕이라도 사 가지고 아들놈 좀 먹여야 키가
크지 않겠나? 같이 가자. 먹자골목에서 다꾸앙에 쏘주도 한판 걸
치고."

"…그러지. 내 아내도 비린 냄새 맡은 지 오래되었으니이."

용석은 '아, 냉혈 인간에게도 가족이란 게 있긴 하구나' 하며 화
들짝 놀라는 것이다. 고문 기술자들은 민초들의 피를 빨아먹는 악
랄한 거머리인 줄만 알았는데 그들의 입에서 피붙이 걱정을 하는
게 신기한 것이다. 뱁새눈은 대전의 고보에 보낸 자식 놈 학비 걱

정을 이야기했고 야스다 역시,

"그럼 일본으로 유학을 보내야 하나? 그건 너무 경비가 비싸서 엄두가 안 나는데."

학비 걱정까지 곁들이다가 서로 어깨를 털고 헤어지는 것이다. 그가 나가자 야스다가 먼저,

"옆방 놈들은 바른 대로 불어서 죄다 귀가시켰단다. 우리도 이쯤 끝내자."

그도 지쳤는지 빨리 마무리하려는 표정이 역력하다. 용석도 진정된 목소리로,

"진짜 나올 게 없소. 나같이 미약한 일개 시민이 일본 제국과 맞설 힘이라도 있어 보인다는 게 가당키나 한 말이오?"

"그럼 안흥 이야기와 삼국시대 이야기를 했다고만 하면 풀어줄 테니 내가 써놓은 진술서에 '옛' 한마디만 하고 지장을 찍어라. 이실직고가 아니라 그냥 했다고만 하면 돼. 나도 보고서 한 장은 올려야 하니까. 아들놈이 영양실조에 빈혈이니 빨리 귀가해야 한다."

대충 얼갈이하듯 꿰맞추고 끝내겠다는 판세다. 용석도 힘이 완전히 잦아든 채 어깨를 늘어뜨리고,

"…그럽시다. 안흥 이야기는 그렇고 삼국시대는 마음대로 적으시오."

꼬리 내렸던 순간이 오래도록 치욕스러웠으나 마땅한 묘책이 없었다. 어쨌든 용석의 대답이 떨어지자마자,

"오늘 사건은 일단 비밀이다. 내가 잘 말해줄 테니까 별일은 없을 거다잉."

병 주고 약 주는 그의 행태에,

"당신의 고문 행각도 일단 덮어는 두겠소. 내가 출정의 몸이라 말할 틈도 없겠지만."

그러면서도 겨우 주재소 제출용 보고서 하나 작성하기 위해 바로 아랫동네 동족을 능멸한 고문 작태를 '영원히 잊지 않겠다'고 다짐만 해볼 뿐이다. 그런데 이상하다. 모든 게 다른 세상 인간처럼 생소한 그들 입에서 나오는 식솔 걱정이 도대체 생소한 것이다.

그리고 야스다의 '해방이 되면 또 조선 땅 높은 나리들에게 다시 굽신대며 살아갈 놈들'이란 말은 따로 곱씹어볼 내용이라는 생각이 드는 것이다.

징집 화물차

입영 출발 닷새 전.

동네 사람들 몇이 오그르르 발자국 소리를 내는 건 작별 인사일까? 아니면 무슨 꿍꿍이로 사립문 안쪽으로 모여든 것일까? 한머리 이장과 구서기(舊書記)까지 등장하여 옴팡 집 사립문 열 때 동네 사람까지, 소 팔러 갈 때 개 따라 다니듯 우르르 붙어 오는 것이다.

그 바람에 입대를 이틀 앞둔 용석이 팔팔한 씨암탉 한 마리 비틀었으니 그도 생뚱한 일이다. 징집 닷새 전 바로 그날, 이장과 구서기 접대를 위해 닭장 문을 열었던 장면도 기실 돌이키고 싶지가 않다.

그때까지도 용석으로선 겨우 닭 모가지 비튼 게 살상의 한계였다. 목이 돌아가는 부드득 소리에 불쾌한 심상이 있었지만 소작인 처지인 당숙의 손님 접대 뜻을 거스를 수도 없었다. 먹이를 주는 줄 알고 오그르르 달려오는 가축 중 가장 먼저 달려온 씨암탉의 목을 잡아 돌린 후 그는 한동안 닭장 쪽으로 고개를 돌리지도 못했다.

토끼만 해도 요동치는 힘이 강해서 쉽게 건드리지 못했다. 왼팔로 모가지를 들어 올린 채 오른손 망치로 머리통을 때려 숨통 끊는 건 항상 당숙의 몫이었다. 첫 방에 실패하면 토끼의 광기 서린 몸부림을 감당하기 힘들었으므로 단 한 방에 숨통을 끊는 게 중요했다. 어깨의 힘을 뺀 채 순전히 팔목의 힘만으로 정수리를 겨누어 '퍽' 소리 나게 내리쳐야 했다. 당숙은 죽은 토끼 다리를 칼로 쨴 다음 대나무로 바람을 불어넣어 속살과 가죽을 분리시켰다.

문제는 전쟁터이다. 인간을 살상하기 위한 전투에서 도대체 인간의 품성은 얼마나 잔혹해지고 어디까지 무감각할 수 있을까?

개다리소반에 부침개와 얼갈이김치 곁들여 나름 성찬을 차렸으니, 소작인네 자식 입영 송별을 빌미로 비릿한 기름기로 내장을 채우겠다는 지주의 작태도 조금은 괘씸한 일이다. 그러거나 말거나 그들은 막걸리를 한 잔 걸친 채 용석의 어깨에 손을 짚더니 통과

의례처럼,

"황국의 용사로 입대를 축도하네. 자, 마지막 인사 한마디를 들 어봅시다."

사뭇 근엄한 표정으로 품에서 일장기를 불쑥 꺼낸다. 오싹하다. 욱신대는 허리를 만지며,

'여기에서까지 결국 또 이렇게 되는구나.'

그 순간 사립문 바깥으로 스치듯 사라지는 노랑 색깔의 그림자 를 재빨리 낚아채었다. 대밭집 순이다. 열여섯 살 그미가 출정 나 가는 용석의 마지막 모습을 먼발치에서 훔쳐보다가 눈빛이 마주 치자마자 몸을 감춘 것이다. 몸을 감춘 이후로도 붙박이로 번지는 노란 허공 색깔 때문에 용석도 짐짓 놀라기는 했으나 그뿐이었다. 지금 출정 환송식 분위기로서는 소녀의 안부가 눈에 들어오지 않 는다. 그게 뜰 안의 마지막 풍경이다.

'오라버니는 무사히 살아오셔서 훌륭한 슨상님이 되세유. 배울 만큼 배웠잖유.'

그 말을 쟁쟁 남긴 채 담벼락 뒤로 몸을 감추던 노란빛 뒤꼬리 만 아스라하다. 그러거나 말거나 지금은 빙빙 둘러선 방문객들을 보며 용석 혼자 떨어지지 않는 입술을 간신히 떼는 중이다. 노란빛 이 잦아진 사립문을 황망하게 바라보다가,

"지구 전체가 양쪽으로 갈라져 극한의 싸움판이 벌어졌으니… 옳고 그름을 떠나 젊은이로서 전쟁터를 피한다는 게 왠지 불편한

행태로 느껴질 수도 있으니… 나로서는 빠지기 어렵게 되었소."

그렇게 대충 끝내려는데,

"천황 폐하를 위한 위대한 성전, 응? 가마카제 불사조 독수리처럼 몸을 불살라 대일본 제국을 지키겠다고 그렇게 용맹하게 청춘을 불사르겠다고 말해라, 빨리. 그래야 면장님이나 주재소장에게 말씀드려 칭찬을 받을 수 있지."

주저주저하자 옆구리 찌르며,

"말하라니까. 하나, 우리는 황국신민이다. 충성으로써 군국에 보답한다. 이렇게 용맹한 목소리를 보여야지. 응? 왜 안 해? 둘, 황국신민은 목숨 걸고 공고히 단결한다. 셋, 우리 황국신민은 황도를 선양한다. 모든 충성에는 목숨을 건다. 응? 제대로 암송 못 했으면 내가 불러줄게 그대로 말만 따라 해도 돼."

주머니에서 '황국신민 맹세'가 적힌 종이쪽지를 꼬깃꼬깃 꺼낸다. 그러나 사선의 병사에게 가장 중요한 것은 자신의 목숨을 무사히 보존한 채 돌아오는 일이다. 그렇다. 전쟁터의 신산고초는 차치하고라도 일단 '살아 있는 목숨으로 부모님 품으로 돌아오겠다'가 가장 절실했으므로 도저히 그 이상은 말이 터지지 않았다. 구서기가 안달복달 몇 차례 더 채근했지만 그 말이 끝까지 나오지 않았던 게 오래도록 다행이다. '목숨을 바쳐야 할 내 조국이 없다'고 대항하지 못한 건 어쩔 수 없었지만 아주 더러운 양심을 팔지는 않았다며 설레설레 흔들었다. 그러나 지금까지는 겨우 시련의 초장일 뿐이었다. 산 너머 산이 기다리고 있었으니.

　홍성역에서 함경북도 나남까지 서른 시간 남짓 이어진 운행부터 예상보다 훨씬 고통스러운 질곡이었다. 탑승 군인의 숫자가 많아서 땀 냄새 범벅인 데다가 열차가 낡아 흔들릴 때마다 부딪히며 찐득대는 몸이 답답한 것이다. 강제징집 화물열차가 '뽀오뽀' 소리를 내면서부터 가학의 농도가 진해진다.

　덜커덩덜커덩.

　게다가 끝도 없는 연착으로 바닥 열기까지 훅훅 치솟는 것이다. 그때마다 피폐한 산천이 흑백 활동사진처럼 음습하게 스쳐간다. 또 여명을 넘기면서 겨우 주먹밥 배급 하나로 빈 배를 때웠을 뿐이다. 도착해봤자 사지(死地)임을 알지만 일단은 연착이 지긋지긋한 것이다.

　그러다가 창문 열고 손바닥 모아 받은 빗물로 입술을 적시는데,

　"석용석, 스산 갯마을 촌놈."

　옆구리에 닿은 손가락 촉수가 조금은 따가워서 몸을 짜증스럽게 돌리는데 용주고보 퇴학생 김수복이 '짠' 나타나면서,

　'아, 살았다'

　갑자기 아랫배가 포만감으로 부푸는 것이다. 그랬다. 고보 동기이며 신체검사도 함께 받았으니 그와의 조우가 단물 같은 의지가 되는 것이다. 그와 함께 사지(死地)에 동행한다. 그는 용석보다 키

는 크지 않지만 팔뚝이 반 뼘 이상 두꺼운 건강체 근육의 사내이다. 공수도 유단자 도요토미를 단방에 제압한 맞짱 세계의 전설로 근육질 경력 만 떠올려도 든든한 구원병을 얻은 것 같다. 그는 완력도 강하지만 무엇보다 사람의 감성을 다스리며 인정으로 감싸 안을 줄 아는 의리의 사나이다.

그런데 이상한 것이다. 제민천에서 맞짱 뜨던 상남자 김수복다운 배포와 여유가 보이지 않고 용석의 목을 껴안고 눈시울까지 글썽거리는 장면도 뜻밖이다. 퇴학을 당하는 순간까지도 의연하던 그가 아, 전장을 향한 징집 열차에 불안감을 감추지 못하는 표정이 도대체 생소한 것이다. 기실 사지(死地)로 끌려가는 소모품으로선 몸의 근육이 아무 의미가 없을 수도 있다. 아무리 강하고 빨라도 총알을 이길 수 없기 때문이다.

돈도 명예도 사랑도 행복도
권력도 영화도 재물도 다 싫다

아라기를 다구리 놓으며 부르던 그 가락만으로도 눈시울이 그렁그렁 젖는 게 왠지 뜨악하지 않다. 그렇다. 지금 조선인 모두의 심성이 윤심덕의 노래 가락 '사의 찬미' 그대로의 절망이다. 그래서일까, 트럭 뒤 칸에서 노래가사도 닥치는 대로 바꾸어 불렀다. 굴비짝처럼 착착 재인 옆구리로 몸을 맡기던 용석도 그의 어깨에 기댄 채 눈을 감고.

쓸쓸한 세상 험악한 고해에
너는 무엇을 찾으려 가느냐

눈물 훔치다가 고개 돌려 눈이 마주치자 씨익 웃음을 지은 게 그나마 다행이다. '괜찮다, 괜찮다'며 시린 가슴 달래려 두근두근 진정시키려 했다. 울 수 있는 틈새조차 없던 화물열차가 아주 잠깐 넓어지는 느낌이었지만 그것도 도착할 때까지였고. 수복이 입술을 깨물며,

"분하다. 조선 팔도는 일제의 전쟁 공출로 재산과 사람까지 유린되고 순박한 처녀들은 놈들의 정신대로 끌려가 정액받이가 되고 젊은 남정네는 사지로 끌려가 총알받이가 되다니."

그 순간 사립문 바깥으로 사라지던 대밭집 순이의 노랑저고리 파편이 번쩍 떠오른 건 무슨 사연이었을까? 화물열차의 덜컹거림에서도 쉽사리 사라지지 않는 것이다.

순이

양지 편 사는 대밭집 순이와는 다섯 살 차이이니 기실 아랫도리

벗고 개울 건너던 갓난아기 때부터 생생하게 점철되는 관계이다. 유년 시절, 가오리연 만드는 신우대 구하러 개울을 건너면 그미의 부친이 조선낫으로 대나무 밑동을 잘라주던 사연만 떠올려도 가슴이 훗훗했다. 그 도막을 조선낫으로 가늘게 쪼개 그늘에 말려 창호지에 붙이면 가오리 닮은 연이 되어 푸른 하늘로 둥실둥실 날았다.

그 순이가 장마철 물살에 빠져서 구해준 적이 딱 한 번 있다. 용석이 열두 살이었으니 순이는 일곱 살이다. 유월 장마 물살로 딱 하나밖에 없는 검정고무신이 떠내려가자 순이가 엉엉 울며 황토 물살에 겁도 없이 정강이를 담근 것이다. 물살에 끌려가는 소녀의 몸이 어른어른하다.

'안 돼.'

물줄기는 파도처럼 사나왔고 고무신을 잡던 소녀의 질린 얼굴이 금세 하얗게 굳어버린다. 기우뚱 물보라에 쏠리는 순간 목숨을 잃을 수도 있다.

'잡아!'

용석이 한 손은 버드나무 가쟁이를 잡은 채 나머지 한 손을 내밀자 그 손을 아슬아슬하게 붙잡은 게 천만다행이다. 참붕어 비늘처럼 미끄러웠지만 손가락 힘을 끝까지 빼지 않은 게 목숨을 구했다. 물에서 나와 벌벌 떨던 일곱 살 순이가 젖은 몸으로 열두 살 용석을 끌어안고 펑펑 울던 겁에 질린 사연이 얼핏 오누이의 그림처

럼 화사하다. 그 구사일생 목숨을 구한 순이가 보통학교 교육도 못
받았다는 점은 오래도록 아쉬웠다.

그미의 아버지 박 첨지는 열 마지기 이상의 땅을 가진 농부였으
며 인심이 후덕하고 품도 넓은 사내였다. 그러나 완고한 성품 탓으
로 여자들에게 교육시킬 만큼 깨어 있지는 못했다. 용석도 그 점을
안타까워했으나 방법이 없었다. 일제강점기 조선의 아비들은 그
때까지 남녀를 철저히 구별했으므로 웬만큼 순박해도 그 의식의
경계를 넘을 수가 없었던 것이다. 그뿐이었다. 그런데 이상하다.
스물한 살이 되도록 여자를 못 만난 헛헛한 가슴에 왜 갑자기 순
이의 얼굴이 화사하게 밀고 들어오는 걸까. 부풀어 오르는 아랫도
리 뿌리를 용석 혼자 촉촉이 잦아들게 하는 중이다.

좌우지간 왜놈들은 비행기 날개나 엔진을 만든다며 쇠붙이란
쇠붙이들은 싸그리 공출해갔다. 아버지 박 첨지가 주재소에 끌려
간 이유도 가보처럼 보관하던 놋쇠 그릇 때문이다. 마을 사람들 모
두 바쳤는데 박 첨지 혼자만,

"이건 조상 대대로 물려온 가보이고 우리 조상의 돈으로 산 것
이니 내 부모의 영혼이 모두 이 놋쇠 그릇에 담겨 있다. 못 준다.
빼앗아가려면 차라리 날 죽여라. 도동놈들아."

하도 완강하게 버티니 앞잡이인 하루다도 머뭇대다가 침을 찍
찍 뱉으며 몸을 돌렸다. 그날 밤 몰래 쇳밭둑 고샅에 횃불 밝힌 채
두 줄 고랑 깊게 파서 감췄으니 감쪽같을 줄만 알았다. 팔봉에서

건너온 원정 머슴 필복이가 이장의 꼬임에 빠져 주재소 끄나풀 노릇을 하는 걸 깜빡 놓친 게 엄청난 사달을 불러들인 것이다. 총 든 순사 하나와 완장 찬 자전거 세 대가 대밭집 마당을 급습하면서 다시 밭고랑을 파헤쳐야 했다. 박 첨지가 놋그릇을 감춘 죄로 읍내 경찰서로 넘어가자 이번에는 엉뚱하게 칠기리 이장 염 씨가 순이에게 찾아와 혓바닥을 날름대니,

"일본 단추공장에 가서 2년만 고생하면 돈도 벌고 아버지도 구할 수 있으니 효녀 심청이 될 수 있는 기회가 온 것이다. 네가 출국하기 전에 느이 아버지를 제일 먼저 풀려나오게 해주마. 합숙소 생활이니 일단 밥은 굶지 않는단다."

이장의 꼬임에 빠져 끌려간 순이가 종시 불안했으나 어느 누구에게도 표출할 상황이 아니었다. 효심 깊은 순이는 그렇게 허드렛일이나 거드는 줄 알고 정신대에 넘어갔다. 솔깃속은 채 그렇게 끌려갔지만 박 첨지는 감옥에서 나오지 못하고 시커멓게 타들어가는 몸으로 죽고 말았다. 죽기 직전 순이가 면회를 갔을 때 철창 안 박 첨지의 노발대발 표정을 잊을 수가 없다. 장작개비처럼 깡마른 그의 몸에서 불쏘시개 눈빛이 터진 것이다.

"왜놈이건 놈들의 끄나풀이건 한마디도 믿지 말라고 당부했는데 기어이 넘어갔구나. 앞으로 나를 절대로 찾아오지 마라. 내 눈에 흙이 들어와도 너를 보지 않겠다. 네 마음이 착한 건 아비도 알고 있으니 니 심성의 잘못이 아니겠지만 앞잡이의 꼬임에 넘어간

순간 네 팔자가 꼬인 것이다. 나 하나의 불행이 아니라 온 가족의 불행이고 자손만대 수치로 남게 될 것이다."

동행했던 이장의 얼굴은 끝까지 쳐다보지도 않고 노발대발 돌아섰다는 안타까운 풍문만 돌았다. 그 딸깍발이 대쪽 사연도 듣는 사람을 안타깝게 하지만 아무 말도 못 한 채 훌쩍거리며 돌아선 순이의 뒷모습이 더욱 아리고 슬프다.

순이가 타동 처녀들과 함께 트럭에 실려 홍성으로 떠나기 전날이었던가. 기름을 사기 위해 자전거 타고 신작로 나서는 용석과 마주쳤을 때,

"저는 현해탄 건너 멀리 나갔다가 한참 후에 돌아와유."

순이의 그렁그렁한 눈동자에서 이슬이 넘실거린다. 용석이 그냥 먹하니 서 있자,

"그때까지 몸 성히 계세유. 오라버니."

종종걸음으로 도망친 그 인사가 순이와의 마지막 대면이다.

'나도 일본 놈들의 전선에 끌려가니 이 자리가 마지막이 될 수도 있구나.'

그 말을 건네지 못한 게 오래도록 아프다. 한번 건너간 그미의 다리가 영원히 끊어져버린 것이다. 그랬다. 싸리 회초리처럼 낭창낭창한 그미의 허리가 자꾸만 떠오르는 것이다. 백설기처럼 뽀얀 손목이라도 덥석 잡아주었으면 그나마 덜 안타까웠을 것이다. 발갛게 달아오른 두 뺨으로 오솔길 비켜주던 순이의 행방은 흉흉한

나팔꽃   63

소문으로 문풍지나 두들길 뿐이다.

　오사카 군수공장 어디쯤에서 베어링을 깎고 있으면 그나마 다행이지만 어쩌면 동남아 어느 섬까지 위안부로 끌려가 아랫도리 능욕을 당하는지도 모른다. 어지럽다. 그는 수음의 흔적이라도 지워버리듯 군화 밑창을 박박 비벼대었다.

황군의 돌격대

　블라디보스토크는 '동방정복'의 소련 단어로, 부동항을 찾던 러시아 군대의 전략적 진출지라지만 그 이방의 땅 역시 겨울 내내 바다가 꽁꽁 얼어붙는다. 다행히 지금은 여름철인지라 일단 시원한 솔바람이 불지만 깊은 산 인적이 사라지면 여우와 들고양이 울음소리만 쟁쟁 울려 퍼지는 게 음산하고 으스스하다. 겨우 일주일 훈련을 마친 젊은 피들에게 고물총 하나씩 쥐어주고 블라디보스토크 전선으로 몰아넣었으니 그게 바로 총알받이다.

　특히 최전선 돌격대인 '오다(小田)노리아키 대중 기관총대'는 이미 악랄하기로 소문난 부대이다. 배속 이후 죽음은 늘 옆에 있었다.

　가장 놀라운 건 평소 뱃심이 두둑한 동행인 김수복이 거꾸로 용석에게 의지한다는 점이다. 전투에 투입되면서 당장 눈동자에서 총기가 사라졌다. 이상하다. 제민천 맞짱에서는 그리도 당당하던 수복이 어금니만 딱딱딱 부딪히니 그에게 의지하려던 용석마저 웃음기가 아예 사라진 것이다. 몸이 무겁다. 서 있다가 잠깐 소나무에 기대기만 해도 눈꺼풀끼리 거미줄처럼 칙칙하게 달라붙는다.

그런데도 자발적 지원병들이 주축이 된 1차 선발대들은 표정부터 달랐다. 뒷골목 생활에서 이판사판 지원한 그들은 벌써부터 점령군이나 된 양 어깨에 힘이 들어간 채,

"사람이 한 번 죽지 두 번 죽나? 포탄의 불바다가 터져야 팔자가 바뀌는 거야. 전쟁터에 몸을 던져 인생 한번 쇼부 쳐보자. 씨앙."

독기만 남은 눈동자로 여기저기 음습하게 부라린다. 기껏해야 보름 차이의 후발 장정들에게 같잖은 고참 군기도 잡는 것이다. 철망 뒤로 끌고 가 기합도 주고 몰래 집합시켜 조인트도 날리니 기를 펼 수가 없다. 그뿐만 아니라,

"흐흐흐. 전쟁터는 어차피 여자의 지옥이고 수컷들의 놀이터다. 중국 년들도 걸리기만 하면 단칼에 치마를 쫘악 찢어버리고 허벅지부터 날름날름… 조선 여자도 황군에게 몸 보시 좀 해야 전투력이 상승되지."

부들부들 주먹만 쥐었을 뿐 움직이지 못한 게 오래도록 한이 되었다. 그러거나 말거나 그들은,

"열등 동물 조센징 꼬리표로 찌질하게 사느니 대동아 제국에 몸을 바쳐 팔자부터 고친 다음 제대하자마자 떵떵 살아야 한다. 이기자, 황군."

필시 조선인의 탈을 쓴 토착왜구 영혼이리라. 그 유체이탈 허수아비들이 같잖게 난장을 치고 다녀도 후발 징병 장정들은 수모를 견뎌야 한다. 마찬가지다. 근육질 수복도 1차 기수 고참들 앞에서는 아무 대응도 못 하니 고보 시절의 패기와 전쟁터는 차원이 다르다. 방도가 없다.

그러나 뜻밖의 경우도 겪었으니 인생의 신산고초가 때로는 경이롭다. 집총 훈련 중 징병 1기생으로 가장 먼저 끌려왔다가 차출된 한국인 조교 이영식(24세)을 훈련 과정 막판에 만난 것이다. 연희전문학교 재학 중 광산업에 실패한 아버지를 살리기 위해 전쟁터에 투입된 사내라고 얘기만 들었다. 그는 훈련병 김수복과 2인1조로 매복 보초를 설 때를 꼽았다가 순찰을 핑계로 찾아오더니,

"무의미한 출정이다."

첫마디부터 송곳에 찔린 듯 가슴이 자르르 떨린다. 달빛에 비친 그의 눈빛에서 이슬이 폭포처럼 쏟아지는데,

"목숨을 내건 이 출정이 결국 자손만대 굴욕의 역사로 기록된다는 점이다. 내 나라를 위해 바친다고 해도 아까운 목숨인데 그 후대의 오욕을 감수하며 생명을 걸어야 한다는 게 얼마나 부끄럽고 비참한 일인가."

그의 밀담 훈시를 들은 후, 어두운 터널을 빠져나오는 순간 쏟아지는 햇살을 만난 것 같았다. 이영식은 잠깐 주저주저 두리번거리다가 결심한 듯 어금니 깨물며,

"알기만 하고 실행에 옮기지 않는 이론 지식이 무슨 의미가 있는가. 나는 일단 탈영을 할 것이다. 루스키 절벽만 넘으면 놈들의 추적을 빼돌릴 지형이 보인다고 들었다. 맨 먼저 이 땅의 후배들에게 내 심성을 고하는 삐라를 뿌리고 상해임시정부로 도망칠 것이다. 그리고 해방이 오기 전에 나도 독립 운동의 대열에 머리를 끼워 넣겠다. 내 후손들에게 일제의 용병에서 벗어났다, 라고 말하고 싶다."

"…아!"

깨어 있는 영혼을 그렇게 만난 것이다.

"반드시 기억하라. 일본이 결국 패망한다는 건 이제 극비 상황도 아니다. 도이칠란트나 이태리 같은 동맹국 몇 개로 지구 전체의 연합군을 이길 힘이 원래 불가능했는데 천황의 머리에 도깨비가 씌워진 것이다. 바락바락 악을 쓰며 마지막 발악으로 괴롭혔으나 이미 대세는 기울었다. 그때까지 몸을 잘 보존하라는 말을 전하기 위해 순찰을 자원하여 몰래 너희들에게 온 것이다. 마음이 통하면 우리는 동지다."

감동으로 울컥거렸던 전율의 기억이다.

'아, 선배의 모습이란 바로 이런 거구나.'

강제 징용된 황군에게서 살아 있는 정신을 만난 것이다. 그리고 일본이 패배할 수 있다는 예감도 처음으로 해보았다. 그러거나 말거나 난징 침략 때 38식 보병총을 받았으니 꼼짝없이 황군의 돌격대가 된 것이다. 하필 돌격대 대장이 쇼츠미 쇼이(31세)가 배속된 3중대였으니 그것은 지옥보다 더 공포스러운 도정의 시작이 되었다. 그게 진퇴양난이다. '도스게키' 소리 지르며 공격 앞으로 치달려도 러시아의 총알에 목숨이 날아가는 것이고 주저하거나 탈영을 해도 황군의 뒤통수에 총알이 박힌다. 일단 당장은 놈의 고함소리에 촉수를 기울이며 충성 맹세의 동작을 취할 수밖에 없다.

"네놈들이 받은 소총은 천황 폐하의 하사품이니 몸보다 훨씬 귀중하게 보호해야 한다. 만약 고장이 나면 뼈가 부러지게 얻어맞는다. 분실하면 즉각 총살이다."

불을 뿜는 야차(夜叉) 눈빛과 마주칠 병사는 아무도 없었으니 절대로 엄포가 아니다. 인간의 의식이란 아, 얼마나 쉽게 비열의 굴곡을 만드는가. 용주고보 시절 청년의 용광로 분노가 천국처럼 행복했던 공간이었다. 무섭다.

"나는 대일본 제국의 영웅 다케시 장교와 내무반 모포를 덮은 돌격대 출신이다. 살아 있는 포로들 목 자르기 대결의 영웅 다케시를 모를 황국 군인이 있느냐? 피가 응고되지 않은 일장검을 뽑으며 황국신민의 그 영웅과 일심동체 쌍두마차로 진주만 출정가를 불렀단 말이다!"

전선의 괴담으로 퍼졌던 그의 살육 잔치 괴소문이다. 그가 키득거릴 때마다 저마다의 목이 실제로 날아가는 느낌이므로 쫄병들 모두 자라목 깊숙이 오싹 움츠려야 했다. 포로로 잡히는 순간부터

죽은 목숨으로 처리되었으니 다른 병사들에게까지 그 잔인성이 전이되는 것이다. 그렇게 매 맞아 죽고 총 맞아 죽고 굶주려 죽고 작두에 목이 잘려 죽는다. 그랬다. 포로들은 차라리 전쟁터의 총알에 맞아 죽는 게 나았을지 모른다.

광란의 장교 노다 다케시(32세).

그는 중국군 포로이건 대륙의 본토 민간인이건 선교사로 일하던 서양 사람이건 가리지 않았다. 남자는 무조건 두들겨 패거나 칼집을 내었고 여자는 강간부터 시도한 다음 입을 봉하기 위해 칼을 휘둘렀다. 포로 20명을 바람 부는 벌판에 무릎 꿇려놓고,

'몸에 붙은 머리를 누가 가장 빠른 시간에 가장 많이 잘라낼 수 있나?'

시합을 했다. 그렇다. 난징대학살의 주범 살인마 다케시를 모르면 절대로 관동군이 아니다. 총알을 아끼기 위해 칼을 손질한 다음 사람의 목을 얼마나 빠른 스피드로 벨 수 있는가를 공개적으로 실험하는 장면이 일본 도쿄일일신문(현 마이치니신문) 기사에 뜬 것이다. 망나니 춤에서 그는 박빙으로 우승자가 되었다.

포로들을 꿇린 벌판, 일단 눈부터 가렸으니 발버둥 치는 게 보기 싫다는 이유이다. 목숨이 끊어지는 순간의 비명 소리가 듣기 싫다며 입에 재갈도 물렸다. 그리고 다케시가 일본도를 빼어들고 제물들 앞에 쿵, 나타나는 것이다. 먼저 '목 자르기 동작'이다. '호이

호이' 치달리며 포로 스무 명의 목을 조선무 자르듯 치면 금세까지 몸에 붙어 있던 목이 호박덩이처럼 싹뚝싹뚝 잘리는 것이다. 다케시는 피가 뚝뚝 떨어지는 일본도 칼을 허공에 휘룽휘룽 돌리며 돌연 구경꾼들에게,

"반자이, 반자이."

박수를 명령하는 것이다.

"이건 짱꼴라 모가지일 뿐 사람의 몸이 아니다. 키키키."

목 잘린 시신이 숨통을 헐떡이는 그대로 다리를 질질 끌고 가 삽질로 파묻었다는 대목에선 바람도 햇볕도 숨을 딱 멈췄으니, 악마, 악마였다. 잔혹사를 까발리면 듣는 병사들까지 모가지가 오싹 끊어질 것 같았다.

황군 본부는 전사들의 사기를 높인다며 민간인 100인 학살 기획을 경쟁적으로 부추겼다. 남경을 점령하기 전에 누가 먼저 민간인 100명을 죽이고 우승의 영광을 차지하느냐,가 관심사가 되기도 했다. 그들이 탕산(唐山)에 도착했을 때 무카이도는 89명을, 다케시는 78명, 그렇게 목 자르기 경신을 벌이는 중이었다. 그리고 난징 함락 후 무카이도는 106명을, 다케시는 105명을 베었으니 박빙의 참수 대결이다. 1936년 12월 31일자 도쿄일일신문에 3단으로 보도된 기사이다.

이번에는 총 한 방의 위력이 몇 사람까지 관통시킬 수 있는가를 실험하는 장면이다. 열 명의 포로를 일렬종대로 세워놓고 앞에서

낄낄대며 방아쇠를 당겼는데 네 명까지 관통하고 총알이 멈춘 것이다. 마찬가지로 또 박수를 치라며 총구를 돌린다. 박수 소리의 힘을 받은 총알이 한 명의 몸이라도 더 관통할 수 있다는 것이다.

"죽은 시체는 모조리 돼지우리에 집어넣었다. 핫핫핫."

스츠미도 중국인 목 자르기 시합에 나서서 겨루기 한판을 보였노라고 침방울 튕기며 자랑하는 것이다. 절대악은 반드시 존재한다.

또 있다. 얼굴이 앳된 중국 소녀 하나를 세워놓은 장면은 직접 보았다. 중국인 남자들은 고개를 숙인 채 일체 숨을 멈추었고 피투성이 소녀 혼자 몸의 유린을 당했다. 여기서는 졸개들까지 동물성을 노출했으니 인간의 본성은 절대로 착하지 않다. 벌벌 떨고 있는 처녀의 몸을 차렷 자세로 세워놓고 돌아가면서 온몸을 주물렀다. 어깨에 얹었던 손을 겨드랑이로 집어넣었고 옷 속에 손을 넣어 젖가슴을 만지며 사진도 찍었다. 소녀의 몸에 칼을 꽂은 건 순전히 총알 값을 아끼기 위해서란다. 시신의 콧구멍에 담배를 끼운 채 낄낄댔으니 그게 지옥도이다.

요시다 니도헤이

블라디보스토크 절벽 아래에 있는 루스키 전선(戰線)의 여름이다. 지금은 7월초 영상 17도로 소나무에 달빛 걸린 채 때까치 울음만 선선한 밤이다. 겨울은 영하 25도 맹추위로 오줌발조차 쏟아내자마자 포물선으로 얼어붙는다는 그 동토이다. 매복으로 잠깐만 숨어 있어도 금세 눈사람으로 변신한다는 그 블라디보스토크 칼바람 소문만으로도 쟁쟁 오그라든다. 여름은 짧고 겨울은 긴 전선이다.

그 전투의 장에서 요시다 니도헤이(21세)를 만나면서 국적 불문 사람마다 심장의 온도가 다르다는 걸 새롭게 눈 뜬 것이다. 그를 만난 건 어떤 인연일까? 처음에는 그냥 심약한 엘리트나 감상주의자 정도인 줄만 알았다. 와세다대학 재학 중 트럼펫을 전공했다는 그가 전쟁터까지 악기를 가져오고 싶어 흐릉흐릉 속을 끓였다는 소문도 들은 터였다. 그저 창백한 예술인으로 치부했었는데 그게 아니다.

그와 같은 야간 매복 조에 투입되면서 단 한 차례 밀담 후 심장까지 소름이 돋는 것이다. 용주고보 재학 시 지하 학습에서도 아나키스트의 얘기를 듣긴 했다. 그러나 정체를 털어놓는 장면이 새어 나가는 순간 빨갱이보다 빨리 목이 달아날 사안이었다. 동경대생 외삼촌과 골방에서 사회주의 학습을 시도했다는 '민중론 학습' 사연은 그렇게 '둘만의 비밀'이 되었는데,

"러시아나 미국 같은 백인종에게 동양인들이 힘을 뭉쳐 대동아제국 건설로 맞서는 것은 현 상태에선 그저 연합군 대 동맹국의 입장으로 인정할 수밖에 없다."

용석은 발끈함을 누르며 최대한 목소리를 낮춘 채,

"그대는 일본인이니까 자국의 편을 들 수 있지만 목숨 바칠 조국이 없는 나에게까지 왜 획일적인 사상을 강요하는가?"

차분하게 경청하는 요시다의 표정에서 전사의 독기라고는 손톱만큼도 찾아볼 수 없다. 맑은 눈빛이 더욱 차분하게 가라앉으며,

"일본인 모두에게 목숨을 바칠 조국이 똑같이 존재한다는 생각부터 허상이다. 대대로 핍박만 받아온 일본 민중들에게 전쟁 승리가 과연 무슨 의미가 있는가? 마찬가지로 새빨간 허상일 뿐이다. 전리품의 수혜자는 천황 이하 가신들 차지일 뿐이니 전쟁의 승리는 결국 민초들의 피비린내 나는 무덤 이상의 아무 의미가 없다. 제국주의끼리의 대결은 쇼비니즘일 뿐이다. 낱낱의 계급적 실상을 파악하는 것이 중요한 쟁점이다."

"나도 지금 목숨을 걸고 말하는 바이다. 분명히 말하지만 약소국을 수탈하는 그대의 조국 일본을 어떤 식으로든 합리화시키지 마라."

그런 토로만으로도 숨이 막힐 것만 같은데,

"그게 모든 강대국의 속성이다. 소련이나 미국, 영국, 에스파니아, 뽀루뚜갈도 똑같은 침략주의 아닌가? 모든 나라 권력자들의 사소한 땅뺏기 야망 때문에 수백만 목숨이 초개처럼 사라지는 것이다. 그러니까 일본인들 모두를 제국주의자로 몰아붙이는 것은 또 다른 파쇼일 뿐이다."

그가 잠깐 주저하듯 두리번대더니 정색으로,

"내가 일본인이라는 이유 하나로 왜 일개 천황 따위의 소소한 자존감을 지켜주기 위해 목숨을 바쳐야 하는가? 독재자들이 혈통적 자존감을 맞추기 위하여 전쟁놀음을 벌일 때마다 빈한한 민초출신 젊은이들만 총알받이로 내몰리는 생각을 떠올리면 이 모순된 구조를 허물지 못하는 게 절망스러울 뿐이다."

용석도 고개를 돌려 초소 바깥을 힐끗 쳐다만 보았다. 한치 앞도 보이지 않는 절망 같은 어둠이다.

"그대의 지휘자 쇼이는 포로의 목 자르기에서 우승한 것도 자랑했다. 손발을 포승줄로 묶고 칼질을 한다는 게 일본의 군인 정신인가?"

그러나 요시다는 전혀 밀리지 않은 채,

"쇼이도 나쁘지만 그대가 존경하는 콜럼버스도 마찬가지이다."

"무슨 소리냐? 그는 스페인의 대서양 서쪽 망망대해를 응시하며 신대륙 발견의 꿈을 이룬 사내다. 비교도 적당한 인물로 해야지 무슨 뚱딴지같은 말장난인가?"

요시다의 눈이 날카롭게 일그러지며,

"그가 점령한 섬에 대해 얼마나 공부했는가? 그대가 말하는 소위 인디언이라 불리는 아이티섬의 원주민 30만 명 중 15만 명을 학살한 장본인이다. 스페인군도 쇼이처럼 칼이 잘 드는가 안 드는가를 실험하기 위해 원주민들의 목 자르기를 통해 '검의 등급'을

먹인 바 있다. 이래도 콜럼버스는 영웅이고 쇼이만 악마라는 결론
이 나오는가? 모든 게 잔혹한 전쟁광들의 파워 게임에 불과한 것
이다."

논리의 벼랑 끝에 몰린 용석이,

"그래도 우리는 기미년만세도 일으켰고 광주학생의거도 노도와
같이 퍼뜨렸다."

요시다는 설레설레 고개 흔들며,

"이제 늦었다. 그게 스프링 논리이다."

"용수철을 말하는가?"

"그렇다. 스프링은 누를수록 튀어 오르는 게 아니라 완전히 눌
리면 더 이상 일어서지 못한다. 지금이 납작 눌린 그 상태이다. 외
부적 돌발 변수가 없다면 이대로 지속될 확률이 높다."

용석은 사지에서의 배움을 뜨겁게 떠올리는 중이었으나 입에서
나오는 언어는 그의 생각과 정반대인 볼멘소리로,

"당신의 나라가 침략자임을 부정하지 마라."

요시다는 전혀 밀리지 않고,

"그게 강대국이면서 강자들의 속성이라고 말하지 않았는가? 시
저나 칭기즈칸, 나폴레옹이나 한니발까지 모두 약소국을 짓밟기
위해 자국과 적국의 백성들을 짓밟고 닥치는 대로 목을 자르며 영
웅 호칭을 받는다. 그래서 민족 모순과 계급 모순은 평행선으로 가
는 것이다. 그러나 그런 분석이 중요한 게 아니고 우리 후대에게만

큼은 이 불행한 전쟁 유산을 물려주지 않는 게 가장 중요하다."

그러더니 고개를 떨구며,

"…지금으로선 불가능하지만."

그랬다. 모든 게 불가능했다. 단지 입을 봉한 채 무덤까지 가지고 갈 아나키스트와의 밀담이 그래서 소중한 것이다. 그리고 없다. 그 후 심장을 열고 토로할 공간은 영원히 없었다. 언제부터였나, 전쟁터에서는 동트는 새벽보다 어둠이 더 편안했을 뿐이다. 아니, 어둠도 두려웠지만 밝은 태양보다 은닉이 조금 쉬울 뿐이고.

"우리의 후손들에겐 그런 세상을 물려주지 말아야 한다."

그가 마지막 남긴 말이 잠언처럼 오래도록 지워지지 않았다. 달빛만 저 혼자 휘황한 전선의 밤이었다.

전란의 루스키 섬.

금낭화와 선괭이꽃의 조화로운 신록, 그 웅장한 풍광으로 안개에 파묻힌 섬은 얼핏 파라다이스처럼 평화로웠다. 버선처럼 휘어진 해안선 끄트머리마다 까마득한 낭떠러지였는데도 마음의 평정을 안겨주니 자연의 조화란 게 참으로 현란하다. 절벽 틈새에 뿌리내리며 수평으로 뻗은 침엽수 그 사이로 하늘을 뚫고 날아가는 갈가마귀 떼가 그리도 아스라하다니.

깎아지른 절벽, 그 절경의 끄트머리 어디쯤 자갈밭 행군 중이던 소련군 일개 중대 가량의 제복들이 쇼이의 시계(視界)에 들어오지

말았어야 했다. 그러니까 병사들 모두 풀자루처럼 늘어져 있는데 스츠미 쇼이가 눈을 번쩍 뜨며,

"전원 기상. 드디어 훈장깜들이 나타났다. 기다리고 기다리던 신의 한 수 찬스가 드디어 왔다."

총대를 덜커덕 내릴 때 고노 오장(25세)의,

"쏘지 마십쇼."

다급한 만류를 들었어야 모두가 목숨을 부지할 수 있었다.

"쇼이 상. 고즈넉한 벌집 쑤시면 절대로 안 됩니다. 병사들 모두 총부리를 올릴 힘조차 없습니다. 무기까지 부실한 병사들 전원이 몰사를 당할 수도 있다구요. 쇼이 상의 용맹과 충성심은 백번 이해하지만 일단 신중을 기합시다."

만류하는 고노의 이마에서 닭똥 같은 땀방울이 뚝뚝 떨어지는 것이다. 그러나 쇼이는 불사조가 될 수 있는 영웅적 찬스를 버릴 수 없었다. 군복 상의에 주렁주렁 매달리는 훈장 꾸러미의 희열이 번쩍 떠오르면서 그저 이마빡 핏줄이 터질 듯 팽팽해진다.

그 기세로 황급히 막아서던 고노의 정강이를 걷어찬 것이다. 뒤로 물러서던 고노 오장이 바위에 걸려 발라당 쓰러지자 핏발이 일어선 쇼이가 노발대발 고노를 향해 총부리를 겨눈다.

'우군에게까지 총을 겨누는구나. 더구나 같은 지휘관인데.'

모두들 숨이 막혀 죽을 것만 같은데 돌연 방아쇠를 돌려,

"사격! 사격! 요시."

첫 방은 스츠미 쇼이 혼자서만 방아쇠를 당겼던 것 같다. 나머지 잔당들은 장교가 악을 쓰는데도 절벽 아래만 바라보며 사격할 엄두를 내지 못한 것이다. 새 떼들 날개 치는 소리에 침엽수 솔 이파리가 오소소 떠는 바람에 더 그랬다. 그저 벌렁거리는 심장만 누르는 중인데,

"망설이는 졸개의 뒤통수를 총알이 뚫을 것이다. 특히 조센징 노로마 새끼들."

용석도 그제야 흠찟, 하며 절벽 아래 하향 사격 자세로 몸을 굽히는 데 총대에서 모래알 떨어지는 소리가 우수수 쏟아진다. 현기증으로 아찔하다. 이런 재래식 소총은 원거리에서는 쏘아봤자 유효타가 전혀 될 수 없다. 특히 하향 사격이 더 그렇다.

어쨌든 쇼이의 총알을 피하는 게 가장 급하므로 용석도 늦게나마 방아쇠에 검지를 집어넣는다. 옆자리 대원들의 총탄 소리가 먼저 피융피융 터졌다. 새떼들 날개 치는 소리가 어느새 잦아들었고 일순 고요, 고요가 젖어들었다.

그뿐 일군의 총알은 단 한 방도 맞추지 못했다. 선두의 소련 병사들이 총알 소리가 감지되자마자 쓰러지듯 모두 몸을 날린 것이다. 적군들 모두 바위 뒤로 삽시간에 자취를 감췄고 삭정이 떨어지는 소리만 우수수 들렸을 뿐이다. 그리고 자작나무 밑동을 엄폐물 삼아 금세 숨은 그림으로 사라지자마자 때까치 떼들이 소스라쳐 하늘로 날아가는 것이다.

백여우 한 마리가 깨갱깨갱 비명으로 뛰쳐나가는데 잘라진 뒷다리 달랑거리며 핏방울을 떨어뜨리는 게 처연함의 극치이다. 얼핏 여우의 잘라진 귓바퀴도 스쳐간 것 같은데 그 잔상이 지워지지 않고 진하게 남는다. 포탄은 인간과 동물 그리고 초목까지 가리지 않고 그렇게 삼라만상을 초토화시킨다.

그때까지만 해도 상향으로 총을 쏘기에는 엄폐물이 많아 일방적 하방 공격이 가능할 줄 알았다. 그랬다. 갑자기 건공중을 가로지르는 기관총 소사가 우박처럼 쏟아지면서 풍비박산 판세가 바뀌었다. 여우 떼의 이동 대피 그림자가 비행기 레이더망에 제대로 걸린 직후이다.

타다다다.

하필 요시다 니도헤이가 가장 먼저 숨을 거둬서 가슴이 찢어지게 아프다.

"엄마…, 엄마가 보고 싶어."

그 사내가 앳된 얼굴을 간신히 올리며.

"왜 러시아 청년들과… 총싸움을 시키… 나요? 지구의 젊은 생명끼리 원한도… 없이… 전쟁은 진정 권력자들의… 무가치한…."

옆구리로 피를 콸콸 쏟으며 마지막 유언처럼 눈이 부시게 산화하는 것이다. 그러나 외마디 소리로 숨을 멈추는 자리에서도 모두들 자신의 목숨을 피하느라 정신을 차릴 수가 없다. 용석도 쏟아지는 총알을 피하느라 전우의 죽음에 더 이상 애도할 틈조차 없다. 그

게 끝이다. 쇼이는 숨이 끊어진 부하의 주검을 표정 없이 쳐다만
보다가,

"사격 중지. 요시… 일단 엄폐."

어금니라도 부러뜨릴 듯 빠드득거렸다. 그는 전투만 끝나면 소
련군을 섬멸하지 못한 사태를 부하들 책임으로 닦달하며 일본도를
휘두를 참이었다. 그리고 다시 고요의 늪에 빠졌다. 눈이 감겼다.

김수복의 죽음

'꿈속에서의 꿈'

그런 꿈의 이중성이 닫혀 있던 무대의 장막을 걷어 올리듯 활짝
펼쳐지는 것이다. 그리고 어둠이 걷힌 자리로 울창한 밀림이 들어
섰다. 그리고 용석은 동굴 바깥 쥐똥나무 꼭대기로 날다람쥐처럼
가볍게 오르는 중이었다. 이상하다. 나무에 오르는 몸이 왜 원숭이
처럼 가뿐할까? 갸우뚱하는 순간 어느새 몸이 실제로 긴꼬리원숭
이로 탈바꿈된 것이다.

'진짜 꿈이 틀림없는데.'

나뭇가지에 꼬리를 매단 채 볼을 꼬집는데 노랑부리 새 한 마
리가 날개 친다. 우지끈 뚝딱. 새가 하늘로 날아오르자 삭정이 몇
개가 노란색 파편으로 바닥에 떨어진다. 빛깔까지 화사한 황금빛

이다.

"아름답다. 황금빛, 아, 길조의 새."

그 순간 찬바람이 휘몰아치더니 긴꼬리원숭이의 이마를 '딱' 때린다. 화들짝 눈을 뜨니 턱 아래로 흰 수염이 가지런한 부친이 사진틀 속을 빠져나와 용석 앞에 우뚝 선다. 그의 몸에서 쏟아지는 광채에 눈을 뜰 수가 없는 게 어디선가 본 듯한 장면이다.

'피하라. 아니면 죽는다.'

'어디로요? 아, 버, 지.'

기실 윤곽조차 흐릿한 부친의 얼굴인데 얼떨결에 그런 호칭이 나온 것이다. 그러나 부친으로 부활된 그가 화사한 눈빛을 쏘아대며,

'남쪽으로… 나머지는 길이 없다. 네가 활로를 잘 개척하면 향후 반백 년은 더 살아갈 수 있다.'

깨어나서도 그 계시가 엄중하여 한참 동안 부친의 숨소리를 품었으니 꿈과 생시의 경계가 사라진 것이다. 아주 잠깐 새근새근 지나가는 그 순간 하복부 창자가 찢어지듯 뒤틀린다. 돌연 용석이 소총도 놓친 채 오솔길 바닥에 데굴데굴 뒹굴었다.

쇼이가 달려오자마자 일본도부터 빼어들었다. 길길이 날뛰는 그의 칼날에 베인 아침 햇살이 조각조각 갈라진다. 그의 인정머리는 절대로 기대할 수 없는 판이다. 더구나 용석 같은 조선인은 파리 목숨일 뿐이다.

아이고오, 아부지.

한 뼘만 가까워지면 뱃가죽이 헝겊처럼 찢어지면서 내장까지 튀어나올 판이다. 그가 용석의 아랫배를 겨누다가 딱 멈춘 것은 비오듯 쏟아지는 땀방울이 눈에 들어간 탓이다. 쇼이가 짐짓 눈빛을 내렸으니 그게 천운이다. 목소리를 내리깔며,

"거짓말이면 죽인다."

복부에 발길질이 대여섯 차례 작렬할 때 마침 용석의 사타구니로 오줌까지 지리는 것이다. 군복이 질펀하게 젖으면서 모래알까지 오줌이 누렇게 번진다. 엄살로 보이지 않는 게 분명코 확실하다.

"칙쇼, 병력이 부족한데."

그 한마디로 목숨을 건질 줄은 꿈에도 몰랐다. 그가 내뱉은 가래침을 고스란히 받았지만 목이 붙어 있다는 것만으로도 기실 얼마나 천운인가? 그랬다. 환자 부대 대기병 몇몇을 제외한 출전 병사들이 그날 두만강 철교를 건넜다는 자체가 죽음의 예고편이었다. 철교의 중간쯤 전진했을 때 하필 소련군의 우박 포탄이 쏟아진 것이다. 포탄을 겨우 피한 스무 명 정도 강물로 떨어졌다는 소식통이 날아왔다. 구천의 부친이 살아 있는 아들의 목숨을 구해주다니.

그러나 살아 있는 목숨도 안심할 수 없다. 소련 전투기 폴리카르포프로의 저공비행 기총소사가 시작되면 나무 기둥이나 바위틈에 붙박이로 견뎌야 한다. 다시 라보치킨 프로펠라 소리가 고막을 찢더니 비행기 그림자가 숲을 덮으며 지나간다. 연달아 터지는 총

성으로 자작나무 갈라지는 비명이 터져도 한나절 내내 숲속에서 옴짝달싹 할 수가 없다.

콰쾅.

포탄의 불바다로 바윗덩이가 거대한 두 동강으로 쫘악 뽀개지는 난장도 보았다. 구멍 뚫린 하늘로 불빛이 번쩍일 때마다 군복 속으로 자라목처럼 움츠렸던 몸뚱이 몇이 허공으로 툭 튀어 오르다가 솔방울처럼 풀썩풀썩 떨어진다. 나머지 소총수들은 엄폐물을 찾아 죽기 살기로 몸을 붙인다. 그렇다. 일단 움직이지 말아야 죽지 않을 확률이 높다. 소련군 병사에게 전혀 원한이 없더라도 그 총알에 목숨이 달린 한 이 순간 그들은 명백한 적군이다. 손가락 넣는 용석의 방아쇠에서 섬뜩한 쇠붙이 감각이 달라붙는다.

그 와중에도 옴짝달싹 잠에 빠지기도 했으니 납덩이처럼 무거워진 살가죽 탓이다. 빗물에 젖을 때마다 뱃가죽 찢어지는 복통에 시달리므로 엎어진 채 등판으로 비를 받는 중이다. 아주 잠깐 가면(假免)에 빠지자마자 온갖 물것들이 몸속으로 파고든다. 노숙 잠결에 얼굴을 때리면 손바닥에 모기 피가 빨갛게 묻어나오고 기어오르는 송충이를 때리면 뺨으로 시퍼런 액체 범벅이 터지기도 했다.

"엎드려! 빠가야로."

최악의 상황에서도 쇼이의 목청은 바락바락 위엄을 보인다. 석고처럼 굳어진 진흙투성이 군복 속에서 용석도 죽은 듯이 숨어 있는 중이다. 그런데 잠에 빠질라치면 대밭집 순이의 뽀얀 종아리가 떠오르니 그 또한 생뚱한 일이다. 그리고 뜻밖의 독백이 튀어나온 것이다. 보고 싶다.

포연이 고즈넉이 잦아드는 순간.

허리띠를 풀러 구멍을 맞추다가 신발에 꽉 찬 모래와 흙덩이를 털어내는 중이다. 나남 24사단 관동군은 가죽을 뒤집어 꿰맨 군화가 특징이었는데 워낙 날림이라 자갈언덕 몇 바퀴만 뒹굴어도 지카다비 밑바닥이 단박에 빵꾸가 났다. 새끼줄이건 칡덩굴이건 닥치는 대로 칭칭 동여매야 하루 정도는 근근이 버티지만 수시로 풀어내고 다시 처음부터 묶지 않으면 발바닥까지 모래가 박히거나 가시에 찔려 갈가리 찢어진다.

검바위 아래 은폐해 있던 김수복이 돌연 용석을 껴안으며,

"보고 싶다. 미쓰 김."

아득했던 이름자를 끄집어내니 뜨악한 일이다.

"서무과 김수미?"

용석도 굉음의 수렁에서 화들짝 빠져나와 아주 잠깐 상념에 빠진다. 아, 여자라는 몸의 냄새를 잊고 산 것은 전쟁 탓이 아니다. 기실 학도 시절에도 수용과 반발을 오르내리며 날마다 대동아제국 학습과 전투 실습에 쫓겨 다녔을 뿐 여자의 맨살을 떠올린 여유라곤 전혀 없었다. 그런데도 이 순간 아랫도리 불끈 솟는 용솟음을 느꼈으니 민망한 일이다.

그랬던 것 같다. 서무과 그 여자는 열혈 청년들의 수용소였던 용

주고보의 꽃이 확실했다. 아니, 사내들 수용소의 홍일점이라서 더 그랬지만 가녀린 몸 자체가 여성의 몸이었다. 그뿐이었다. 눈동자가 호수처럼 출렁이고 웃을 때마다 보조개가 아찔하던 모습이 그저 그림자처럼 스쳐 지나쳤을 뿐이다. 그런데 이 생사의 갈림길에서 여자의 몸을 떠올린다는 게 얼마나 생뚱한가? 검은 운동화에 흰 양말 그리고 생머리가 출렁거리던 미소를 아주 잠깐 떠올렸는데도 아랫도리가 서늘하게 내려앉는다.

고개를 끄떡이려던 용석이 화들짝 소름을 떨군다. 아차, 수복의 등판 뒤쪽으로 커다란 그림자가 시커멓게 덮치는 착시에 빠진 것이다. 죽음의 그늘이다. 용석은 그 오구신의 불길함을 털어내기 위해 머리를 흔들면서 수복의 말에 집중하려 눈을 부릅뜬다. 눈동자가 자꾸 감기려 해서 손가락으로 눈꺼풀을 밀면서 억지로 벌리는데도 수렁처럼 빠진다. 그러거나 말거나 수복은 몸이 달아오른 표정으로,

"차비를 꿨어. 영원히 걸쳐볼 일 없는 퇴학생 교복으로 버스를 타려면 거마비가 있어야 태안까지 귀향할 것 아니냐? 그녀도 돈이 없으니까 자취방 아줌마한테 달려가서 꿔온 다음 차부까지 나풀나풀 달려온 거야. 전쟁이 끝나면 반드시 이자 붙여 갚은 다음, 그 다음."

"…"

차비에 얽힌 사연도 처음 듣는 내용이거니와 그미가 차부까지

배웅 나왔다는 얘기는 더욱 생소하다.

'이 친구는 어느새 그만큼 가까이 다가섰을까?'

차마 묻지 못한 채 혼자만 사념에 빠져 있는 중이다. 어쩌면 '제민천의 맞짱' 소문이 소도시에 퍼지던 즈음일 수도 있다. 그랬다. 그 며칠의 전설적 몸동작만 오려낸다면 소도시의 영웅이었던 김수복의 그 기억도 흐릿한 이제는 흐릿한 과거의 사연일 뿐이다.

"프러포즈하고 싶다. 한쪽 무릎 꿇은 자세로 장미꽃 한 송이 바치면서 정면 승부를 걸어보고 싶단 말이다. 아, 용주고보생 모두가 그녀를 좋아했는데… 차창 바깥으로 총총히 돌아가는 그녀의 뒷모습을 보며 저 여자가 내 애인이었으면 얼마나 좋을까, 그런 상념이 떠난 적이 없다. 벗이여, 그림이 어울릴 수도 있지 않은가? 나는 사과나무를 키우다가 사립문 열면 사랑하는 여자는 풍금을 치는 풍경이 어떠한가? 밀짚방석에 앉아 그녀가 끓여주는 된장국 먹고 나면 나는 콧노래 부르며 설거지나 신나게 해줄 참이다."

그는 부엉이 눈에 옹달샘처럼 그렁그렁 눈시울을 담아내더니,

"그런데 친구여, 꿈이라는 단어는 과연 결실을 위해 만들어진 미래의 것인가? 아니면 눈을 뜨는 순간 사라지라는 과거의 단어인가?"

하필 용석이 경계심을 보이듯,

"그 사이에… 누군가 먼저 안다리 걸어 시집이라도 갔다면?"

생뚱한 농으로 초를 쳤던 걸 오래도록 후회해야 했다. 그는 여

전히 김수복답지 않은 조바심으로 잎담배나 뻑뻑 빨더니 절반을 뚝 잘라 나눠 준다. 한 개비 담배를 나누며 딱 두 모금 빨았는데 머리가 핑 돈다.

"여자의 입술은 어떤 것일까?"

그런 로망 문장의 상상으로도 기절할 듯 황홀해지니 전쟁의 굶주림은 배고픈 야수 같다.

'전쟁만 빨리 끝나면 스물두 살, 나도 수선화 같은 여자 만나 아름다운 러브 스토리 만들고 싶다.'

그런 소용돌이에 빠지는 중이었다. 한머리 대밭집 순이와 서무과 미쓰 리의 삶은 달걀 같은 뽀얀 속살이 겹치는 순간,

'피융'

그 소리를 얼핏 스쳐들었을 뿐인데 김수복이 삭은 장작처럼 폴싹 무너진다. 그는 마지막으로,

"그녀의 뒷모습은… 한 마리 나비처럼 으으, 나풀거렸…."

등짝으로 시뻘건 핏줄기가 솟구치더니 가랑이 낭자하게 핏덩이를 쏟아낸다. 허리에 박힌 총알이 가슴을 뚫고 통과하면서 양푼만한 구멍을 낸 것이다.

'김수미랑 혼인해서 밀짚방석에서 된장국 먹어야지.'

살아나라고, 제발 살아서 돌아가자고 독려의 소리를 던질 수 없었던 건 우박처럼 쏟아지는 기총소사 탓이다. 라보치킨 프로펠러 돌아가는 소리가 소나무 숲을 발라당 열어젖힌다. 낮에 정찰하고

돌아갔던 전투기 편대가 다시 돌아와 중무장 굉음으로 융단 폭격을 개시하는 것이다. 이번에는 수풀을 흔들흔들 덮어씌우는 비행기 그림자다. 음험하다.

어둠에 덮였던 북동해 망망대해가 대낮같이 환해지며 아찔한 장관으로 변신한다. 다시 어둠에 덮였다가 블라디보스토크 함대의 함포사격 굉음과 함께 바다가 열리는 풍경이다. 화롯불에 주전자 떨어지듯 '쿵' 화염이 치솟는다. 회색빛 물체들이 한꺼번에 기우뚱 재가 되어 무너진다. 용석이 와들와들 떠는데 스츠미 쇼이 혼자 생사의 경계에서,

"돌격, 돌격이닷!"

벌떡 일어서는 손나팔 소리가 파편처럼 조각조각 쪼개진다.

"관동사령부 75연대 3중대."

"…."

"3중대 새끼들아. 귀가 막혔나? 소총으로 대가리 구멍을 뚫어줄까?"

"하잇, 3중대. 조금 남…았오."

뒤를 받쳐주던 고노 오장의 목청도 이미 꼬리가 흐려진다.

"인원 보고.

"스물 두 명 사망이니 잔여 병사는 마흔한 명입니다. 부상자 일곱 명… 두 명은 다리뼈가 으스러졌습니다."

고노의 목소리는 울음 범벅으로 꼬리가 흐려지는데 쇼이 혼자

목청을 고래고래 높이며,

"재투입 가능한 놈들만 단카에 싣고 속전 행군 복귀다. 낙오병은 탈영병이나 마찬가지이므로 이탈자와 동급으로 무조건 사살해도 좋다."

이빨을 아득아득 씹으며,

"소생 가능성이 없는 병사는 그냥 놓고 가란 말이다. 개새끼들아. 명령이다!."

피융.

"으악!"

총알 한 방에 옆구리에 피를 쏟으며 쓰러진 것이다. 아, 스츠미쇼이, 그도 죽는구나. 그 야차 같은 인간도 죽을 때는 대접만 한 구멍을 내면서 개 새끼처럼 피를 콸콸 쏟는구나. 인간의 심장이 그런 것일까. 악마 같은 장교가 죽는데도 가슴이 무너지는 심성을 이해할 수가 없는 것이다. 어둠이 파도처럼 출렁출렁 흔들리며 몰려온다.

삐라

접시 모양 불빛 물체가 솟구치더니 은사시나무 위로 둥둥 떠 있다. 또 수상하다. 송골매 형상인데 거리 이동 없이 빙빙 돌기만 하는 것이 비행기가 아니니 필시 수상한 물체다. 누군가 소리쳤다.

"연(鳶)이다."

뜬금없는 소리에 고개를 들자,

"삐라가 쏟아진다. 우아."

탄성의 터짐과 동시에 줄이 뚝 끊어지면서 불빛이 꺼졌다. 그러나 이미 모두 보았다. 방패연 모양으로 팽글팽글 돌던 물체에서 수백여 종잇장을 우수수 털어내는 장면을 분명히 만난 것이다. 곧바로 나뭇잎처럼 우수수 떨어지는 삐라 조각들.

그러니까 연줄에 솜을 두르고 불을 붙인 채 하늘로 날리면 일단 북서풍을 타고 팽팽하게 솟구친다. 그다음 솜이 타들어가면서 중간쯤에서 연줄이 뚝 끊어지는 것이다. 솜뭉치의 줄이 끊어지면서 삐라가 살포된다고 들었던 이영식 조교의 상황 재연 그대로다.

"…하아!"

손바닥으로 탄성을 막던 병사들이 떨어지는 삐라를 향해 혼을 집중시킨다. 쇼이의 죽음을 확인하며 병사들의 기가 확실히 풀린 것 같다. 처음에는 낮은 포복으로 기어가는가 싶더니 아예 벌떡 일어서서 우르르 달려가 삐라를 챙기기 시작한다. 용석도 자작나무에 얹어진 종잇조각 하나를 주워 달빛에 비추니,

조선의 청년들이여, 누구를 위하여 총을 드느냐? 탈영하여 행동하지 못한 양심에서 속죄하라. 도망쳐서 만주독립군으로 건너 와라. 이

게 일제의 제물로 살았던 속죄에서 벗어날 수 있는 마지막 기회이다. 전쟁은 곧 끝난다.

그 선동 문구 몇 줄이 심장을 훨훨 태우면서 처음으로 전쟁터의 혁명을 떠올린 것이다. 출전 이후 처음 드디어 생존의 방향이 제시될 수도 있는 순간이다. 낮에는 미국 비행기가 일장기 달고 한반도 하늘 복판을 빙빙 돌다가 돌아갔다고 들었다. 총독부에서는 '비겁한 미제 놈'이라고 나팔을 불어댔지만 사실은 태극기를 단 임시정부 비행기라고도 들은 것도 같다. 그런데 일본이, 그들의 대일본제국이, 도쓰게키로 무장된 황군의 군대가, 천황을 위해 목숨을 불사하는 애국 군대가 과연 패망할 수 있을까.

탈영병

마침내 탈영을 모의하는 여덟 명의 학도병들.

어둠 속에서 눈빛을 반짝이며 서로 잔당들의 얼굴을 조바심으로 더듬어본다. 꺼벙한 머리카락 아래 까칠까칠한 얼굴의 촉수를 서로 느끼며 처음으로 '동지'라는 단어를 떠올린다. 7월 말일 밤 열두 시로 수풀 속 결의를 모으는 데는 두 시간도 채 걸리지 않았다. 밀고자가 숨어 있을 것 같다는 의심조차 사라진 지 오래되었다. 가

장 연장자인 경성 사내 우진성(27세)이 침묵을 끊고 화두를 던지기 시작했으니,

"천황의 명령에 따라 돌격대가 되어도 황군의 총알받이로 죽는 것이고 전투를 피하려 해도 천황 군대의 총구가 우리의 머리를 겨눌 것이다. 이제 '모 아니면 도'이다. 고노 오장의 인간성이야 우리 모두 인정하지만 그도 결국 일본군 장교이니 탈영병인 우리에게는 적이 될 수밖에 없다. 퇴로는 딱 한 가지, 아군이 전투에서 빨리 패배해야 우리가 살아날 수 있다는 점이다."

어둠 속에서 장승처럼 키가 큰 사내의 입술만 번뜩번뜩 광채를 낸다. 이미 황군의 기강이 흔들리고 있다는 새로운 정보에 두근두근 자신감이 생기기도 했다. 그가 맨 처음 사람들을 규합하자는 언질을 했을 때 용석도,

"누구를 위하여 러시아 청년에게 총을 쏘아야 하나?"

요시다의 단발마를 떠올리며 정찰대에 자발적으로 지원하면서 비로소 마음이 편안해졌다. 우리는 황군의 군대가 아니다. 전우의 절반 이상이 이국에서 목숨을 잃었고 그들을 사지로 내몬 전쟁 악마 스츠미 쇼이도 죽었다. 사선을 수도 없이 넘었으므로 이제 두려움 따위는 발에 붙은 신발처럼 친숙해졌다. 그래도 우진성은 여전히 침착함을 잃지 않고,

"쥐도 새도 모르게 빠져나가는 게 중요하다. 자칫 총성 소리가 들리면 모두 공멸이다. 일본군도 총을 쏘지 않을 수 없고 그러면

우리도 대응 사격을 해야 하므로 상황이 복잡해지는 순간 모두 죽는다. 그러나 몰래 빠져나가기만 하면 이들 역시 기를 쓰고 쫓아오지는 않을 것 같다. 지금은 전쟁의 막바지라는 걸 그들도 동물적 촉수로 느낄 것이니 피차간에 출구를 주는 것이다."

쇼이가 사라진 이후 비로소 저마다의 개성과 자존감이 나타나는 것을 확실히 알겠다. 사선의 병사들 중 어느 누구 하나 놓칠 사람이 없는 것이다.

위기일발 상황이 딱 한 번 있긴 했다. 아르구츠조 낮은 언덕을 넘기 직전 엄나무 숲에서 우진성의 군화에 걸린 자갈이 언덕 아래로 구른 것이다. 그 소리가 천둥소리처럼 큰 것은 고요함 탓이다.

"도마레."

초병의 정지 경고 소리가 어둠을 뚫었을 때이다. 그 초병도 전투 내내 아는 황군 얼굴이지만 여기서 총성이 터지면 피차간에 모두 죽는다. 탈영병들 모두 머리칼이 쭈뼛 섰으나 일본군 초병의 외침도 목소리가 워낙 느리고 조심스러워 거미줄처럼 가느다랗게 흔들렸을 뿐이다. 그도 이미 철저한 사주경계가 무의미함을 알았는지 목소리에 건성이 섞인 것이다. 그래도 일단 모든 동작을 정지했으니, 무리한 도발은 피해야 '적도 살고 나도 산다'는 묵시적 약조일 수도 있다.

선발대 서경훈(23세)이 단도를 빼어들었지만 함부로 던지지 않고 사태 관망만 한 덕분으로 피를 보지 않은 채 무사히, 그리고 고요히 빠져나올 수 있었던 것이다. 한 치의 판단만 어긋나도 모두의 목숨이 사라질 수 있다. 여우 한 마리가 신고 있는 초병의 지카다비를 치고 도망치자 두리번거리던 그의 표정에 안도감이 서린 것이다. 그 여우의 핏자국이 마지막 천운이다. 잡아먹어야 한다.

뒤를 보기 위해 용석 혼자 개두릅나무 뒤에 웅크려 앉은 여명 즈음이다. 가을에 잎이 떨어지면 가지가 회백색으로 변하는 그 활엽수 근방이라서 발자국 하나까지 조심스럽다. 똥을 눈 다음 손바닥만 한 이파리를 꼬깃꼬깃 구겨 엉덩이를 조심조심 닦을 참이었다. 그러다가 아까부터 새근새근 들리는 숨소리에 '이상하다'며 귀를 기울이는 중이다. 그렇게 아주 무심히 눈을 응시했을 뿐인데 흐릿흐릿했던 그림자들이 새벽안개를 걷으면서 점점이 드러난다.

"아."

바위에 부딪친 용석의 탄성이 탄피처럼 날카롭게 튀어나온다. 짐승의 신음소리이다. 가래처럼 끓는 신음에 단도를 꺼낸 용석이 고즈넉이 심장을 누른다. 그렇게 가슴속까지 사무치는 것이다.

여우의 눈빛이다.

어미 여우와 새끼 여우의 눈빛이 새벽을 뚫고 한꺼번에 빛을 쏘아댄다. 루스키 전투에서 다리와 귀를 잘린 채 도망치던 들짐승을 여기서 만난 것이다. 지금은 다리 잘린 어미 여우가 갓 난 새끼 여우 두 마리를 품에 끌어안고 밭은 신음을 쏟아내는 중이다. 그들의 터래기 움직임 하나까지 너무 섬세하여 오래도록 눈을 뗄 수가 없었다. 어미는 새끼들을 껴안으면서도 여차하면 틈입자를 할퀼 듯 나머지 한쪽 발을 부들부들 떨고 있는 것이다. 보호막 솜털조차 보송보송 아름다운 모정의 사랑이다. 용석은 배낭에서 주먹밥을 꺼내어 코앞에 밀어주고 조심조심 일어난다. 어미 여우가 성한 다리로 주먹밥을 아슴아슴 끌어가더니 새끼들 입에 넣어주는 것이다. 아무 일도 없었다. 삼국유사에서 본 혜통 스님의 일화를 아주 잠깐 떠올렸을 뿐이다.

"뭐해? 똥을 오래 싸네."

용석은 꺼냈던 단도를 다시 칼집에 쑤셔 넣는다. 그리고 우진성의 목소리를 못 들은 척하며 바지를 올리고 수풀을 나온다. 여차하면,

'뭐야. 당장 짐승을 잡아서 내장에 기름기 채워야지.'

여우 가족이 어느 누구의 눈길에도 닿지 않기를 조마조마 바라는 중이다. 나무마다 색깔이 다르고 한 나무에서도 이파리마다 심장박동이 다르다.

'이제 우리는 어디로 가야 하나?'

북쪽행은 아예 기댈 곳이 없으므로 일단 남쪽 길을 닥치는 대로 뚫고 가야 한다. 용석도 꿈자리의 부친을 떠올리며 잔당들을 에둘러 설득시켜 남행을 주장했다. 이미 총구는 흙으로 메워져 쓸모가 없어졌으니 아낌없이 골짜기에 버리기로 결정했다. 우진성 혼자

만 호신용으로 어깨에 걸친 총을 풀지 않았다. 배낭 한쪽 끈이 끊어진 채 그대로 땅에 질질 끌고 오는데 텅 빈 창자 소리가 꾸르룩 꾸룩 울린다. 나중에는 배낭의 양쪽 끈이 다 끊어져버렸지만 생필품을 담을 방법이 없으므로 아직은 버리지는 않았다.

젊은 피 여덟 목숨이 굶어 죽기야 하겠는가. 그런 뱃심도 있긴 했지만 기마헌병대의 독전 소리가 여전히 불안하게 느껴지는 탈영병의 촉수이다. 낮에는 산속 수풀에 숨어 웅크려 있다가 밤을 기다려 개 짖는 소리 찾아 민가의 밥을 얻어먹는 방법도 조심조심 떠올린다. 식사 조달 당번 2명이 선발대로 기엄기어 안전 여부를 정찰한 후 신호에 따라 움직이는 전략이다.

산촌 너와집은 썩은 기둥으로 낡은 서까래를 간신히 지탱하는 외딴집이다. 조그만 굴뚝도 가죽나무 저쪽으로 쓰러질 듯 위태롭다.

"또, 누가 왔수?"

초로의 아낙 하나가 절룩거리며 느릿느릿 나온다. 그러다가 문설주에 머리를 부딪쳐 피를 흘리는 돌발 상황이 발생했으나 태연한 표정이다. 모두들 엄청난 죽음을 경험한 군인들이라 많이 당황하지는 않았다. 그러나 아낙 역시 불시의 잔당들을 보고도 전혀 놀라지 않은 채 이마만 짚어 흐르는 피를 쓰뭉하게 막으며,

"전쟁 톱질을 거치면서 뿌링이만 남았소. 남편도 아들도 모두 저세상으로 먼저 갔소. 보시오."

묻지도 않은 대답을 촬촬 내뱉으며 정주간도 열어젖혔다가 뒤

주 문도 열어 보이는 게 틈입자들을 무서워하는 느낌이 전혀 아니다. 도리질 칠 때마다 산발한 머리카락 스산하게 흔들리는데 그 와중에도 옷고름으로 이마를 싸매는 모습이 전쟁의 세파로 체념된 표정 그대로이다. 그렇게 흐르는 핏방울을 태연스레 닦아내는데 용석이 공손하게 손을 모으며,

"우리는 일본 군대에서 도망쳐 나온 배달민족 탈영병이오. 보다시피 지금 수풀을 헤매느라 배가 몹시 고프오. 절대로 빼앗지는 않을 테니 양식을 조금이라도 도와주시면 그 은혜를 영원히 잊지 않겠소."

아낙은 여전히 이마를 문지르며 흐릿한 표정으로,

"땔감이 없어 불을 지필 수 없으니 익은 음식은 꿈도 꾸지 마시오. 저기 숲에서 알아서 뜯어 가시우. 열매는 따더라도 뿌렁이 채 뽑아가지는 마시우. 화전민이건 식민지 무지렁이건 종자가 남아야 내년에도 목숨이 지탱되니까. 군복을 입은 수컷들은 모두 똑같습디다. 게다짝 왜놈이건 로스케 놈이건 근방에서 눈에 걸리기만 죄다 빼앗아가긴 마찬가지요."

텃밭 아래 언덕을 가리키며 뜯어가라는 시늉이다. 그래도 패잔병들을 강하게 거부하지 않는 화전민의 몸짓이 오래도록 다행으로 남을 참인데,

"나는 영원히 잊지 않을 거야. 아, 천벌을 받을 놈들."

"…."

"일본 놈들은 삼남 여자건 충청도 강원도 여자건 죄다 정신대로 끌고 갔다우. 로스케도 마찬가지야. 여자라면 어리건 늙은 할미건 거리지 않고 죄다 끌고 가 허리띠 끄르는 거야."

그러거나 말거나 나머지 탈영병들은 이 고샅 저 고샅 더듬으며 산열매 따는 데만 집중하는 중이다. 용석 혼자 '충청도 여자'라는 단어만 아찔하게 오려내어 두근두근 심장을 달래는데,

"도망쳐도 숨을 데가 없는 거야. 다락은 엄두도 낼 수 없고 그저 발자국 소리만 들리면 산속 저만치 숨었다가 끼니때만 살그머니 나와 주린 창자를 채우다가 걸리기만 하면 또다시 매 맞으며 질질 끌려갔어. 충청도 여자도 있었고."

숲으로 올라갔던 탈영병들이 열매를 들고 우르르 내려오면서 아낙의 푸념은 중단되었다. 용석은 '충청도 여자' 사연을 되묻지 않겠다,며 이마를 쥐어뜯는다. 우선 먹어야 했다. 화전민의 옥수수나 호박을 따서 구덩이 파고 불에 구웠고 뱀이건 메뚜기건 닥치는 대로 잡아먹었으니 음식 조달이 아주 어려웠던 건 아니다. 그런데 그냥 배만 부른 것도 무섭다.

나팔꽃 팔월

두만강 경계를 더듬어 조선 땅 온성까지 오는데 찢겨진 군홧발

산악 행군으로 꼬박 하루하고도 한나절이 더 걸렸다. 그런데도 육체의 피로가 전혀 느껴지지 않았던 건 신작로 공기부터 싸하게 다가오면서 모든 게 새로운 느낌으로 쏟아진 탓이다. 이상하다. 산날맹이에서 어릿어릿 보이는 게 장터마다 흰옷 입은 백성들이 야단법석이다. 나풀나풀 나부끼는 풍경이 익숙하게 느껴지는 것도 희한한 일이다. 온성 군청 담벼락에 붙은 붓글씨 벽보를 보고 궁금증이 풀릴 때까지는 영문을 전혀 알 수가 없었지만,

아, 일본이 항복했다는 것이다.

히로시마 원자탄 투하 직후 일본 천황의 '무조건 항복' 소식통이 창호지로 걸린 붓글씨로 위풍당당 흔들리는 것이다. 그동안 어디에 숨겨놓았던 것일까? 거리는 장롱 속을 박차고 나온 태극기의 물결로 해방의 잔치판을 먼저 틔우는 중이다.

'살다 보면 이런 일도 생기는구나.'

일본군의 표정도 계급장마다 차이가 확연했다. 장교들은 비통한 눈빛으로 할복이라도 벌일 듯 비장했으나 졸병들은 오히려 살아 있는 목숨으로 귀국한다는 설렘에 차 있는 것이다. 김도석이 옆구리 찌르며,

"일제 장교들의 비장한 눈빛을 카라스마라고 넘어가지 마라. 삼천리강산을 강간한 제국주의의 주구(走狗)일 뿐이다."

비슷한 군복의 전우끼리 저마다의 느낌으로 가슴 껴안는 중이니 그게 니도혜이가 설파했던 계급성이다. 그랬다. 적군들 역시 사병

들의 소망은 오직 하나, 모두 그들의 고향땅으로 돌아가 가족들과 한솥밥 따뜻하게 데워 먹고 싶을 뿐이다. 둥근 밥상으로 모여 이맛살 비비면서 녹두부침개 부쳐 메밀국수를 넘기고 싶은 것이다.

흰옷 인파가 장터로 우르르 몰려나와 덩실덩실 춤을 춘다. 스코틀랜드 송년가 곡조에 애국가 가사를 붙여 '동해물과 백두산이'를 부르는 그 풍경들이 필시 어디선가 몸에 익은 활동사진 같기도 하다.

동시에 소련군 탱크 부대가 그릉그릉 오는 게 막연한 불안감으로 겹치는 중이다. 그리고 남녘땅 어디쯤에는 성조기 매단 기갑차가 진입했다고 귀띔해준다. 그러거나 말거나 긴장의 끈이 풀린 탈영병들의 몸뚱이가 하나씩 종잇장처럼 구겨진다. 느티나무 그늘 아래에서 제발 짚토매처럼 푹신한 잠에 빠지고 싶은 것이다.

눈을 뜨고서야 팔월의 나팔꽃이 비로소 눈에 들어온다. 감쪽같이 숨어 있던 꽃송이들이 온성군청 담벼락 타 오르며 한꺼번에 우르르 고개를 쳐드는 것이다. 담벼락 바닥의 나팔꽃 쇠한 뿌리들이 꼭대기까지 혼신으로 자양분 끌어올리는 팔월 풍경이다. 더러는 바닥에 떨어져 자주 색깔 송장처럼 잦아드는 중이고 나머지는 울타리 꼭대기까지 기어올라가 붉은 색깔로 활짝 벙글어져 있다.

'일어서라, 일어서라.'

그러나 용석 혼자 담벼락에 엎어진 채 옴짝달싹 움직이지 못한다. 세상이 바뀐 게 분명한데도 마음이 전혀 편안하지 않다. 숨어 있다가 일제히 고개를 드러낸 나팔꽃들이 한꺼번에 댕강댕강 떨어질 것 같은 불길함도 가시지 않는다. 완전히 끝난 것은 단 한 가지도 없었다.

한
머
리

노을이 밀려오면서 패싸움의 경계를 순식간에 덮어버렸다. 빨간색으로 색칠된 보자기로 한꺼번에 덮어씌우듯 우우우 밀려오는 것이다. 갈마리 꼬맹이 예닐곱 놈도 저녁노을 천막을 폭삭 뒤집어쓴 채 하천 건너 벌겋게 노려보는 중이었고 징검다리 안쪽으로 진을 친 몇 명 더 많은 숫자의 한머리 조무래기들도 고목나무 뒤에 숨어 붉은 그물로 변신한 채 조마조마 기를 세우고 있었다. 격렬비열도 어디쯤에서 가마우지 떼 오그르르 날개 치는 초겨울 저물녘이다.

지금은 갈마천을 사이에 두고 한머리와 갈마리 악동들의 패싸움 대결 중이다. 모두 사내들이다. 겁먹은 아이들도 몇몇 있지만 대개는 두근두근 떨림과 설렘까지 동시에 즐기는 것 같다. 춥고 바람이 싸늘했다.

"여그만 넘으면. 시발."

논두렁 대장 종만이가 고무신 코빼기로 돌멩이 모서리를 툭툭 치며 독려하는 바람에 다른 조무래기들도 어금니 부딪히며 견디는 것이다. 나 혼자만 심장을 벌벌 떨고 있었지만 철저히 감춰야 한다. 여기서 도망치면 동네방네 비겁자로 낙인찍혀 도저히 행세하기 힘들다. 준희처럼 애당초 나오지 않았다면 모르되 일단 패싸움에 등장했으면 최소한 꽁무니는 빼지 말아야 비겁자 소리를 벗어난다. 그래도 풍광부터 으스스하다. 배추 뿌리 뽑아낸 초겨울 벌판마다 억새꽃 무더기 허옇게 휘날려서 더 을씨년스럽다. 종만이가 선두에 서서,

"짱돌루 마빡 찍을 겨."

큰소리치는 바람에 나머지 조무래기들도 겉으로나마 어깨에 힘을 주는 척할 수 있었다. 관규, 정규, 경목, 춘백이는 물론 겁쟁이 원준이까지 시불시불 전투력 키우는 중이므로 나도 까치발 전투자세를 취하며 동참했다. 그나마 막대기 두들기며 키득키득 웃는 건 적군보다 우리 편 숫자가 쬐끔 많다는 안도감 때문도 있다. 내년부터 시멘트 다리 공사를 시작하면 두 마을 사이에 길이 뻥 뚫리면서 갈마천 나룻배가 모조리 사라진다. 그러면 우리 모두 가까운 이웃마을이 된다고 했다.

김 씨네 종만이는 3남 1녀 중의 셋째아들이다. 부성중학교 우등생이었던 장남 성수는 3학년 졸업 몇 달 앞두고 중학교에 자퇴원서를 낸 채 서울 변두리의 철근공장에 다니고 있다. 공장장의 사랑을 받아서 자리를 잡았다니 그가 몇 년 후 퇴임을 하면 왕초자리를 물려받을 수도 있단다. 그 아래로 절름발이 성만이와 싸움

일짱 종만이 그리고 머리가 조금 떨어지는 막내딸 2학년 성순이까지 4남매이다.

성만이 형은 종만이보다 네 살 많은 동네 형이지만 아이들 모두 동무처럼 그냥 이름을 불러도 아무렇지도 않은 줄만 알았다. 성만이가 다리를 다치는 바람에 입학 기회를 놓쳐 학교를 열한 살에 입학해서 같은 학년 동급생으로 집어넣는 바람에 아이들은 그렇게 친구처럼 이름을 부르곤 했다. 나 혼자 아직도 차마 이름을 부르지 못하는 중이다.

그렇게 절룩거리는 성만이 형이 조무래기 패싸움까지 끼어드는 게 그리도 불안했다. 그냥 개울 사이를 경계로 돌팔매질만 허공으로 오고가는 게 아니라 자칫 이리 뛰고 저리 뛰는 아수라장 육박전이 될 수도 있으니 그게 도대체 위험한 것이다. 도망칠 능력이 없으면 바깥 싸움에 끼어들지 말아야 한다. 그러나 변성기가 시작된 늦깎이 초등학생에게 속내를 얘기했다가는 자칫 귓빵매기라도 날아올지 모른다. 나 혼자 그렇게 어리버리하는데 그의 동생 종만이가 여전히 선두에 서서,

"돌격 신호 터지면 독작 하나씩 들고 모두 '공격 앞으로' 허는 거여. 저 새끼들 내가 총소리 빵빵 터치면 화약 냄새만 맡구도 벌벌 떨면서 도망칠 거여. 맨 꼬래비 하나만 잡아 아작 내자. 스발, 모가지 비틀어 갈마천에 처박을 거여. 한 놈만 잡아 끝까지 비틀어대면 그게 이기는 거여."

그의 딱총으로 조선무를 쏘면 밑동이 손톱만큼 파이는 걸 본 적이 있다. 그랬다. 그 화약 딱총의 전의로 이글대는데 나만 꽁무니를 뺀다는 건 어림없는 소리다. 조무래기들도 막대기 하나씩 움켜쥐고 재잘거릴 때까지만 의기양양했다. 딱 거기까지였다. 하천 건너 적진 속에서 웬 중학생 하나가 '짠!' 하고 나타나면서 패싸움의 균형이 완전히 무너진 것이다. 고두리 염전집 머슴의 아들 중학생이 나타났으니 숫자는 아무 의미가 없다.

"재홍이다."

게다가 그가 담배까지 버젓이 피우며 여드름 총각 행세를 하는 것이다. 열다섯 살 거뭇한 콧수염으로 풍년초 연기가 풍풍 날리고 있으니 이건 어른과 아이의 싸움이다. 말도 안 된다. 아이들 전쟁놀이에 흡연족 중학생이 끼어드는 게 얼마나 양아치 같은 짓인가. 그러거나 말거나 한머리 조무래기들은 바싹 얼어붙은 채 짚누리 뒤에 숨어 얼굴부터 감춰야 했다. 얼굴이라도 찍혔다간 자칫 논두렁에서 만나도 외나무다리 싸대기를 맞을 수도 있다. 나도 새끼줄로 몰래 고무신을 묶으며 오금 서리는 찰나,

"대가리나 깨져라. 시발놈들!"

재홍이의 돌멩이 폭탄이 우박처럼 숭덩숭덩 쏟아지면서 단번에 초토화된 한머리 오합지졸들, 사타구니로 방울소리 후당후당 흔들며 개울 너머로 도망치는 게 너무 당연한 것이다. 퇴로도 징검다리 달랑 하나였다.

하필 내 앞에서 성만이가 절룩거리며 뛰는데 아차, 그 뒤만 쪼르르 따라갔다가는 분명히 목덜미를 잡힐 것이고 그 순간 머리가 깨져 죽을 수도 있다. 건너편 논두렁 아래로 뛰어내려 순간적으로 진둔병 샛길로 꽁무니 뺀 건 정말 재빠른 판단이다. 이미 저만치 앞에서 뛰는 동무들 모두 정신없이 도망치고 있었다.

'살았다.'

건너편 싸리나무 틈에서 숨을 헐떡헐떡 돌리며 돌아보니 아, 딱 한 명 성만이 형만 붙잡힌 것이다. 그러니까 재빨리 논두렁으로 뛰어내리지 않았더라면 내가 당장 재홍이의 쇠망치 주먹 한 방에 아작 났을 것이다. 대신 성만이 형이 맞게 되었으니 천만다행인 동시에 나는 영원한 비겁자가 되었다.

재홍이가 성만이를 두들겨 패지 않은 건 다행이면서도 당연할 수 있다. 학교 계급장만 중학생과 국민학생의 차이일 뿐 기실 둘은 친구 또래이다. 재홍이가 한 살 많지만 용띠 성만이의 정월 생일과 토끼띠 재홍이의 섣달 생일로 좁히면 겨우 한 달 차이니 동갑내기 수준이며 이미 안면도 알망갈망 튼 사이이기 때문이다. 이웃 동네요, 사돈의 팔촌에다가 시장 통이나 곡마단 구경, 쉿밭둑 김 씨네 환갑잔치, 동네 대소사나 대보름 논두렁 여기저기서 눈인사 정도는 건넸던 사이가 당연하다. 다만 재홍이는 이미 담배까지 태우며 어른 흉내로 시건방 떠는 중이고 성만이는 그때까지 조무래기 전쟁놀이 틈새에 끼어드는 게 차이점이다.

조무래기들도 뒤끝이 없기는 마찬가지이다. 적군 무리들이라야 결국 내일 아침이면 교실이나 복도 어디쯤에서 만날 동무들이었으니 하천 건너 벌어지는 패싸움은 그냥 연중 놀이행사였을 뿐이다. 게다가 연초에 다리만 세워지면 거의 한동네처럼 이어진다.

천수만으로 흐르는 갈마천은 여덟 매, 아홉 매 때마다 바닷물이 거꾸로 하천으로 밀고 들어와 지천인 진둔벙 제방둑까지 넘실거린다. 그 바람에 민물과 바닷물이 절반씩 섞여 있어서 바닷고기 숭어와 민물고기 미꾸라지가 동시에 헤엄치는 하천이다. 그 사이로 두 동네가 나뉘어 있는데 하천 건너 한머리는 주로 '정씨'와 '성씨'의 집성촌이다. '성씨'들이 숫자는 조금 밀리지만 논밭 보유자는 훨씬 더 많다. 지금은 노을 덮인 풍경만 흐릿하게 잦아지는데,

"동희 성!"

동짓달 칼바람이 은사시나무 가장이를 부스스 흔드는데 꼬맹이 그림자 하나가 불쑥 나타났다. 가운데 형제인 공부쟁이 준희 목소리이다. 패싸움 때는 재빨리 꽁무니 뺀 채 혼자 숨어 수학 문제만 풀다가 뒤늦게 굴뚝 연기 사이로 즈이 형제들 부르러 나타난 게 틀림없다. 패싸움 따위에는 관심이 없고 밥을 먹자마자 그저 아버지 백과사전을 뒤적이며 우주과학 공부에 빠질 게 뻔하다. 처음에는 재미로만 책장을 넘기더니 점차 과학자의 눈빛처럼 집중력을 반짝인다.

"집으루 오랴. 성창희 너두."

아슴아슴 흔들리던 등잔불 쌍꽂이 그림자가 마루에 성큼 다가서면서 순식간에 커다랗게 변하더니 아예 천장까지 덮어버렸다. 가난한 품팔이 집은 외꽂이 호롱불을 켰고 어지간한 기와집은 쌍꽂이 등잔을 켰으며 양조장이나 방앗간 같은 부잣집만 양초를 새도록 환하게 밝혔다. 지금은 댓돌 위 꽃신 코빼기로 달빛 한 조각 시나브로 내려앉는 중이다. 마루로 손짓하는 어머니의 그림자가 불빛 따라 둥실둥실 흔들리는 게 뭔가 새로운 일이 터질 것 같은 예감이다. 군사정변의 대통령으로 바뀐 재건 시대, 1964년이 그렇게 고즈넉이 사위어가고 있었다.

"새로 오신 백모님이다. 절을 해라."

마루 기둥에 오르는 순간 어른대던 그림자들이 일제히 숨을 멈췄다. 방석 위로 다소곳이 앉아 있는 여자의 얼굴로 쏟아지는 석양빛이 너무 아름다웠기 때문이다. 또 있다. 화장품의 인조 향기다. 백부 옆에 고즈넉이 자리 잡은 그미의 화장품 냄새가 코를 쑤시는 게 감당이 안 되어 하마터면 반짝 손바닥 올리며 얼굴을 가릴 뻔했다. 고개 들며 웃을 때마다 새빨간 뺀니가 빛을 반들반들 터뜨렸고 색동옷에 배어 있던 분 냄새도 알싸했다.

모든 게 낯선 만큼 황홀했다. 땡볕 아래 마늘밭 매는 옥이 이모나 뻘 흙 뒤져 꼬막이나 캐던 노라실 아낙들에게서는 도저히 맡아

볼 수 없는 천사의 향기가 콧등으로 쏟아지는 것이다. 마늘쪽 콧날 그리고 사월 앵두 분홍빛 입술이다. 반들반들 윤이 흐르는 이마로 파리라도 앉을라치면 대번에 미끄러져 코방아라도 찧을 것 같다.

그런데도 6학년 졸업반 누나 은숙이는 눈길조차 주지 않는다. 생강과자 은쟁반만 달랑 내려놓더니 돌아서면서도 입술을 딱 붙였다. 찬바람만 쌩 스칠 뿐이다. 그리고 몰래 깨무는 어금니 소리를 나 혼자 분명히 들었다. 시베리아 칼바람 탓일까. 문 닫는 소리가 한 번 탁 들렸을 뿐 그 후로는 숨이 막힐 듯 적막하다. 그러거나 말거나 아버지는 연신 옆구리 찌르며,

"싸게 엎드려. 절을 허라닝께 뭐 하니?"

백부보다 열네 살 아래인 그는 지금 논 열다섯 마지기와 씨름하는 중농의 농투성이로 살아가며 이차구차 뇌를 개발 중이다. 머리가 깨인 만큼 소소하게 돈이 되는 작업도 몇 개 벌여놓았다. 우선 사과나무를 심어 미래의 과수원 주인을 꿈꾸었다. 참나무를 베어 통나무에 구멍을 뚫고 표고버섯 종균도 배양시켰으니 동네에서 드문 현대적 사고로 농축 사업을 벌인 셈이다. 축사도 만들어 돼지와 염소도 스무 마리쯤 키웠다. 돼지 이름에 영어 단어를 들여온 사람도 아버지가 한머리 최초이다. 처음에는 흰색 돼지 요크셔를 키우다가 최근에 들어서 덩치 큰 랜드레이스로 바꾸었다.

"요크셔는 살이 빨리 오르고 새끼도 많이 낳는디 중간에 너무 많이 죽어서 열통 터져서 못 키우겠더라. 랜드레이스는 덴마크산

에 영국 돼지 잡종인디 300킬로가 넘고 다산이니 제일 효자여."

특히 돼지 축사에 마을 최초로 가축 화장실까지 분리시켰으니 두뇌 회전도 최신형급인 셈이다. 우리들도 처음 알았다. 미련퉁이 돼지들도 몸을 움직여 대소변 자리를 가릴 줄 안다는 사실을.

그래도 아버지 성 씨는 날마다 불안감에 시달렸다. 해방 직후 면 서기였다가 6·25 때 병역 기피로 국록을 먹지 못하게 된 후 안정적인 돌파구가 보이지 않는 것이다. 그러나 나름 이리저리 머리를 쥐어짜며 열심히 노력한 것만큼은 사실이다. 지금도 영농 서적을 펼치며 가축도 키우면서 갱생을 도모하는 중이다. 아카시아 동산에 꿀벌도 한 통 들여왔고 염소도 스위스 원산인 자넨종으로 바꿔 촌동네에서는 엄두도 못 내는 우유 생산까지 직접 시도했다. 여전히 먹물 품새를 놓치지 않기 위해 신문도 보며 글자 수를 헤아리는 체취도 있었고.

나는 꽃방석 쪽을 향해 재빨리 엎드릴 수밖에 없었다. 그러나 여전히 눈빛을 마주치지는 못했다. 새로 조우한 어린 조카들에게 마주 숙여주는 그미의 허리에서 또 다시 분 냄새가 싸하게 밀려왔기 때문에 동생들도 황홀한 향기에 취해 엉거주춤 쭈뼛거리는데 백부가 나를 가리키며.

"여덟 살이라 한 살 적은데도 동급생 2학년 전체 1등을 놓친 적이 없어. 허허허."

그의 너털웃음은 부풀려진 수치의 민망함을 감추려는 의도도

깔려 있으니, 사실과는 조금 차이가 있다. 나는 학년 수석이 아니라 반에서 간신히 2, 3등이나 하는 우등생 수준일 뿐이다. 1등도 안 한 건 아니지만 여차하면 그 자리를 빼앗기는 살얼음판 석차였는데 백부의 평소 습성대로 그냥 올려붙인 것이다. 언제였던가. 백부는 동네병원 문 의사에게 나를 군(郡)에서 1등이라고 올려붙였고 차부약국 권 약사한테는 충남 2등으로 몇 단계 승격시키는 바람에 얼굴이 화끈거려 차마 고개를 들 수 없었다.

나이도 여덟 살이 아니라 아홉 살이다. 그러니까 양력 정월이라 빠른 일곱 살이니 음력으로 치면 섣달 생일로 아홉 살과 마찬가지이다. 굳이 한 살을 줄이는 이유는 남들에게 나의 영민함을 나타내기 위해서이다. 그러거나 말거나 나는 차마 참견하지 못한 채 그대로 후끈후끈 듣고만 있는 것이다.

솔직히 공부로는 연년생 동생 준희를 이길 수가 없다. 나도 3등 안에는 들었으므로 우등상을 탔지만 그는 통지표에 올백까지 찍었으니 아무도 넘볼 수 없다. 여섯 살 때 구구단을 촬촬 외웠고 이제 겨우 여덟 살인데도 벌써 중학생 수학책도 넘실거린다. 그가 대수니 함수를 중얼거릴 때마다 내가 화들짝 위기의식을 느꼈지만 아직 한 번도 내색은 하지 않았다. 특히 바둑이 문제이다. 나는 감각으로 바둑알을 놓는데 그가 헌 바둑책을 넘기기 시작하면서 언제부터였나, 나를 뛰어넘더니 서서히 격차가 벌어지는 중이다.

부엉이 울음이 문풍지 두들기는 초저녁,

등불 앞에서 이맛살 맞댄 두 소년 모두 석고처럼 굳어 있었다. 그들은 특히 바둑판 앞에서 석고처럼 굳어진 가부좌 자세를 취했으니 그 예사롭지 않은 품새가 신문 쪼가리에서 만난 국수(國手)들의 대국 같다. 지금도 사금파리 소리가 간당간당할 때마다 그들의 눈빛이 벼랑 끝에서 왔다 갔다 하는 중이다. 그랬다. 형과 아우는 이제 겨우 초등학교 1, 2학년이지만 반상에서만큼은 절대로 유년의 표정이 아니다.

그러다가 몰입의 균형이 깨지면서 백돌을 잡은 형의 표정이 어둡게 일그러진다. 매기치기를 피했더니 촉촉수로 대마가 걸린 것이다. 물러줄 기미는 당연히 보이지 않는다. 그 형이 나 성동희이고 동생은 당연히 준희이다. 설레설레 흔드는 찰나,

지갑을 여는 새 백모의 우아한 몸놀림이 들어서면서 지난 회상의 그림자가 쌩 날아갔으니 그나마 다행이다. 그리고 숨이 콱 막혔다. 악어 지갑이라는 낯선 이름도 생소했지만 지갑이 벌어지면서 종이돈 빠져나오는 소리가 빠지직 쏟아질 때 내 가슴의 천둥소리가 쿵 울리는 것이다. 어른들끼리 오가는 지폐라는 게 실제로 내 손에 쥐어지리라곤 꿈조차 못 꿨으니 단지 등장 이유만으로도 두근두근 심장박동이다. 무궁화 그림이 화사하게 박힌 1원짜리 분홍색도 구경하기 힘든 판에 50원짜리가 쿵, 나타난 것이다. 10원은 커녕 5원짜리도 못 만져 봤는데 올림픽 봉화가 50원짜리 종이돈

이 실물로 등장하더니,

"받아라."

내 손에 잡히는 순간 돈의 숨소리가 심장 한 켠을 싸하게 내려앉게 한다. 아, 너무 큰돈이다. 이걸 동생들까지 달랑 세 명만이 나눠 갖는다는 게 가당키나 한 소리인가? 도무지 금전의 무게가 엄두가 나질 않는다,며 감동에 빠져 있는데,

"동희 니가 혼자 가지라는 거야. 동생들은 또 따로 줄 거야. 나이순으로 각각 준희 30원, 창희는 20원."

또 종이돈 몇 장을 꺼내는 것이다. 틀림없다. 앞면은 첨성대가 세워져 있고 뒷면으로 봉화가 박힌 50원짜리 지폐가 쿵, 쿵, 쿵 엔진 시동 소리를 내면서 아홉 살 소년의 손에 잡힌 것이다. 그래서일까, 그미가 스치기만 해도 진하게 배인 화장품 향기가 지워지지 않는다. 나는 새로 온 백모를 인어공주라고 이름 지으며 일기장마다 존경의 문장을 꽉 채우기로 작정했다. 그런데 순간적으로,

'헌 큰엄마는 어떻게 살아가나?'

혼자 몸으로 방치된 첫 번째 원조 백모가 슬픈 표정으로 앞을 가로막는 것이다. 그미와 몽실 아지매의 쑥덕공론을 몰래 들었던 게 첫 번째 충격이다. 풋보리 숫처녀가 그렇게 '여자의 일생' 수렁에 빠졌다는 사연이다.

중매쟁이 내방에 영동에서 시집온 그미도 조강지처가 아니었다

는 사실을 안 건 철이든 이후 이야기이다. 원래 내륙지방 출신이었다가 경기도 고무신공장 여직공이던 스무 살, 당산골 매파가 내밀어주는 흑백사진 한 장에 솔깃 수렁에 빠진 것이다. 일단 재산 넉넉하고 잘 생겼다는 소문처럼 귀티가 뚝뚝 떨어졌다. 하여, 그미가 댕기머리 동무 삼순이를 꼬셔 함께 나들이 나온 시늉으로 사내의 관상을 살핀 것이다.

버스를 네 번이나 갈아타고 몰래 숨어와 오꼬시를 사러온 척 공장 점포를 훔쳐보면서 가슴을 두근두근 거린다. 사내는 과자 상자에 묵묵히 상표를 붙이는 중이었다. 아닌 게 아니라 진짜 잘 생겼다. 빵빵한 몸매에 벨트에 조인 뱃살부터 팽팽하게 야무진 게 일단 들어온 돈복이 빠져나갈 틈이 보이지 않는다. 몸이 좋아 보였으며 특히 이마가 시원하게 넓은 게 영락없이 돈복 관상이다.

"근데 숫된 총각 모습은 아닌 것 같은디."

삼순이의 소소한 질투 같은 건 단박에 날린 채 혼자 문고리 잠근 채 어금니 옹물었다.

'일단 시집부터 가서… 둥지 틀면서 악몽의 과거는 잊자.'

그녀는 거울 앞에서 결의를 하면서 출가를 결심했다. 그런데,

"그땐 삼순이 말 같은 건 들리지두 않더라."

진달래 담배 한 대 물더니 말의 꼬리를 잇는다.

"꽃가마 타고 생강밭 건너 안마당에 내렸더니 아이쿠, 대여섯 살쯤 되는 계집애 하나가 신랑 바짓가랑이에 찰싹 붙어 졸졸 따라다

니는 게 영락없이 딸내미였어. 가장 중요한 홀아비 정보를 깜빡 놓친 거여. 당장 족두리 벗어던지고 '이건 무효입니다' 왕왕 소리치며 도망치지 못헝 게 평생 한스러운 여자 팔자가 된 거여. 그래두 돈이 많으니까 살 만하다 했는디 이 몸이 석녀(石女)라니… 츠녀 때만 해두 꿈에도 몰랐던 사달이지. 이."

그러나 원조 백모는 거기까지의 겉 푸념으로 종을 쳤다. 아픈 상처는 아무에게도 발설하지 않겠다고 결심한 상태인데,

"저는 남정네가 돈만 많으면 뭐든지 감수하구 용서헐규. 그레두 사장님이 돈은 많은 께 성님두 본전은 차린 셈이지유."

원조 백모는 몽실 아지매 말을 흘려들으며 설레설레 흔들다가 한숨을 푹 쉬더니,

"서방님 아랫도리 단속은커녕 생으로 밀고 안방까지 들어오는 꽃띠 젊은 색시도 막을 길이 없네. 얼굴값 한답시구 눈 뜨고 코 베어가는 몹쓸 사내 인간."

그러나 몽실 아지매는,

"빈털털이루 살아보지 않아서 성님은 지 심정 모르실 거유."

그미들의 수다는 그렇게 어긋나는 중이다. 그 와중에도 원조 백모와 몽실 아지매 모두 떡가래만큼은 정확하게 썰었다. 칼도마를 전혀 쳐다보지 않고 각자 입술만 움직이는데도 가지런히 정돈된 떡가래의 크기가 가히 한석봉 어머니처럼 정확하다.

서른여섯 살 원조 백모는 그렇게 밀려났다. 스물세 살 젊은 꽃띠 인어 백모에게 오꼬시 공장 주인의 꽃방석 자리를 내준 것이다. 그게 '여자의 일생'이란다. '어렵쇼' 해석은 또 있었다. 그러니까 석녀인 여자를 아주 내쫓은 건 아니니 품이 넓은 남자라는 것이다. 한 남자가 두 여자를 거두는 넉넉한 은전을 베푼 거라고 할머니가 수도 없이 말씀하셨다. 석산에 차린 동진 식당도 그나마 백부께서 조강지처 자리로 특별히 챙겨주셨으니 크나큰 공덕이라는 후문도 귀동냥으로 들었다.

마을 아낙네들은 두 개의 얼굴을 지니고 있다가 백모 앞에서는 하나씩만 디밀었다. 전면에서는 '사모님'이라며 살랑살랑 친절하던 동네 아줌마들이 돌아서자마자 석녀(石女)라며 뒷담화 치는 것이다. 그 수다의 꼬리가 그미에게도 흘러갔을 법한데 알건 모르건 표정을 드러내지 않는 것이다. 어쨌든 긴 세월 풍각 과자공장의 안주인이었으며, 나와 가장 먼저 만난 살붙이가 바로 '비련의 여인' 그미이다.

오년 전이니 여섯 살이었던가. 그 유년의 풍경도 아스라이 겹치는 것이다. 공장 사무실에서 홍길동 만화책 읽기에 골똘히 빠져 있는 중이었다. 언제부터였나, 신동우 화백은 홍길동 옆에 호피라는 칼잡이 사내도 등장시켰다가 지루할라치면 차돌바위 소년의 활약도 슬며시 끼워 넣었다. 활빈당 꼬맹이 차돌바위가 돌팔매질로 관군들의 이마를 딱딱 찍는 장면인데, 뭔가 푸근한 손등이 등을 감싼다. 원조 백모다.

아기 병아리 떼, 추녀 밑으로 쫑쫑쫑 모여들며 솜털을 벙글 때마다 하늘로 노란 빛이 번지는 이른 봄이었다. 그리고 나는 아주 잠깐 집에서 벗어나 학교에 입학하기 전까지 아들이 없는 큰집에서 떡잎처럼 둥지를 틀고 얹혀사는 중이었다. 지금은 무르팍 감촉을 편안하게 느끼며 그미가 입에 물려준 꿀꽈배기의 달짝지근한 맛에 아삭아삭 황홀하게 취해 있던 터이다. 그런데 뜬금없이,

"아강! 큰아버지한테 아버지라고 부를 수 있겠니? 내일부텀."

"아부지 있는디… 웨유?"

눈을 비비면서도 고개를 되똑 들었다. 대보름날 까맣게 쥐불 놓던 자리마다 샛노란 새순들이 허공으로 색깔을 번지는 중이었다. 그렇게 노란색으로 번지는 봄이 가슴속으로 아스라하게 파고드는 중이었다. 이번에는 할머니가,

"형제는 원래 같은 몸이니께 그래두 되는 거여. 느이 아버지두 아버지이구 큰아버지두 큰 자(字)만 빼면 똑같은 아버지 아니냐? 모두 이 할미가 낳은 새끼들이니까 그네들이 낳은 자식들두 똑같은 거여. 아랫돌 빼서 윗돌에 괴더라두 싹두 나구 뿌링이도 진하게 내려진단다. 걱정 마."

반쪽으로 쪼갠 사과를 숟가락으로 갈아 입에 우물우물 넣다가 슬쩍 거들었다. 이빨이 죄다 빠지고 잇몸만 남은 할머니는 입술이

안쪽으로 옴쭉 들어간 합죽이 얼굴이다. 고기는 전혀 씹을 수 없으며 과일이 들어오면 숟가락으로 박박 갈아서 입에 오물오물 넣는다. 나는 그렇게 할머니의 잇몸 저 깊은 곳에서 뿌리 뽑힌 붉은 수수밭을 보았다. 아직 언변만큼은 젊은 아낙네한데 밀리지 않는 데다가 성품도 황소고집이었다.

그미는 손주에게 특별히 옛날이야기를 해주지는 않았지만 붉은 수수밭이 생긴 사연을 딱 한 번 해준 적이 있다. 품앗이를 마치고 오두막집으로 돌아가는 웬 아낙의 길목을 가로막은 '나쁜 호랑이' 이야기이다. 맨 처음 아낙의 머리에 인 광주리를 빼앗기는 장면에서 시작된다.

"수수팥단지 하나만 주면 안 잡아먹지."

그렇게 호랑이에게 광주리를 통째로 빼앗긴 그다음은 그냥 재미있는 이야기라기보다는 너무 무시무시한 줄거리였다.

"팔 한 짝만 주면 안 잡아먹지."

이야기 주머니에 두 귀를 쫑끗 세우는데 도이산 부엉이 울음이 문풍지를 후두두 흔들어서 더 무서웠다. 어미는 그렇게 팔, 다리 죄다 빼앗기고 마침내 눈, 코, 입, 똥꼬까지 죄다 발라 먹혔단다. 씹어 먹고 발라 먹고 뜯어 먹던 그 모진 침입자가 어미를 기다리는 아들과 딸을 잡아먹으려 움직일 때쯤 나는 밀짚방석에 헤롱헤롱 쓰러진 채 새도록 가위에 눌리곤 했다. 눈을 뜨면 까만 하늘에 반짝이는 별들이 그물처럼 출렁였다.

"그래서 수수깡 고갱이가 시뻘건 거여."

할머니가 또 붉은 잇몸을 드러내며 손주의 머리를 쓰다듬는다. 슬프지는 않았다. 그런데 하느님은 어떻게 아낙이 죽은 뒤에야 비로소 호랑이에게 썩은 동아줄을 내려줄 생각을 했을까? 문득 이야기의 사연들을 싸그리 뒤집어보고 싶은 것이다.

용감한 오누이가 독 묻은 화살로 호랑이의 눈을 찌를 수도 있는 것이다. 생쥐처럼 작아진 호랑이가 코뿔소만큼 커진 오누이에게 쫓겨 다닐 수도 있다. 또 있다. 호랑이 등에 탄 오라비가 우주의 별똥별 사이를 피융피융 날아다니며 '악마의 별'들을 격파할 수도 있다. 더러는 싸우지 않고 악수하고 화해하는 장면이다. 아니면 초식동물로 변신한 호랑이가 참회의 눈물 펑펑 쏟은 다음 한 울타리에서 오순도순 사는 행복한 풍경이다. 오누이가 호랑이의 옥수수염을 쓰다듬으며 옛날이야기를 나누는 그런 상상으로 나 혼자만 골똘했었다.

할머니 말이 맞는 것도 같았다. 똑같은 할머니 뿌리인데 아기 못 낳는 여자를 만났다는 이유로 한쪽 핏줄만 불행해지는 것은 불공평할 수 있는 것이다. 또 있다. 아기를 못 낳는 건 여자의 잘못이 전혀 아니라는 생각이다. 게다가,

"양자로 가기만 허먼 부잣집 되련님 되능 거여."

몽실 아지매가 옆구리 찌르며 촬촬촬 거드는 바람에 몸이 잠깐 허공에 달궁달궁 뜨기도 했다.

"강화도령이 철종으로 변신하덩 거처럼 호박이 넝쿨째 굴러오능 거니 그런 횡재가 워딨담. 운 좋은 과부는 넘어져두 가지밭이라더니 복뎅이가 그런 식으로 데굴데굴 굴러오지면… 그런 기회가 연신 오는 건 아니여. 버스두 놓치면 막차가 있거덩."

식모살이 몽실 아지매는 고목나무집 정자 누나 엄마다. 태안 바닷가 몽실 동네에서 시집 온 그미는 낮에는 오꼬시공장 밥을 해주고 저물녘쯤 소재지 입구에서 기름집도 열어놓고 초저녁 시간 쪼개서 자투리 돈이라도 챙겨야 한다. 대추나무에 연 걸리듯 두 가지 직업으로 눈코 뜰 새 없이 뛰면서 밭도 매고 솔가지도 쪼개쪼개 잘라 아궁이 불 때면서 겨우 밥이나 먹고 산다. 어쨌든 그미들의 헷갈리는 소리를 차마 되묻지 못했다. 대추알 오물대던 원조 백모가,

"딸내미 같은 다방 레지 궁뎅이 주물탕이나 놓는다는 소문두 제발 나한테 전달 좀 안 했으면 좋은디."

썩은새처럼 밀려오는 어둠 속으로 담배 연기 풍풍 내뿜는다. 눈빛에 슬픔이 뎅그렁뎅그렁 번져 있는데 느티나무 가장이가 문풍지에 어른거려서 더욱 음산하다. 그러더니 괜시리 나를 쳐다보며 글썽글썽 표정으로,

"속 안 썩이는 사내들두 있긴 헝가?"

인두로 화로 가운데를 좌악 가르자 찌찌찌 쇠붙이 타는 소리와 함께 붉은 속살이 뜨겁게 드러난다. 한숨을 길게 내뿜으며,

"사내들이란 애기덜 고추잠지 빼놓고 죄다 숭혀. 있는 늠덜은 있

는 늠대로 없는 늠덜은 없는 늠대로 멋대로 뻗치는 힘을 여기저기 뿌려대니 조선 여자 팔자가 뒤웅박 팔자처럼 모진 거지."

그 호수다방은 신작로 감나무 아래 지붕만 초가였을 뿐 유리창 너머로 비치는 실내장식만큼은 아득한 동화나라 배경처럼 황홀했다. 하굣길마다 훔쳐보던 실내 전체가 모두 그랬다. 유리 빛깔 장식품으로 번뜩였고 행주로 탁자를 닦아내는 여자들의 허리도 싸리 회초리처럼 낭창낭창 흔들렀다.

농투성이들이 얼씬도 하지 못한 게 당연하다. 의자에 흙이 묻고 찻잔에 때가 타기 때문이기도 하지만 보리쌀 두 되가 넘는 커피값을 감당할 수도 없었다. 그래서일까, 벨트로 아랫배를 조여 맨 대머리 사내들만 듬성듬성 앉아 한갓지게 담배 연기를 날리고 있었다. 커피 국물을 숟가락으로 떠먹지 않고 그냥 휘휘 젓기만 한다는 것도 신기했다. 탁자 위에 깔린 유리장식도 앉은 사람의 품격을 다르게 만든다는 것도 처음 알았다.

기실 다방 레지들의 풍경을 여러 차례 접하긴 했다. 백부가 너털웃음을 치면 여자들이 등짝을 때리며 호들갑 떠는 그림들이다. 나도 분명히 보았다. 그 호수다방 어엿븐 레지 아가씨들과 쌍화차 올려놓고 파안대소 치는 장면을 신작로 유리창 바깥에서도 구경했고 더러는 직접 안에까지 들어가서 한참을 기다리며 관찰하기도 했다. 나이 먹은 여자는 예쁜 한복에 쪽진 머리를 했고 젊은 여

자 하나는 짧은 치마에 가슴골이 하얗게 들여다보이는 윗도리를 입고 있었다. 그래서였을까 원조 백모가,

"느이 큰아부지 진지 잡수래라."

심부름 시키면 그 호수다방 문을 열 때마다 가슴이 두근두근 뛰었다. 그뿐이었고 그 이상의 상상은 떠올릴 수 없었다. 그저 실내를 채우는 이미자의 '섬마을 선생님' 경음악부터 황홀하여 다리가 후들거렸을 뿐이다. 유리 어항 호스 구멍 사이로 산소 방울이 퐁퐁 퐁 튀어나오는 장면이 꿈결처럼 아름다웠다. 금붕어 예닐곱 마리가 지느러미 흔들며 울긋불긋 헤엄치는 광경도 완전히 혼을 빼놓는 것이다. 그즈음이면 짧은 치마 여자가 싸리나무 같은 종아리로 또각또각 헤치며 백부에게 천사표 미소를 던진다. 그랬다. 손에 흙을 묻히지 않는 여자들은 모두 아름다운 것이다. 그래서 섬마을 아가씨가 총각 의사에게 빠지는 것도 당연하다. 열아홉 살 섬 색시가 순정을 바쳐 사랑한 그 이름은 총각 선생님. 서울에는 가지를 마오, 가지를 마오.

수상하긴 했다. 평소 근엄한 표정의 백부와 다방 안에서 키득키득 웃음이 도통 어울리지 않는 것이다. 하지만 내가 문을 열고,

"진지 잡수래용."

고개를 옆으로 빼꼼 돌린 채 실내 구석구석을 재빨리 훔쳐볼라치면,

"갈 껴. 악아."

점잖게 깔아 내리는 목소리에 여전히 한 치의 빈틈이 없었다. 마담 여자가 코트 소매를 꿰어주고 등허리 먼지를 털어주며 뒤에서 살짝 안아주기도 한다. 백부는 지갑을 열어 종이돈 한 장을 카운터에 올려놓았다. 그리고 느긋하게,

"거스름돈은 다음 찻값으로 넘겨라."

눈 흘기는 여자를 타이르듯 다독이는 품격도 보여주었다. 카운터 뒤에 붙은 달력 사진은 대통령 박정희와 국회의원 이상희였다. '경제개발5개년계획 시동'이라고 붙어 있는 한 장짜리 달력이다. '산업화'나 '경제개발'이란 힘찬 단어들은 우리들에게 그렇게 꿈과 희망을 불어넣어주곤 했다.

백부는 성품이 온화했지만 완력이 센 것으로 이미 동네방네 소문이 났다. 축구, 배구 같은 공차기는 관심이 없었고 운동회 때 부락 대항 달리기 역시 참가하지 못한 느림보였지만 팔뚝에 붙은 근육만큼은 예사롭지 않았다. 특히 손가락 쥐는 악력만큼은 천하장사라는 소문이 꼬리에 꼬리를 물었다.

그가 차부에서 완행버스를 타려고 줄 서 있을 때의 사건이다. 탑승 인파가 몰리면서 무게중심이 한쪽으로 쏠릴 즈음 등허리 뒤쪽 낌새가 수상한 것이다. 누군가 슬그머니 다가오는 낌새를 채면서 순발력이 발동했다. 주머니로 들어오는 손가락의 감촉을 미세하게 느끼는 순간 백부가 쓰리꾼의 손목을 휙 붙잡은 것이다. 순식간

이었다. 얼굴도 보지 않은 채 그대로 십자꺾기로 비틀었다.

"악."

웬 박박머리 청년의 몸이 종잇조각처럼 구겨지면서 완행버스를 기다리던 인파들이 구름처럼 몰려들었다. '저 통통한 아저씨는 누군데 저렇게 힘이 항우장사인가' 휘둥그레지는데,

"한 번만 봐주십시오."

쓰리꾼 청년이 길바닥에 무릎 꿇은 채 고개를 조아리자 기다란 그림자가 아래로 쏟아지면서 바닥에 까라졌다. 그게 끝이었다. 백부가 오히려 넉넉한 표정으로,

"오늘은 처음이니 그냥 놔줄 거여. 걱정하지 않아도 되는 대신 앞으로는 이런 짓 하지 마라. 나쁜 짓으로 돈 몇 푼을 요행히 훔치더라도 결국은 걸리게 되고 나중에는 진짜 콩밥 팔자로 인생을 살게 되는 거여."

그 청년을 끌고 차부식당에서 국밥도 한 그릇 먹이고 고추장도 밀어주더니 종이돈 꺼내 10원씩이나 주었다.

"어머니가 아파서…."

말을 끝맺지 못하고 눈물만 뚝뚝 흘리는 모습이 참으로 어디선가 많이 본 풍경이다. 백부는 아까보다 더 인자한 표정이 되어,

"이걸로 어머니 사과라도 한 봉지 사다 드리게. 파치로 고르면 한 보따리도 될 걸. 앞날이 청청한 청년인데."

오히려 어깨를 두들겨준 다음 총총걸음으로 사라지니 혼자 남

은 청년은 뒷모습만 망연자실 바라보았단다. 그게 사변 통이 지난 휴전 직후이니 십여 년 전 전설의 사연이고.

　인어 백모의 등장으로 오꼬시공장 사무실에서 퇴출된 원조 백모는 석산 차부에 동진식당을 차려놓고 혼자 살게 되었는데 백부의 종잣돈 덕분으로 금전 유통은 그럭저럭 힘이 들지 않았단다. 그미의 등장으로 나의 양자 건도 그렇게 흐지부지 날아가게 되었다. 아무 일도 없었다. 원조 백모의,

　"젊었을 땐 나두 다방 레지들보다 훨씬 예뻤단다. 혼자 사는 여자의 세월이 훨씬 더 빨리 흘러가는 거여."

　그랬다. 다방 레지들을 경계하다가 느닷없이 새파란 여인이 등장하면서 공장 사모님 안방 방석에서 영원히 물러나게 된 것이다. 그도 또한 '여자의 일생'이라고 체념해서인지 엄청 절망하지는 않았다.

　그미가 욕망을 포기한 것은 열일곱 살 때이다. 영동 골짜기로 밤이건 낮이건 총소리와 비명이 터지던 사변 통 사연이다. 옴짝달싹은 꿈도 꿀 수 없었으니 생강밭 고랑도 포기하고 우물가에도 함부로 다가갈 수 없었다. 낮에는 비행기 폭격이 터졌고 밤에는 기관총 소리로 오금도 서리지 못했다. 움직이면 죽는다.

　노근리 철도 아래 쌍굴다리를 건너 고사리를 꺾으러 갈 생각을 한 것은 배가 너무 고파서이다. 봄날의 부드럽고 성성한 고사리는

지났지만 유년부터의 기억으로 소이산 기슭에는 아직도 질긴 고사리가 남아 있는 걸 알고 있었다. 그렇게 녹슨 낫자루 하나 들고 쌍굴다리를 지나다가 거기서 지옥을 보았다.

'아!'

흰옷 입은 주검들이 철도 공굴 아래 빽빽이 쌓여 길을 막고 있는 것이다. 온몸에 총구멍이 숭숭 뚫린 시신들이 수백 구가 넘었다. 주검들의 피가 아직 굳기도 전이어서 시뻘건 흔적들이 조금씩 흘러내리는 중이었다. 남자, 여자, 할머니, 할아버지, 어른, 아기 할 것 없이 켜켜이 사람 위에 사람이 켜켜이 죽어 널브러져 있는 참상이다.

'엄니이…'

발 디딜 틈조차 없는 시체 더미를 피해 고사리 숲 철길로 올라서니 억새풀 사이로 헤아릴 수 없는 시체가 있었다. 생강밭 고샅을 넘었을 때 거기서도 젊은 남자의 시체 몇 구가 쓰러져 있었다. 힘 있는 젊은 사람이 이판사판 도망가니까 군인들이 뒤쫓아 가면서 총을 쏜 것이다.

'미군들이 쐈댜.'

그러거나 말거나 지옥을 경험한 후 열일곱 소녀는 어떤 상황에도 입을 열지 말아야 한다는 것을 체득하게 되었다.

'절대로 말하면 안 돼.'

입이라도 뻥끗하면 집안 식구가 모조리 철창에 갇히거나 총구멍이 송송 뚫릴 것이다. 일단 영동을 빠져나가기 위해 무조건 서울행으로 몸을 틀었다. 안양천에서 공장 생활을 하면서도 틈만 나면 고개를 흔들었다. 태안반도 동갑내기 소개로 이 동네로 시집을 오면서도 그 사태만큼은 입을 붙이고 살아야 했다. 입을 뻥긋했다간 빨갱이로 몰려 모두 죽는다.

원조 백모가 읍 소재지로 밀려나면서 바깥에 따로 자리 잡은 그 동진식당은 엉뚱하게 우리 형제들의 길목 쉼터가 되었다. 우리 집과 풍각 공장 중간에 위치해 있어서 조부의 제사 때 가끔 식당 살림방에서 정거장처럼 들러 바둑도 한판 때리는 휴식 공간이 된 것이다. 고두리에서 석산까지 20리, 백부네 공장은 거기에서 완행버스 갈아타고 또 25리였으니 대략 가운데쯤이다. 그 식당에 살림집이 붙어 있었는데 안방 구들장에서 등허리도 지지고 '못난이 세 자매 인형'도 구경할 수 있게 된 것이다. 그건 딱 우리 식구에게만 부여된 혜택이고 동네 사람 어느 누구도 안방에 얼씬할 수는 없었다.

종만이네 아버지 백석 씨는 왜소한 체구이지만 자식들은 복자 아줌마 쪽으로 외탁을 해서 모두 체격이 크다. 백석 씨가 아들의 출생신고를 이장에게 부탁했는데 고주망태 술꾼인 이장 배 씨가 일 년 내내 깜빡 잊었다. 그리고 내 호적을 올릴 때 마을 아기 둘이를 한꺼번에 신고하는 바람에 한 살 많은 동급생이 되었다. 지금은 그 종만이네 사랑방으로 마실 가는 중이다.

종만이는 발 썰매 못 박은 자리마다 고무줄을 꿰고 있었고 성만이 형 혼자 절름발이 지팡이 깎기에 골똘하는데 그 표정이 예사롭지 않다. 나무지팡이 끝을 날카롭게 깎은 다음 불에 달군 못대가리를 망치로 두들기면 끄트머리가 뾰족해진다. 그걸 다시 불에 벌겋게 익혀 지팡이 끝에 쑤셔 박으면 창끝처럼 매워지는 것이다. 그 지팡이가 땅에 미끄러지지 않게 지탱도 하지만 때로는 상대를 위협하는 무기가 된다. 언제부터였나. 성만이 형에게 변성기가 오면서부터 그는 더 이상 조무래기들과 어울리지 않았다. 재홍이 형처럼 여드름이 생겼고 거뭇거뭇한 콧수염에 표정조차 너무 진지해서 우리들 역시 가까이 다가서기 무서워졌는데,

"한 놈만 걸리면 찌른다."

"…."

지팡이 끝에 서릿발이 쩡쩡 서리는 것이다.

"징역 살더라도 딱 한 번 본때를 보여주면 다신 아무도 절룩발이라고 졸졸졸 나불대진 못할 거 아녀?"

아차, 그 말이 무슨 사달이라도 벌일 듯 오싹한데,

"요새두 동생이랑 바둑 두냐?"

생뚱한 질문으로 마음을 편안하게 만들기도 했다.

어머니는 갑자기 장애를 얻은 여섯 살 성만이 형 모습이 아직도 아스라하다고 가끔 회상하곤 했다. 달음박질도 팔짝팔짝 잘 뛰던

아이가, 언제부터였나, 손바닥에 고무신 끼고 마당과 헛간, 장독대를 엉금엉금 기었으니 그게 운명이었다. 그 후로도 중학교 영어책을 읽어낼 정도로 영민한 늦깎이 국민학생이었지만 아무도 절름발이 소년의 총기를 인정해주지 않았다.

"을매나 심드냐?"

그런 동정의 물음에 성만이 형이 단 한 번도 대꾸하지 않았지만, 그런 헛동정으로 혓바닥 끌끌 차는 아낙네들은 차라리 나은 편이었다.

문제는 조무래기들이었다. 순박한 시골뜨기들이 장애 소년 앞에서는 느닷없이 나쁜 악마로 돌변하는 것이다. 지팡이를 감추었고 등하굣길마다 거머리처럼 달라붙어 돌멩이를 던졌다. '절뚝발이' 소리를 합창하다가 얼굴이 까만 누이동생 성순이까지 싸잡아 장독 장아찌라며 남매의 가슴에 못을 박았다. 쫓아갈 방법이 없는 성만이는 냅다 지팡이만 집어 던지고 바닥에 데굴데굴 뒹굴었다. 동생 종만이에게 걸려 귀싸대기라도 맞으면 한동안 잠잠하다가 틈만 나면 다시 혓바닥 날름거리는 조무래기들의 속마음을 도대체 이해할 수가 없는 것이다.

"한 놈만 걸려라. 아작 낸다."

그렇게 길목을 지키는 날에는 성순이도 등굣길 때려치우고 즈이 오빠 따라 장금내 또랑에서 가재만 잡았다. 장금내는 갈마천으로 빠지는 지천이었고 갈마천 끝에는 바다로 연결되었다. 원래 허벅지까지 빠지는 하천이었다가, 언제부터인가 상류에서 밀려오는 모래가 쌓이기 시작하더니 지금은 발목이나 겨우 적실 만큼 낮아졌다. 좌우지간 한머리에는 동요에 나오는 그대로 냇물과 강물 그리고 바다까지 모든 게 다 있는 동네다. 나는 여섯 살 때까지 바다라는 것이 모든 걸 '받아'들이기 때문에 지어진 이름인 줄 알았다.

냇물아 흘러흘러 어디로 가니
강물 따라 가고 싶어 강으로 간다

학교만 빠지면 모든 울분이 깨끗이 해결되었다. 벌판은 차별이 없어서 또랑에 비친 하늘빛 공간들이 벗이 되고 칠판이 되자며 착하고 편안한 멍석을 깔아준다. 밀린 사친회비 때문에 집으로 쫓겨날 일도 없고 멍들도록 회초리 맞으며 '나머지 공부'에 묶일 일도 없다. 칡등나무 근육질이 작은 풀꽃 만나려고 무르팍 질질 끌며 기어 다니는 것이다. 큰 나무와 작은 풀꽃 모두 똑같이 교만하게 흔들리는 이유이다.

강물아 흘러흘러 어디로 가니
넓은 세상 보고 싶어 바다로 간다

성만이 형도 빤쓰 바람 자맥질로 바위 밑구멍 쑤셔 피라미를 잡아내며 아주 잠깐 노여움을 잊는다. 성순이는 오빠가 던져준 가재나 피라미를 고무신에 채워 닭장에 던져줄 참이다. 고무신이 넘치면 풀꽃 대궁을 뽑아 아가리부터 꿰어 참붕어 꾸러미를 만들기도 했다. 꾸러미를 들 때마다 붕어 비늘들이 햇살 받아 반짝반짝 빛을 쏟아내었다.

"정자 언니 온다."

무심히 정자 누나 얘기를 꺼내면 성만이 형 얼굴이 붉어지는 게 얼핏 신기하기도 했다. 식모살이 몽실 아지매네 아홉 번째 딸 정자도 세월 따라 키도 크고 가슴도 봉곳이 올랐다. 나이를 먹으면서 덕지덕지 붙어 있던 버짐 핀 가난의 때깔이 조금씩 벗겨지고 뽀얀 살결로 틈실해지는 것이다.

그리고 정자 누나네는 당재골 순임이네 옴팡 집과 위아래 집으로 가장 가깝다. 품팔이꾼의 딸인 그미들 모두 가난했지만 나와 동급생인 외동딸 순임이가 정자 누나네보다 더 가난했다. 교과서도 상급생들의 것을 얻어서 공부했고 밥도 품앗이 집에서 얻어먹을 때가 많았다. 그랬다. 한머리에서 여자가 많은 집은 대개 가난했고 중학교에 진학하지 못했다.

"많이 잡았남?"

열한 살이 넘으면서 성만이 형은 발가벗고 뛰어들지 않고 반드시 빤쓰를 입은 채 물가에 몸을 담갔다. 정자 누나는 무심히 생글생글 묻는데 성만이 형 혼자 입술만 우물거릴 뿐 제대로 대꾸하지 못한다. 정자 누나가 피라미 잡이 옆댕이로 끼어들기 위해 긴 치마를 묶어 올리면 백옥처럼 새하얀 허벅지가 드러나기도 했다. 그렇게 남의 속도 모르고 뺏어간 사람을 강남 따라 만나본 것이 나의 죄드냐. 먼저 흥얼거리면 성순이도 배호 노래 '얄궂은 하룻밤 첫사랑 때문에'를 따라 부르며 아주 잠깐 풋풋한 물놀이를 즐기는 것이다. 그렇게 남의 속도 모르고 웃는 그 얼굴 눈물 속을 헤맨다. 얄궂은 첫날밤 때문에.

새 둥지를 따로 튼 백부와 인어 백모가 우리 집 안방에서 신혼(?)의 첫날밤을 보냈으니 그 또한 '얄궂은 첫날밤' 사달이다. 안방 주인인 우리 부모가 삼형제 끌고 사랑방으로 피해주는 게 그때까지 당연한 줄만 알았다. 밭매기를 끝낸 어머니가 숭늉도 나르고 말랑말랑한 연시도 한 접시 들여보내줘서 더 그랬다. 은숙이 누나 혼자 고집 피우며 윗방을 고수하다가 벽을 넘는 깨꽃 신음에 새도록 시달렸다며 입술이 퉁퉁 부었다. 사춘기 소녀의 풀리지 않는 노여움을 나는 전혀 이해할 수 없었고.

오줌이 마려워 눈을 뜬 신새벽, 나는 쌀을 씻는 어머니 옆에서 생솔가지로 아궁이 지펴 가마솥 물을 데우는 중이었다. 생솔가지는 불을 붙이기는 어렵지만 일단 불이 붙기만 하면 화력이 아궁이속 강풍으로 돌변했다. 하여, 생솔을 아궁이 깊숙이 집어넣고 먼저 짚단을 태워 그 불길로 솔가지의 물기를 말린 다음 다시 거기에 옮겨 붙이는 것이다. 솥뚜껑이 활활 뜨거워질 즈음 인어 백모도 앞치마 여미며 부엌문을 열었다. 처음에는 두 여자 모두 입술이 딱 붙은 채 괜히 솥뚜껑도 열었다가 구정물에 손도 담그는 표정들이 당최 어색했다. 그러다가 앞치마를 예쁘게 동여맨 인어공주 백모가 먼저,

"제가 '형님' 하고 부르면서 밥을 하면 참 좋을 텐데 어쩐데요? 한참 어린 제가 거꾸로 '형님' 소리 듣게 되었으니 세상천지에 이런 법도도 존재하네요."

방긋방긋 말문을 트자 어머니도 그제야,

"조선 법도 순리대루 사능 거지유. 성님. 여자 팔자가 뒤웅박 팔자라잖유?"

머쓱하게 대꾸하지만 인어백모의 표준어에 막힌 어머니의 태안반도 몸뻬 사투리가 푸시식 잦아들 수밖에 없다. 더구나 '존재'라는 단어까지 쓰다니.

"둘이 있을 때라도 형님이라고 부르지 마세요. 열네 살 차이면 큰언니뻘인데. 아니, 막내이모뻘이지요. 호호호호. 불편해요."

동화 나라 인어공주 웃음소리도 실제로 그렇게 유리알 구르는 쨍그랑쨍그랑 소리였을까. 내가 아무도 모르게 가슴을 재빨리 누르는데도 심장 고동 소리가 벌렁벌렁 터졌다. 불쏘시개 쑤시던 겨드랑이 사이로 분가루 터지는 냄새가 욱신욱신 파고드는 것이다.

"그럼 뭐라구 부른댜… 유?"

말을 놓으려던 어머니가 아차, 민망한 표정으로 재빨리 끄트머리를 올린다.

"그냥 혜숙아,라구 해야 하는데 아휴, 어쩌지요? 그러면 또 집안 기강이 안 선다며 난리가 터질 테고… 이러거나 저러거나 많이 불편하실 텐데."

"남자 따라 집안 서열이 정해지능 게 대대로 이어진 조선 여자 팔자인디 바꿀 수 있간유. 걱정 말고 아들 하나만 쑥 낳으면 종갓집 마님으루 자리 잡는 거유. 찬물 먹는 순서두 남정네 순서 따라 자리매김되는 거 알잖남유. 암만 세월이 가더라두 사내 족보가 아래인 지가 아랫것이 되는 거지유."

"나도 빨리 하나 낳아서 동희 엄마, 수동 엄마, 하구 부르면 마음이 쬐끔은 편할 텐데요. 호호호 벌써 태어날 아들 이름까지 정했네."

"그때나 시방이나 성님이라구 부르능 게 순리유. 그나저나 꼭 아들을 낳아야 대를 잇는데."

나는 처음 알았다. 인어 백모가 대를 잇기 위해 들어온 것도 알았고 나이 어린 백모가 나이 많은 어머니보다 계급이 높다는 것도 새롭게 알았다. 어쩌면 50원짜리 종이돈도 팍팍 줄 수 있는 돈의 힘이 만든 순리일 것도 같다.

아니다. 마을 아낙네들과 가장 차별성을 보였던 건 인어 백모의 '꽃병 만들기'였던 것 같다. 춘삼월이 막 시작된 이른 봄 어느 날, 길

건너 대숲 속으로 들어가더니 생강나무 꽃다발을 한 아름 안은 채 징검다리를 건너오는 것이다. 하필 솔가지를 지고 오던 운산댁이,

"워디서 그런 이쁜 걸 따왔대유, 사모님."

땀을 닦으며 고개 숙이자,

"네, 대숲 전체가 산수유 천지네요. 아주 노란 향기예요."

춘향이와 향단이, 아니면 마님과 하녀가 그랬을까, 지게목발 받친 운산댁의 마른 명태 팔뚝과 노란 꽃다발 안은 인어 백모의 삶은 달걀 팔뚝이 감히 비교가 되지 않는 것이다. 그리고 나는, 생강나무 노란 꽃이 산수유로도 불린다는 사실도 처음 알았다.

3학년 동무들 중에서 순임이네가 가장 가난했다. 바닷가에서 놀다가 논두렁 타고 당재골 언덕을 넘을라치면 집집마다 굴뚝으로 연기가 피어오르는데 유독 순임이네 아궁이 연기만 옴팡 집 전체로 쏟아져 나오는 것이다. 갈라진 흙벽 틈새로 죄다 새어 나오니 굴뚝과 부엌의 경계가 허물어진 것이다.

그 순임이가 공부를 잘하는 것도 신기한 일이다. 나는 아버지가 사다 준 표준전과와 동아수련장으로 공부를 했고 순임이는 학년이 바뀔 때마다 동네방네 찾아다니며 해묵은 교과서를 얻고 다니는데도 성적은 10등 안쪽으로 높은 편이었다. 2학년 때 담임 김석배 선생님이 무심히,

"느이 집은 어떻게 사니?"

그 물음에 순임이가,

"품 팔어 먹구 살지유."

얼핏 고개를 돌렸을 때 그미의 눈시울이 촉촉이 젖는 장면을 나는 분명히 보았다. 그런데 담임이 다시,

"순임이 아이큐가 137이니 동희보다 8점이 높네."

아이들이 웅성웅성 쳐다봤을 때에도 순임이는 아주 잠깐 미간을 찌푸렸을 뿐 여전히 밥풀을 으깨어 교과서 겉장만 붙이는 중이었다. 침 발랐다가 손바닥으로 비빌 뿐 아무 말이 없었다. 그랬다. 그미는 이웃 나라 왕자님과 결혼할 백설공주의 운명이 될 수 없지만 그냥 책속에 빠질 때가 가장 행복했다. 백조로 변신하는 '미운 오리 새끼'를 읽을 때가 행복했다. 그러나 순임이는 6학년 졸업식이 끝나자마자 서울의 단추공장에서 일하기로 예정되어 있었으니 필시 마음먹은 대로 되지 않을 것이다. 그게 안 되면 진수 누나가 그만둔 성북동 탁구장 집 식모로 갈지도 모른다. 김 선생님이 넋두리처럼,

"그나마 외동딸이라 다행이야. 동생들까지 딸렸으면 팔자가 더 기가 막혔을 텐데."

순임이는 교실에서 날마다 만났지만 나와 둘이는 마주치기는커녕 단 한 번도 눈인사조차 나눈 적이 없었고 그 이상 표현 방법도 몰랐다. 그미 아버지 공 씨가 소문난 주정뱅이라는 얘기를 들을 때마다 안쓰러운 마음으로 설레설레 흔들었을 뿐이다. 어쩌다 품앗

이 끝낸 막걸리 자리에서도 고주망태로 논두렁에 처박혀 고래고래 소리 지르면 나는 진둔병 저쪽 마늘밭으로 돌아다니곤 했다.

그미의 엄마 운산댁 혼자 논 품, 밭 품 팔거나 차부 앞에서 소꿉장난 같은 좌판을 벌여놓고 걷어온 풋것들을 팔기도 했다. 가끔은 남편한테 얻어맞아 시퍼렇게 멍든 얼굴로 등장하기도 했다. 그러거나 말거나 그 얼굴 그대로 갯가에서 굴을 쫓고 신작로 자전거포에 고물도 모아주면서 먹고산다고 얘기만 들었다. 그미가 자전거포에 석굴 배달을 해줬다는 얘기도 얼핏 들었을 즈음이다. 아버지한테 들은 이야기인데,

순임이 아버지 공 씨가 우리 집안과 평생 원수가 된 건 6·25사변이 터진 다음해부터였다. 인민군이 갑자기 밀고 내려오면서 공무원이나 선생, 특히 경찰 가족부터 표적이 되어 붙잡히기 시작했다. 어송에서 원정 온 스무 살 머슴 공찬동이 앞잡이 완장 하나 차게 되면서 한머리 사람들이 오금도 서리지 못했으니 천지가 개벽할 노릇이다. 아버지 성 서기(書記)도 일찌감치 뒤란 감나무 아래 토굴을 파고 덮개 위에 흙을 얹은 채 숨어 살았다. 어머니가 몰래 넣어주는 밥으로 끼니를 때우는 중이었다. 그때 완장 찬 공찬동이 찾아와,

"성 서기가 간 데를 불으시우."

"안 보이우. 며칠째."

"남편 간 데를 마누라가 몰라?"

서슬 시퍼렇게 다그치는데 이 자가 평소 그토록 굽신굽신하던 대밭집 머슴 놈이 맞는지 도대체 판단이 서지 않는다. 보통 때는 그저 편안하게 하대하던 어머니도 오금 서린 채 손바닥 비비며,

"서울 쪽으로 도망친 것 같은데 진짜 몰라유."

"그럼 이 판에 여맹위원장 자리라도 하나 맡으쇼, 이. 그래야 도망간 남편도 용서가 되구 난리 통에 한 자리 출세도 되능 거요. 어쩔 거요? 대답하시오."

어머니는 등허리 퍼대기에 업힌 갓난아기의 맨살 허벅지를 등허리 뒤에서 몰래 꼬집으며,

"보세유. 나는 갓난아기 젖 줘야 하기 때문에 한 발자국도 못 움직인다구유."

아닌 게 아니라 아기의 울음소리가 자지러지게 터지니 완장 사내 공 씨도 쳐다만 보다가 어쩔 수 없이 돌아갔다.

"그때 얼떨결에 인민군 깃발 아래 부역이라두 헸던 사람들은 또 서울 수복 이후 우익들한테 엄청난 곤욕을 치렀지. 두들겨 맞고 구덩이에 파묻히면서 한마을 사람들끼리 원수가 되었으니 그게 지옥인 거여."

다음 날 새벽 아버지는 서울로 도망쳤고 2년 뒤에 돌아왔지만 공무원 자리를 잘려 국록을 먹을 수 있는 끈을 놓쳤다. 인민군을 피한 건 무죄이지만 병역기피가 되어 면서기 자리를 날린 것이다.

맥아더 장군의 인천상륙작전과 9·28 서울 수복 이후 세상이 또한 번 바뀌었다. 그 후 공 씨는 마을 사람들에게 자리개로 두들겨맞는 대가를 치렀으니 인과응보이다. 특히 백부가 가장 노발대발하여 그의 아랫도리를 번쩍 들더니 개울에 쑤셔 박았다. 그나마 외동딸 순임이 하나라도 낳은 게 신기한 일이지 생식능력을 잃은 것도 그때 당한 명석말이가 이유라고 수군수군 입방아 찧기도 했다. 그 후 한평생 품 팔은 돈으로 술만 마시는 고주망태가 되었다는 사연도 이차구차 수도 없이 들은 얘기이고.

이번에는 성만이 형 사연이다. 네 살 때 개울가 검바위에서 거꾸로 처박혀 다리가 부러지기 전까지만 해도 덩치도 크고 울음소리도 건장한 아이였다. 그해 가을 부친 백석 씨가 생강 팔아 중고품 자전거 한 대를 사서 엔진을 붙인 데서부터 사연이 시작된다. 신작로 자전거포에서 조립한 자전거오토바이는 겉모양은 자전거이지만 오토바이 엔진을 조립했으므로 페달을 밟지 않아도 시동만 걸면 저절로 움직였다. 특히 부르릉대는 엔진 소리가 너무 커서 동구 밖 모새뜰에서부터 그가 등장하는 소리가 마을 전체로 울려 퍼지는 것이다. 백석 씨가 그걸 타고 농지를 달릴 때마다 밭 매던 아낙네들이 일어서서 멀거니 바라보곤 하는 게 그리도 자랑스러웠다. 백석 씨는 백마 탄 장군이라도 된 양 신바람으로 갯벌 소금창고도 다녀오고 더러는 읍내까지 왕림도 했다.

5월 장대비가 쏟아진 다음 맑게 갠 날.

바퀴에 묻은 흙을 털어내기 위해 장금내 개울에 받쳐놓고 진흙 터는 솔을 가지러 간 사이에 하필 일이 터졌으니, 백석 씨가 막걸리 두어 주전자 마신 것도 이유가 된다. 아내 응봉댁을 따라온 네 살배기 성만이가 자전거오토바이를 넘어뜨린 것이다. 짐받이에 앉은 말잠자리가 너무 예뻐 뛰어오르다가 함께 쓰러졌는데 엔진통에서 쏟아진 기름더미가 순식간에 냇물을 시커멓게 덮었다.

"으앙."

즈이 아비 백석 씨에게 걷어차인 성만이가 그만 검바위 아래에서 거꾸로 떨어진 것이다. 기름이 둥둥 뜬 냇물로 코피가 빨갛게 번졌다.

"이 호랑말코 새끼."

여전히 화를 참지 못해 씩씩거리는 백석 씨를 응봉댁이 뜯어말려 달래면서 간신히 집에 보냈다. 그리고 한 살 종만이는 등에 업고 네 살 성만이 손을 잡고 걸어오는데 이상하다, 둘째아들 성만이가 자꾸만 절룩거리는 것이다. 그게 끝이다. 질경이 밭두둑에 몇 번씩 주저앉을 때에도 그냥 애비한테 몇 대 맞은 게 아파서 그런가 보다 하며 까맣게 잊은 채 솥을 닦고 마루를 훔쳤을 뿐이다. 그날 밤 자다가 깨어 자지러지게 울기에 한밤중에 일어나 옥도정기를 발라주며 새도록 부채 바람 홀홀 부쳐준 게 전부이다. 그런데 일주일이 지나고 한 달이 지나도 낫지 않더니 그렇게 영원히 절름발이가 되었다. 아비의 다리를 편안하게 해주려던 오토바이 때문에 아들의 다리를 평생 장애로 만든 것이다.

"내일까지 두 개씩 만들어와요."

처녀 교사 김순원 담임선생이 오자미 숙제를 낸 것은 가을 운동회가 가까워졌기 때문이다. 대개는 집에서 만들어왔지만 더러는 학교 앞 가게에 계란 하나를 내밀면 오자미 두 개씩 맞바꿔주기도 했다. 순자처럼 엄마 옷고름을 잘랐다가 눈물이 쏙 빠지게 혼이 나기도 했지만 대부분 아이들은 자투리 헝겊을 땀땀이 꿰매어 담임에게 제출했다. 담임은 사인펜으로 일일이 이름을 적은 다음 나중에 돌려줄 것을 약조하였다.

그렇게 운동회 준비가 두근두근 문을 여는 것이다. 부락 대항 릴레이가 운동회의 마지막 하이라이트라면 바구니 터뜨리기는 오전경기의 절정이었다. 그랬다. 심판의 화약총 소리가 들리면 청군 백군 꿈나무들이 장대에 매달은 바구니를 향해 '우와와' 함성으로 달려가 오자미를 던졌다. 조금씩 허물어지던 바구니가 마침내 퍽 터지면 색종이 조각이 운동장 바닥으로 우수수 떨어졌고 하늘로는 풍선이 날았다. 6학년 바구니에서는 비둘기가 후두둥 튀어나와 휠휠 날개 치는 비상을 보여서 꼬맹이들을 황홀하게 했으니 역시 상급생 언니들답다. 그리고 식구끼리 운동장 가생이에 오그르르 모여 점심 잔치를 벌이는 것이다. 호떡도 먹고 김밥도 먹고 더러는 식구끼리 둥그렇게 모여 두부가 둥둥 뜬 된장찌개를 나누고 우려 놓은 대접감으로 배를 채우던 포만감이 있었으나, 엄마가 오지 못한 순임은 혼자 느티나무 앞에 쪼그리고 앉아 오자미 잔치를 구경만 할 수밖에 없었다. 그렇게 꼬르륵 소리 내는 배를 감싸며 옷고름 여미다가 처녀 교사 김순원 선생님과 눈시울이 마주쳤다. 그미의 말간 눈빛을 만나며 소녀의 단발머리로 전기가 자르르 올라오는 중이다.

"혼자 있니? 친구들과 안 놀고?

"아니유. 선생님. 혼자서두 잘 놀아유."

'고추잠자리와 놀고 있다'고 대답하려고 입술 양쪽 끝을 억지로 반달형으로 끌어 올리는 순임이 눈동자로 눈물이 그렁그렁 쏟아질 것 같다. 선생님도 눈시울 번진 채 아무 소리 없이 함께 어깨만 들썩이다가 헤어졌다.

이튿날 순임이 책상 위에 익명의 선물이 놓였다. 문방구에서 파는 꽃무늬 오자미는 김 선생의 선물이었는데 오자미 앞부분에,

'함께 가자 순임아'

라고 적어줘서 순임이는 그 오자미 선물을 애지중지 끌어안고 만지고 쓰다듬으며 아끼고 아꼈다. 이름을 썼거나 말았거나 김수미 선생은 천사의 심장이 틀림없다, '함께 가자 순임아'라는 말을 수백 번 되새기며 눈시울을 옹달샘처럼 출렁거렸다.

종만이가 5학년 가월도 수학여행 때 통솔력을 보였던 건 그만큼 조숙했다는 이야기도 된다. 수학여행 경비는 1인당 쌀 한 되와 차비 20원씩이었지만 그 돈이 없어서 참석하지 못한 아이들도 사십 명이 넘었다.

창리에서 썰물 개펄을 한 시간 가량 걸어서 도착했다. 모두들 녹초가 되었지만 개펄을 건너 마침내 섬에 도달했다는 기쁨으로 소리도 지르고 팔짝팔짝 뛰는 중이다. 그때 숙소로 잡은 갯마을 민가 앞으로 우리보다 한두 살쯤 더 먹은 아이 하나가 지나가는 것을 보고 악동들이 기고만장 소리를 질렀다.

"야, 너, 어디 학교냐?"

그는 너무 많은 숫자에 기가 눌린 듯,

"가월도 학교."

상급생으로 보이는 그가 대답도 제대로 못한 채 종종걸음 치더니 미루나무 뒤로 사라졌다. 하지만 그날 밤 열대여섯 살 정도 총각 두 명까지 합세해서 민가 숙소에 쳐들어오는 바람에 우리 조무래기들은 오금도 서릴 수 없었다. 그들은 남학생 숙소인 사랑방 창호지까지 꼬챙이로 구멍 뻥뻥 쑤시면서,

"나와. 이 뜬돌 육지 촌놈들아."

"선생두 나와, 맞짱 뜰 테니. 시벌 덤비기만 허면 짱돌루 찍어 쥑인다."

조무래기들 모두 아무 대응도 못한 채 벌벌 떠는데 종만이가

홀연 문을 열고 나간 것이다. 그쪽은 겨우 예닐곱 명이니 숫자는 우리가 턱도 없이 많았지만 문제는 콧수염 거뭇한 총각들이 두 명 있었기 때문이다. 선생님들도 총각들에게 함부로 대응하지 못한 채 우물쭈물하는 중이었다.

"싸우기 싫어. 그냥 가월도에서 좋은 추억으로 떠나고 싶어."

그런 말을 할 수 있다는 사실이 아, 놀라운 것이다. 그때까지 싸움이란 그냥 드잡이로 우격다짐 힘의 강세를 보이든가 아니면 무릎 꿇고 항복하는 것 둘 중 하나밖에 없는 줄 알았는데 소위 '타협의 담판'을 보여준 것이다.

그 이야기는 거기까지이고, 어느 날 오자미 사태가 터진 것이다. 교실 바닥 널빤지에 동그랗게 뚫린 구멍으로 놀부 심보 익구가 그 오자미를 쏙 빠뜨려버린 것이다. 순임이가 화들짝 손을 집어넣었는데 바닥에 떨어진 오자미가 잡힌 것까지는 일단 다행이다. 그런데 막상 들어간 손이 도저히 바깥으로 나오지 않는 것이다. 살살 빼도 나오지 못하고 확 잡아당겨도 손등만 긁힐 뿐 나오지 않으니 이상한 일이다.

"멀쩡하게 들어간 손이 왜 나오질 못하는 거야."

담임선생과 교감님까지 달라붙어 비지땀을 흘렸으나 아무 방법이 없었다. 순임이는 배도 고프고 오줌도 마려워 엉덩이를 들썩거리며 훌쩍훌쩍 울음을 쏟아내었다. 마룻바닥에 엉거주춤 엎드린 순임이 치마를 슬쩍 걷으려 했던 익구를 종만이가 냅다 두들겨 팼던 것도 특이한 사태이다. 그래봤자 익구도 싸대기를 맞을 때에만 조신하게 반성하는 표정을 비췄을 뿐 금세 두 볼을 비비면서 또 키득대는 것이다.

마침내 학교 아저씨가 달려왔다. 펜치로 못을 뽑고 톱으로 마루를 썰어내는 솜씨가 예사롭지 않았다. 나는 행여 손목이 뎅강 날아갈까 봐 간이 콩알처럼 작아진 채 조마조마 지켜보았다. 그렇게 흥부네 톱날을 기대하며 한 시간 넘게 공을 들여 간신히 널빤지를 잘라낸 것이다.

"아, 살았다."

아차, 그 소리가 절로 튀어나오는데 아이들이 나를 휙 쳐다보았다.

"얼레꼴레리. 동희랑 순임이랑 같이 살았댜."

그렇게 놀리는데도 화가 나지 않고 참으로 다행이라는 생각만이 앞서는 것이다. 그런데 이상했다. 널빤지를 꺼낸 바닥 쪽으로 그때까지 오자미를 꽉 움켜쥔 순임이의 손등이 드러난 것이다. 어렵쇼, 이상한 낌새를 챈 담임님이 조심스럽게,

"순임아."

하며 어깨를 감싸더니,

"손바닥 펴고 오자미를 놔봐라."

시키는 대로 손바닥을 펴자 오자미가 툭 떨어지면서 손목이 구

명으로 스르르 빠져나오는 것이다. 그러니까 순임이가 오자미를 움켜쥔 만큼 손의 부피가 커졌고 그 바람에 마루 구멍의 공간이 막혀 손이 빠지지 않았던 것이다. 저무는 저녁놀이 소녀의 얼굴을 새빨갛게 달궈놓았고 김 선생님은 그냥 홀홀 웃으면서도 연신 눈물을 닦아내었다. 그 바람에 나도 눈물이 펑펑 터졌는데 그걸 또 아이들 눈에 들킨 것이다. 그렇게 '순임이 신랑'이라는 별명이 붙었지만 기실 나는 그해가 저물도록 순임이와 한마디 말도 나눈 적이 없고 앞으로도 영원히 그럴 것이다.

그 성만이 형의 짝사랑 이야기다.

그 여자가 당연히 정자 누나였으니 이웃집 슬픈 정분이랄까. 자격증 없이 이빨 고쳐주는 국동리 '야매 치과의사'네 바로 아래 옴팡 집 막내딸의 몸이 자꾸 어른으로 변하는 것이다. 9남매를 두었는데, 첫지와 끝지가 스물두 살 차이니 부모와 자식이 옆방에서 동시에 아기를 낳은 셈이다. 그러니까 몽실 아지매는 아이만 열두 번 배었는데 열아홉 살에 첫째를 유산하고 다섯째 딸은 발바닥부터 나오는 바람에 낳자마자 땅에 묻었다. 정자 바로 아래 열두 번째는 백일 만에 경기를 일으켜 눈 뒤집고 죽었으니 셋이 죽고 아홉이 남은 것이다.

갈마리 팔촌 재홍이 형이랑 동갑내기 그미이다. 아버지 닮은 형제자매 모두 인물이 달덩이처럼 훤했는데 특히 막둥이 정자가 가

장 예뻤다. 눈썹이 짙고 눈동자가 감자꽈리처럼 커다랗고 나이를
먹으면서 허벅지도 삶은 달걀처럼 뽀얀했다. 그래봤자 스스로는
예쁜 줄조차 까맣게 모를 만큼 가난했고 딸부자네 막내가 중학교
에 간다는 것도 일찌감치 불가능했다.

성만이 형은 꼬맹이 때부터 정자를 좋아했고 기실 정자도 어렸
을 때까지는 성만이 형과 잘 놀았으니 그게 소꿉친구이다. 성순이
손잡고 살여울에 따라와 성만이 형과 물고기잡이를 함께 하다가
언제부터였나, 그냥 치마꼬리 여미며 지켜보던 사춘기가 된 것이
다. 성만이가 '풍덩' 자맥질하여 손에 잡힌 피라미를 검바위로 집
어던지면 성순이와 정자가 동시에 박수치며 보조개 웃음을 까르
르 피웠다. 강아지풀에 꿴 민물고기 꾸러미 비늘 파편이 햇살 받아
파닥거리는 것만으로도 충분히 행복했다. 성만이 형은 정자의 웃
음소리가 끊어지지 않게 하기 위해 검바위 물속으로 무던히도 알
몸을 담궜다.

아홉 살 때까지의 알몸 자맥질에서 열한 살 빤쓰 입은 자맥질
이후로도 한참 더 물속을 헤집었다. 귓바퀴로 개울물이 들어가 중
이염 고름이 질질 흐르더라도 해맑은 웃음소리가 쨍그랑쨍그랑
터져 나와야 마음이 편안한 것이다. 그렇게 세월이 또 흘렀다. 정
자의 가슴이 봉곳이 솟아날 즈음 그 귀여움이 설렘의 감정으로 바
뀐 게 문제의 시발이다. 그랬다. 소녀들이 사춘기가 시작되고 몸의
모양이 변하면 근방의 또래 사내들이 그렇게 희망과 절망의 나락

에 번갈아 빠지기도 한다.

　그러나 나는 다르다. 특히 내가 여자의 몸을 두려워하게 된 이유는 분명히 남들과 다르다. 성만이 형 가슴에 짝사랑이 싹틀 즈음, 열한 살인 나도 처음으로 여자의 몸을 보았다.

　풍각 공장은 일 년에 서너 차례 도이산 굽지사에 선물을 보냈으니 부처님께 '제발 대를 이을 아들을 보내주십사' 지성을 드리는 거란다. 좌우지간 백부는 '아들 하나만 있으면 자수성가로 대성공한 팔자'였는데 딱 한 가지 그 고추잠지 하나가 점지되지 않는 것이다. 하여, 여름철에는 과일을 보냈고 나머지 철에는 찹쌀이나 곶감, 오꼬시 자루 등을 번갈아 바꿔가며 지성을 드리곤 했다.

　그렇게 밤꽃 피는 유월 어느 날 자전거 뒤에 딸기와 풋감자 심부름으로 굽지사에 배달 다녀오는 중이었다. 검바위까지 덜컹덜컹 바퀴를 굴릴 수 있었지만 나머지 고바위부터는 자전거를 받쳐놓은 채 등허리에 지고 낑낑 올라야 했다. 힘이 들어도 등반의 재미가 쏠쏠해서 해볼 만했다. 그렇게 무사히 물건을 전달해준 다음 내려오는 길은 몸도 마음도 홀가분해졌다. 팔봉 출신 원정 머슴 열아홉 정달이 형이 지게목발 두들기며 앞장서고 그 뒤로 내가 막대기로 나뭇등걸을 후려치며 무심히 내려오는데,

　풍덩풍덩.

　그냥 장끼나 까투리 날개 치는 줄 알았는데 그 소리가 점점 가까워지는 것이다. 때까치 소리 치고는 유난스럽다고 생각하며 황

매화 덤불을 돌아가는 순간이었다. 팔달저수지로 통하는 개울 뒤쪽에서 알몸 두 개가 불쑥 솟는 것이다. 아, 여자! 발가벗은 두 명의 여자 알몸이었다. 먼저 물보라가 터졌고 무지개 베일이 벗겨지면서 조선무 허벅지들이 먼저 보였고 두 개의 젖무덤도 툭툭 튀어 나왔다.

화들짝 놀란 내가 얼른 정달이 형을 찾았으나 그니는 재빨리 고개 돌린 채 저만치 달려가 자전거에 올라타 사라지더니 더 이상 뒤돌아보지 않았다. 그랬다. 수풀에 가려진 저수지 모퉁이에서 여자들이 알몸을 통째로 드러내며 키득거렸으니 도대체 뜨악한 일이다. 하지만 방법이 없었다. 통통한 여자는 보름달 엉덩이가 둥실거렸고 마른 여자는 알타리무 다부진 허벅지로 마냥 재미있다는 듯 쿵덩쿵덩 물보라 치는데 나 혼자 아랫도리 힘이 싸하게 빠지며 입술이 부르터 올랐다. 그러거나 말거나 그녀들은 열한 살 정도는 사내 취급도 않는 듯 실룩실룩 물장구만 치는 것이다. 이상하다. 벗은 몸을 사내에게 들키면 화들짝 가슴을 가리며 '악! 몸을 버렸어요. 소녀를 용서하세요' 소리치며 은장도로 가슴팍 찌르는 줄 알았는데 홀딱 벗은 웃음잔치를 홀렁홀렁 피우다니.

석구 형님은 종곡실에서 운반한 밀가루 반죽 멍석 위로 수동 선풍기를 돌리는 중이었다. 뒤에서 손잡이 돌릴 때마다 커다란 쇳날이 우마왕의 파초선처럼 왕왕 바람을 일으킨다. 그리하여 찜통에서 빼낸 후끈한 밀가루 반죽을 식혀주어야 맛있는 오꼬시 안창 반죽을 숙성시킬 수 있다. 석유 화로에서 쪄낸 밀가루 반죽은 식어갈수록 쫄깃거려서 맨입으로 먹기에 딱 맞는 것이다.

나는 주로 멍석을 지키는 담당이었다. 김이 모락모락 오르는 밀가루 반죽 멍석을 지키지 않으면 시장판 각다귀 패들이 순식간에 뭉쳐 들고 도망치기 때문이다. 각다귀 패는 망이다리 밑에 예닐곱 명이 떼 지어 살았는데 대장은 아기 엄마인 열여섯 살 아내를 데리고 살았다. 나머지는 대략 열 살 안팎이다. 밀가루 축나는 것도 문제지만 꼬질꼬질한 손때가 묻으면 과자 재료를 망치게 되니 더 골치다.

내가 그니의 가랑이 당기며,

"형님, 어쩌면 좋대유? 빨개벗은 여자를 봤으니."

"…엥!"

밀가루 반죽 펼치던 석구 형님이 고무래를 세운 채 의심의 눈꼬리를 반짝 치켜올렸다. 나는 눈물까지 글썽이며,

"일부러 그런 게 아니구 아줌마들이 도깨비모냥 퐁 나타난 거유. 피할 방도가 없었쥬. 진짜랑께, 형님."

"워디서? 몇 명?"

그는 내년 가을 서른 살 넘기기 전에 장가를 들어 삼거리 하꼬방에 둥지 튼다고 했다. 시부자리인 마장벌 살구나무집 진수 누나는 5학년을 채 마치지 못하고 서울 성북동 탁구장 식모로 보내졌

다가, 언제인가, 고향으로 내려왔다. 신부 수업 준비로 바느질과 시금치 뽑기 그리고 바지락 까기에 여념이 없었는데 신랑 자리가 석구 형님인 줄 안 것은 나중 얘기다.

펌프 물 받아놓고 머리 감던 누나의 허연 속살을 훔쳐본 것도 아주 미안한 일이다. 긴 머리 뒤로 묶은 채 뽀얀 종아리 닦던 소리가 뽀드득뽀드득 상큼했던 탓이다. 그런데 목덜미까지는 괜찮았는데 윗 내복 속으로 움푹 패인 가슴골을 만난 순간 아랫도리 고추가 딱딱하게 굳은 것이다. 심장 깊숙이 쥐도 새도 모르게 감춘 채 밤마다 죄의식에 시달리기도 했다. 지금은 굽지사 물결 거품에 덮여 싸그리 지워져버렸다.

"두 명이어. 굽지사 내려오는 둠벙에서 목욕을 하능 거 우덜 둘다 봤다닝껭. 아주 얼떨결인디 정달이 성 혼자 그냥 내뺐으니 못 봤을지 몰르지. 안 본 건가? 못 본 건가?"

"홀딱 벗…?"

"…이."

"진슬로? 니가 몰래 훔쳐본 것 아니냐? '선녀와 나무꾼'의 그 총각처럼 음흉하게 침 질질 흘리면서."

"그건 절대로 아니지만… 앞으룬 눈앞에 나타나더라두 두 번 다신 안 볼규. 빨개벗은 여자가 나타나면 송구락으루 내 눈을 찔러버릴 꺼여."

솔직히 나도 한 방 터뜨릴 게 있긴 했다. 어스름 달밤 느티나무 아래로 어둠에 사무칠 즈음이다. 처음에는 그냥 나무 가장이가 흔들리는 줄 알았는데 사람의 숨소리가 가쁘게 들리는 것이다.

그렇게 나는 석구 형과 진수 누나의 입맞춤 장면을 나 혼자 몰래 만나게 되었다. 어금니 부딪히는 소리가 대포 소리처럼 쿵, 쿵 가슴을 때려서 진정할 수가 없었다. 내가 끌고 가던 흑염소가 '매애해' 울지 않았더라면 혓바닥까지 들락날락하는 진한 키스로 바뀌었을 것이다. 진수 누나 등허리 속으로 들어갔던 석구 형님의 손이 적삼 바깥으로 재빨리 빠져나오는 장면도 땅속에 꽁꽁 파묻었으니 무덤까지 비밀이다. 그러나 끝까지 의심하면 나도 한 방 터뜨릴까 생각만 해본 것이다. 그게 끝이다.

그렇게 훔쳐본 이후에도 그네들은 태연했고 나 혼자만 벌벌 떠는 것도 억울한 일이다. 비밀의 장면을 숨긴 채 어금니 깨무는데도 석구 형님은 나를 볼 때마다 빙긋빙긋 웃기만 했다. 지금도 마찬가지이다. 석구 형님은 밀가루를 툭툭 털다가 힛힛힛 웃으며,

"유두옥 기집애들이 원래 태안반도 내에서 최고 헤퍼. 상봉 능선 깎던 개척단 사내들 눈에 꽂힐라구 일부러 몸뗑이 전시허는구먼. 야중에 외박 찬스라도 생기면 '와서 잡슈우' 입밥 던지는 행위여. 몹쓸 것들… 어떡헌다. 우리 동희 열한 살 건장한 잠지 달린 사내를 봤으니 목간허던 선녀 아줌마들이 젖텡이 개리면서 사람 살류, 왁왁 비명 질렀을 거 아니냐?"

"킬킬킬 웃더라닝께유."

"털은?"

"…."

"봤냐구, 털. 짜샤."

기실 그 장면이 붙박이로 가장 진하게 남아 있었다. 마른 여자는 펑퍼짐한 흰 팬티를 입었지만 물에 젖어 엉덩이 살은 물론 사타구니까지 시커먼 물 자국으로 고스란히 드러났고 뚱뚱이 여자는 아예 홀라당 알몸이었다. 내가 그렇게 처음 만난 여자의 아랫도리 거웃은 아무리 머리를 흔들어도 지워지지 않았다. 죽고 싶었다. 천장에 붙은 여자의 알몸이 밤마다 풍덩풍덩 흔들리면 누구한테 들킬세라 납작 엎져졌다가 데굴데굴 뒹구는 것이다. 벌떡 일어나 주전자 뚜껑을 돌리다가 간신히 잠을 청하려는 순간 여전히 천장에 붙박이로 남아 있는 여자의 알몸, 그리고 사타구니 터럭.

석산국민학교 앞 제세의원 문 의사는 멀대처럼 키가 컸고 흰 피부에 이마가 넓어서 훤하게 시원했다. 책을 볼 때만 돋보기를 썼고 평소에는 안경을 벗었다. 그 병원 뒤쪽 등나무 정원의 연못에는 유유히 헤엄치는 금빛 잉어가 참으로 신비로운 풍경이었다. 백부의 뒤를 따라 의원 연못에 놀러 갔을 때 수면 위로 건빵을 던지는 어른들의 모습이 그리도 신선처럼 여유로워 보였다. 어른 신발짝만한 잉어가 펄쩍펄쩍 뛰어올라 날름날름 받아먹는 것도 그리도 신기했다. 백부는 그때마다 허허 웃으며,

"너두 해봐라."

건빵 몇 개를 쥐어주었다. 하지만 나는 일곱 살 이후 그 병원을 얼씬도 못 했다. 하루는 혼자 잉어 구경하러 가기 위해 울타리를 넘는데 웬 사내를 마주친 것이다. 붕대로 팔뚝 전체를 칭칭 동여맨 사내가 홱 노려보는 순간 붕대로 싸맨 왼쪽 얼굴이 드러난 것이다.

"으악!"

비명을 지르며 줄행랑친 게 오래도록 미안하긴 했다. 내가 놀란 건 차치하고라도 붕대를 맨 그 사람은 얼마나 민망했을까. 그러거나 말거나 붕대 환자의 표정이 너무 무서운 거다. 우선 덩치가 컸고 눈빛도 매서운 사내가 담배 연기 한 모금 뿜을 때마다 침을 퉤퉤 뱉는 것도 범상치 않아 보이는 것이다. 때까치 한 마리가 날개 치면서 삭정이 몇 개 뚝뚝 떨어뜨려서 더 그랬다.

석구 형님과 창기리 장 씨가 밀가루반죽 할 때 훔쳐들은 대화로는 딱 거기까지만 안다.

"월남전 정글에 떨어진 포탄이 그나마 살짝 비켜갔으니 불행 중 행운이지."

"군병원에서 치료 안 받고 왜 바깥으루 나왔대유? 베트콩하구 싸우다 포탄 부상 맞았으면 나라에서 보상해줄 꺼 아뉴? 성님."

"그냥 비둘기부대 따라 월남으루 돈 벌러 갔던 거여. 베트콩이 쏘는 포를 맞은 게 아니라 미군이 쏘는 융단폭격에 당한 거여. 베트콩들이 포 쏘는 부대가 있기나 허간. 위로금 쬐끔 챙기구 고국에

와서… 제세의원 문 의사네 치료비가 워낙 싸니까 차액까지 이중으로 챙기는 거지. 붕대 풀면 예전처럼 여기저기 거간꾼처럼 댕기며 수수료 받는 직업 택헐 거여. 몸 쓰는 일보다 이문이 많으니 흠씬 낫거덩."

"심성이 착한 사람은 절대 아니니 가까이는 뭇 혀. 베트콩 포로 괴롭힌 얘기 들으니까 끔찍하더라구."

"베트콩인디 괴롭히면 워뜌?"

"베트콩이라구 무조건 쥑이면 쓰남? 예끼 보슈. 쓰리꾼 출신 과거지사는 감춘다구 치더라두 성한 목숨 함부로 쥑이는 걸 두둔허는 소리는 절대 아니여."

몇 달 후 붕대를 푼 그는 오른쪽 얼굴은 멀쩡했지만 왼쪽 볼에 밤알만 한 흉터가 붙어 있었다. 상처는 아물더라도 남은 흉터는 죽을 때까지 지워지지 않을 거란다.

좌우지간 문 의사는 잘 째고 잘 꿰맨다고 소도시 전체로 소문이 났었다. 진단이 정확하고 수술에 들어가면 빠르고 과감했다. 차부 약국 권 약사가 갑자기 배를 감싼 채 쓰러졌을 때도 수술 한 방으로 해결한 것도 의성 화타처럼 동네방네 소문난 전설이다. 배를 가르고 꼬인 창자를 뽑아서 원상태로 되돌려놓고 봉합까지 완전히 성공했다. 사람들은,

"이제 우리넨 읍내까지 나가 수술할 필요가 없어. 모든 수술은 내부 자체로 해결 완성."

문 의사 칭찬이 자자한 만큼 존경도 받았으니 그네들이 소위 마을 유지들이다. 벼는 벼끼리 피는 피끼리 노는 것일까? 백부와 문 의사 그리고 권 약사까지 셋이서 가장 잘 뭉쳐 놀곤 했다. 셋이서 천렵도 다니고 통통배 얻어 우럭 낚시 놀이를 즐기는 게 그들끼리만 뽀대나 되는 것이다. 그랬다. 나머지 농투성이들은 일터에서 손을 뗄 틈이 없었고 오로지 그들뿐이다.

종만이의 고관절 고름 뺀 소문도 전설처럼 꼬리에 꼬리를 물었다. 용맹 소년 종만이가 석 달째 절름거리자,

"화농성 관절염입니다. 빨리 끝냅시다."

진단을 내리고 사타구니 위 뼈에 그대로 메스를 대었단다. 의술은 소문났지만 덤벙대는 성품이랄까, 막판에 마취가 풀리는 바람에 난리가 터진 것이다. 어른 네 사람이 팔다리 한 짝씩 잡아 몸으로 묶은 후 생살 찢고 허벅지 고름을 빼냈다는 얘기가 가장 끔찍했다. 마취제를 구하러 읍내까지 택시를 대절할 상황도 아니었지만 나가봤자 모든 병원들이 문을 닫은 시간이었다. 그 생살 찢는 와중에 즈네 엄마는 아들내미 왼 다리 놓치고 까무러쳤다고 한다.

"종만이는?"

"츰엔 걔도 기절했었는데 시간이 쬐끔 지나자마자 패대기친 개구락지 이슬 먹구 살아나듯 다시 폴짝폴짝 숨은 쉬더랴. 아이쿠, 나는 시방두 가심이 두근두근 뛰는디… 고통은 지나간 거구 건강

158

만 남더랑께. 즈이 성 성만이두 거기서 수술만 혔으면 감쪽같이 나았을 텐데 구두쇠 백석 씨가 돈 아낀다구 침이나 몇 방 놓구 방치혔다가… 이, 수전노 인간."

원조 백모가 벌겋게 달아오른 채 가슴을 두들긴다. 아무튼 종만이 다리는 금세 나았고 한 달도 못 되어 살이 포동포동 올랐고 노루 사냥하듯 폴짝폴짝 잘도 뛰었다. 나중 얘기지만, 그는 중학교에 가서도 짱을 먹었다. 어느 날 인어백모가,

"문 의사가 마흔 안 넘었겠지?"

묻기에 나도,

"몰르겠는디유."

그 물음이 생뚱했지만 그냥 쓰뭉하게 대꾸하며 쉽게 넘어갔다.

백부의 과자공장까지는 완행버스로 15분 걸리니 대개 동진식당을 길목 삼아 쉬었다가 가는 재미도 쏠쏠하게 생겼다. 원조 백모는 우리 삼형제에게 짜장면도 시켜줘서 우리는 두 명의 백모 양쪽에서 친절과 사랑을 평생 받아먹을 줄만 알았다.

준희는 일곱 살 때 짜장면을 처음 먹고 아홉 살 때까지 서른 번 넘게 자랑하곤 했다. '다음에 우동 한 번만 먹으면 죽을 때까지 소원이 없겠다'는 둥 안쓰러운 소망을 밝히는 바람에 수학 수재의 품격을 떨어뜨렸다. 나는 동진식당에 들어가기 전에 준희의 손목을 당기며,

"짜장면 얻어먹은 얘기 어디 가서 하지 마. 촌스러운 놈."

"성은 먹어봤남, 짜장면?"

"…."

나도 두 번 먹어보긴 했지만 그 정직한 대답이 싫은 것이다. 뭐라고 한마디 더 하려다가 그냥 그 동진식당 안방에 들어갔다. 짜장면 이야기로 한 번만 더 자랑하면 꿀밤이라도 먹일 참이었다.

거기에서 점심 먹던 백부를 만난 건 우연이었고 전혀 내 죄가 될 수 없다. 단지 다시 버스 타고 풍각 공장 사무실 문을 열고 무심히,

"큰아버진 동진식당 안방에서 밥 먹구 있던디유."

그 순간 인어 백모가 서늘한 미소를 떠올린 이유를 전혀 알 수가 없다. 내 코앞까지 고개를 바싹 붙이자, 웬일일까, 앗, 그미의 몸에서 비릿한 냄새가 살벌하게 풍기기는 처음이다.

"자구 있데?"

"안유. 밥만 먹던디."

"이불은?"

"장롱에 개어 넣었는디 무슨 이불유? 읎었슈."

밥 먹는디 무슨 이불 얘기지? 갸우뚱하는데,

"이불 개는 건 봤니?"

"아뉴. 원래 읎었당게유. 그런 건."

그때 고사리 다듬던 할머니가,

"먹던디가 뭐냐? 으른헌티. 잡숫던디유,라구 혀야지. 고얀 놈."

160

팔뚝을 꼬집으며 장독대까지 끌고 가는 영문을 도대체 이해할 수 없었다. 이상하다. 평소 귀염둥이로 끌어안던 할머니 성품을 노엽게 만든 나의 행동은 과연 무엇이 문제였을까.

"동진식당 살림방에서 즘심 먹은 걸 봤다는 얘기를 웨 허니? 느이 새큰옴마가 화났잖니? 깨딱허면 즈이 신랑이랑 한바탕 난리 붙겄네."

그러다가 쬐끔은 미안한지 안티플라민으로 꼬집은 자리 맨살을 살살 비벼주더니,

"그레두 잤다는 얘기꺼정은 안 헤서 다행이구나."

"…?"

밥을 먹은 게 왜 화가 나지? 잠자는 건 또 뭐여?

대답이 나오지 않을 궁금증을 캐묻는 건 어리석은 짓이다. 딱 한 가지 백부의 풍모에 신랑이란 단어가 낯선 것이다. 그리고 할머니가 비벼주던 팔꿈치만 또 비비며, 그저 어른들 세계에는 아이들이 모르는 노여움의 이유가 따로 있는 건가 보다, 짐작만 했을 뿐이다. 그런데도 불안했다. 인어 백모의 비릿한 냄새가 어둠 속으로 밀려오면서 "자구 있데?"라는 물음이 불현 듯 떠오르는 것이다.

벽에 기댄 채 아주 잠깐 깜빡 잠이 들었는데 불곰 한 마리가 나를 쫓아와 벼랑 끝까지 도망치는 악몽이다. 커다란 손바닥으로 내 얼굴을 덮치기 직전 절벽 아래로 뛰어내리려고 몸을 굽혔는데 절벽 아래에서 수백 마리의 살모사가 우글우글 헛바닥을 날름거린

다. 아래는 살모사, 위로는 불곰 그리고 나는 벼랑 중턱 소나무 가지에 바둥바둥 매달린 것이다. 어디선가 익숙했던 장면이다. 으악 소리로 눈을 뜨고 벌떡 일어섰을 때 사무실 서랍이 한 뼘쯤 열린 게 눈에 잡혔다. 아무도 없었다.

서랍을 열어본 것 하나만 놓고 보면 순전히 내 잘못이다. 솔직히 훔칠 생각이 없었다 치더라도 서랍 속 오백 원짜리 지폐를 본 것은 우연이 아니라 집착의 소산이었다. 앞면에 이순신 장군 수염이 그려져 있고 뒷면에 거북선이 있는 종이돈 한 장이 새근새근 숨을 쉬는 풍경이 너무 신기한 것이다. 진짜다. 나는 오백 원짜리 종이돈 한 장을 딱 한 번만 처음부터 끝까지 짯짯이 살펴보고 싶었을 뿐이다. 돈에 그려진 위인들의 가지런한 수염의 선이 그리도 그윽했다. 무표정한 진지함도 섬세하게 살펴보고 싶었으리라. 그렇게 조근조근 살핀 다음 물감으로 똑같이 그려보고 싶은 마음이 생기는데, 어럽쇼, 다시 이순신 장군의 숨소리가 들리는 것이다. '비싼 돈은 사람처럼 숨을 쉬는구나. 진짜잉가?' 코끝에서 숨소리를 확인한 다음 재빨리 서랍에 넣은 게 오래도록 다행이다. 그 찰나,

"이러면 안 된다."

누군가 손목을 나꿔채는 바람에 기절할 뻔했다. 몽실 아지매가 밀개떡 자르러 도마를 찾으러 왔다가 서랍 속에 들어 있는 내 손목을 잡은 것이다.

'아차, 의심받겠구나.'

만약 도둑 누명을 쓰면 어떤 식으로 변명을 해야 하나? 죽고 싶었다.

"만져만 본 거유. 이순신 장군이 진짜 숨 쉬는지 만져만 보구 실지루 서랍에 도루 넣었잖유. 보랑께유. 맞잖유?"

나는 손바닥을 활짝 폈다가 위아래로 탈탈 털며 결백을 증명하려 했었다. 그러나 몽실 아지매는,

"작은 도둑질은 모르는 척허능 게 도리여. 걱정 마."

손을 놓더니 지그시 칼도마를 깔아놓는다.

"진짜 만져만 본 거융. '작은 도둑질'이 절대루 아니랑께유."

"괜찮다. 종이돈 구경이 뭔 죄가 있겠니? 나라 팔아먹는 늠이 나쁜 놈이지. 나라만 팔아먹남? 두들겨 패고 쥑이고."

그러나 그 말이 '훔치려던 게 아니라 만져보고만 싶었다'라는 말을 진짜로 믿는 건지는 확인할 방법이 없었다. 그러거나 말거나 몽실 아지매는 다시 아무 말 없이 밀개떡만 가지런히 썰어댈 뿐이다. 그 순간 가슴이 덜컥 내려앉으며 결심할 수밖에 없었다,

'아, 나는 절대루 훌륭한 사람은 되지 말아야겠다.'

훌륭한 사람이 되었다가 누군가가 나의 도둑 누명을 폭로하면 당연히 자살을 해야 하므로 영원히 평범하게 사는 게 나은 거라고 결심하는 것이다. 서랍에서 오백 원도 만져보았고 또 여자의 알몸도 보았으며, 패싸움 때는 절름발이 성만이 형을 놔두고 혼자서만

도망갔던 비열한 놈이다. 특히 성만이 형한테 가장 많이 죄를 진 것 같다. 아무래도 내 몸 어딘가에 나쁜 피가 흐르는 게 틀림없다.

그 성만이 형이 장독대 뒤에 숨었던 사연이 아리고 쓰리다. 서울로 돈 벌러 간 큰형 성수가 색시를 데려오던 그날은 온갖 꽃들이 화창한 봄날이었다. 공장 생활로 자리를 다진 성수 형이 서울 색시 데리고 사립문에 들어올 때까지는 뜰 안의 맨드라미도 화사하게 나풀거렸다. 노란 양산 아가씨 하나가 종합선물세트 끼고 사립문을 들어섰는데, 뭔가 느낌이 수상한 것이다. 안마당으로 적막한 그늘이 서리는 게 숨이 막히는 느낌이다. 성만이가 보이지 않는다. 아버지가 며느리 자리에게 흉한 모습 보이면 안 된다며 뒤란 장독 뒤로 숨겨놓은 걸 눈치 챈 것이다. 장독대 숨소리 낌새를 챈 성수가 대뜸 격분한 채,

"성만이 어딨어요?"

"무슨 성만이냐? 생뚱맞게."

딴전 피우던 그의 어머니가 선물더미를 받아 마루에 조심조심 올려놓는다. 무궁화 그려진 선물 보따리가 하나, 조금 큰 포장 박스인 또 하나의 보따리 끈을 풀자 화사한 옷들이 주렁주렁 쏟아지면서 허름한 툇마루가 금세 환해졌지만, 성식이는,

"성만아, 빨리 나와. 제발. 몸 아픈 게 네 잘못이냐?"

"…."

"색시한테 다 얘기했어. 무슨 죄인이라구 몸을 숨기냐고."

청년 사내의 푸르락푸르락 소리에 추녀 밑 제비 떼가 푸두덩 날아올랐다. 그제야 뒤란에 숨어 있던 성만이가 지팡이 짚고 머쓱하게 나타난다. 볼이 해쓱해지면서 콧수염이 더 짙어진 데다가 여드름까지 매달리기 시작하는 게 서서히 총각 생김새로 바뀌는 중이다. 안마당에 지팡이가 꽂힐 때마다 맨드라미 붉은 입술들이 설레설레 고개 돌린다. 서울 색시는 난감하게 양산대만 만지작거리며 뾰족구두 코빼기만 바라보는데,

"성만이 입히려고 청바지도 사왔구 미도파백화점에서 그림물감도 사왔는데… 50원짜리 영어 단어장두 사오느라고 문방구도 댕겨 왔어요. 몸 아픈 내 동생이 검정고시라두 봐야 장차 사람 행세를 할 거 아니요? 근디 왜?"

성수가 혼자 울분을 울먹울먹 삭이는데 나머지 식구들은 모두 죄인처럼 고개만 숙인다. 서울 색시도 아무 소리 없이 얼굴만 다소곳이 붉힐 뿐이다.

'네가 흉이 잡혀 장가 못 갈까봐 그랬단다. 며느리 자리는 서울 변두리에서 실업계 고등학교 중간까지 나왔다는디 우리 집이 너무 우습게 보이면 안 될 꺼 같아서.'

그 말까지는 차마 꺼내지는 못한 채 부모 모두 조붓하게 고개만 숙여야했다. 성수도.

'아버지가 취한 채 진둔벙 자전거 위로 떠밀어서 장애인 만들었

잖아요.'

그 말을 끝까지 꺼내지 않아서 다행이었다. 종만이 혼자 어금니 깨물며 박달나무 좆팽이만 시불시불 깎고 있는 중이었다.

하천 건너 팔촌 열일곱 사춘기끼리 일을 저지른 건 시멘트 다리를 완공하기 직전이다. 재홍이 형은 갈마리 서낭당 너머에 살았고 정자 누나는 뽕나무 많은 진둔병 옴팡 집에 살았으니 걸어서 족히 한 시간은 걸리는 거리이다. 돈이 없어 중학교에 못 간 정자 누나 혼자 무럭무럭 열일곱 처녀가 되었을 즈음이다. 개울 건너 밤마실 나온 재홍이 형 그림자가 비추면 모처럼 활짝 웃기도 하는 게 그나마 다행인 줄 알았다. 정자네 사랑방에서 묵 내기 화투나 팔뚝 맞기 뽕으로 죽치는 재미가 쏠쏠했다. 그 재미로 서낭당 언덕 너머 징검다리 건너며 억새풀 밤이슬 스치는 것이다. 성만이 형도 딱 한 번 오긴 했으나, 재홍이 형 혼자 오는 횟수가 늘어나고 더러는 막걸리 주전자 소리도 떨꺽떨꺽 들리는 낌새가 어째 수상하긴 했다. 묵 내기 화투를 치거나 팔뚝 때리기 윷판을 벌여도 식구끼리니까 하냥 그런가 보다 했다. 어스름 달밤 지나고 자정이 지나도 각자 둥지 찾아 등허리 눕히는가 보다, 하며 안방 어른들은 까맣게 신경도 쓰지 않은 채 잠을 청했다.

사립문 열며 재홍이의 휘파람 부는 소리가 수상하긴 했다. 그랬다. 사랑방 밤마실 횟수가 늘어나긴 했지만 설마 했는데 그 설마가 사람 잡은 것이다. 열일곱 외로운 그니들끼리 몰래 맨살 비비며 허벅지 만지다가 동치미 대접 들고 온 몽실 아지매한테 들킬 때까지 살붙이끼리 정분날 줄은 꿈조차 꾸지 못했다. 혼자만 봤으면 어찌어찌 넘어갈 수도 있을 텐데 원조 백모랑 식모살이 교대하러 온 복자 아지매도 같이 봤으니 아무리 입단속을 해도 소문이 새어나가기 마련이다.

처음에는 그 난리를 재빨리 덮으려 했다. 엎친 데 덮친 격, 웬걸 일을 벌인 재홍이 형 혼자 강원도 원주 어디로 홀라당 도망치더니 세탁소에 취직한 다음 다시는 내려오지 않았다. 몽실 아지매는 막내딸을 일찌감치 멀리 보낼 요량으로 정리한 채,

"고남리 김 씨네 포도밭 재취 자리로 가라. 딴 건 몰라두 돈은 많댜."

그러다가 어미와 딸까지 모두 묵묵부답으로 호미질에 몰입한다. 고개를 펴면 끝도 없이 펼쳐진 밭고랑마다 몽실몽실 솟아오르는 지열이 아스라하다. 산 너머 산은 뒤로 갈수록 하늘빛이다.

"열여덟이면 어른이닝께 실용적으루 판단해야 혀."

"싫어. 스무 살 많은 남자가 남긴 찬밥 먹으며 사능 거."

안흥면 고남리는 한머리 앞 바다에서 아스라이 보이기는 하지만 바다를 건너지 않는 한 완행버스로 꼬불탕꼬불탕 돌아가려면 족히 하루는 걸리는 거리였다. 그러니까 동네방네 소문 퍼지기 전에 바다 건너 중년의 농장 홀아비에게 얹어 보낼 작정이었다. 그러

거나 말거나 정자는 묵묵부답으로 마늘밭 고샅만 파헤칠 뿐이다. 호미질이 건성이니 흙먼지만 푸석거리는데 잡초들만 성성하게 뿌리내려서 뒤숭숭했다. 여자들은 사내들이 남긴 찬밥을 먹는다는 사실도 처음 알았다. 정자 누나가,

"내가 죽으면 끝나겠지. 처녀막 꽃 터진 죄도 깨까시 덮구."

툭 던지는 소리를 몽실 아지매가 그냥 무심히 넘겼다. 여전히 고샅에 코 박는 시늉으로 호미질만 허투루 내딛는 게 더구나 수상하긴 했다. 하굣길에 설핏 나와 마주친 먹머루 눈빛도 가슴을 철렁 내려앉게 했다. 눈동자에 습한 안개가 서려 있다고 느끼는 찰나 몽실 아지매가,

"이년아, 미쳤냐? 니가 웨?"

"…인생 뭐 있나유? 엄니."

그 말에 불길한 느낌이 든 몽실 아지매가,

"시집만 가면 만사가 덮어지고 해결되능 겨. 바다 건너 사람 중에 누가 돋보기 쓰구 고쟁이 속 검사허냐? 우리두 왜정 때나 사변 통에 별꼴을 다 당했어두 입 다물구 사능 거여."

민망한 얘기에도 눈빛 하나 꿈쩍 않더니,

"심들었슈… 엄니. 나두 가방끈 들구 중핵교두 가구 싶었구. 한 머리엔 맨 아주매들만 있지 얘기헐 동갑내기 칭구두 없었구. 너무 외로워."

그 정자 누나가 자살한 것이다.

이튿날 팔달저수지로 몸을 던졌다는 처녀가 그미일 줄은 꿈에도 몰랐다. 주머니마다 돌멩이를 집어넣고 칡덩굴로 온몸을 둘둘 말더니 삼천궁녀 치마폭 뒤집어쓴 채 시퍼런 저수지로 '풍덩' 몸을 날렸다는 것이다. 나는 오래도록 팔달저수지 쪽으로 고개도 돌리지 못했다. 밤마다 정자 누나가 버드나무 기둥까지 올라와 훌쩍훌쩍 우는 악몽으로 시달렸다. 옷고름으로 눈물 훔치는 모습을 보고 '누나' 하고 소리치며 깨어나면 베갯잇이 흠뻑 젖곤 했다.

그 후 몽실 아지매는 한동안 입에 술을 달고 살았다.

"딸을 잡아먹은 년이여."

입에 대지도 못하던 소주와 막걸리도 섞어 마시며 머리카락 쥐어뜯다가 자지러지곤 했다. 비 오는 날에는 팔달저수지 버드나무 아래에서 머리카락 풀어헤치고 대성통곡으로 꺼이꺼이 우는 바람에 귀를 틀어막아야 했다. 그때 나는 처음 알았다. 세상에서 가장 슬픈 소리는 버드나무 아래에서 들리는 여인의 울음소리가 틀림없다고.

저 아낙네까지 죽는 거 아닐까.

사람마다 혀를 찼지만 다섯 달 후부터는 눈물을 뚝 그쳤다. 정을 떼기 위해서라나.

정자 누나보다 한 살 어린 동창생 은숙이 누나는 국민학교 졸업식 때 전교생 대표로 도지사상까지 받으며 깃발을 날렸었다. 한머리 여자 동기생 중에서는 은숙이 누나 딱 혼자서만 중학교에 들어가게 되었다. 자못 미안한 표정도 감추지 못했으니 심성은 여린 셈이다. 하굣길 교복 차림으로 모샛뜰 징검다리 건너는 그림자만 비춰도 생강밭 매던 정자 누나는 농립으로 재빨리 얼굴 가린 채 납작 숨은 그림이 되었다. 그러나 교복을 입은 은숙이 누나의 고민도 만만치 않았다. 근근이 들어간 중학교 규율을 그리도 못 견뎌 했으니 독살맞은 면도 있었던 셈일까.

한 학년에 남자 두 반 여자 한 반을 뽑은 그 중학교는 시시콜콜 질풍노도들 군기 잡기로 닦달했다. 사내들은 배지만 삐뚤어져도 오리 꽥꽥 운동장을 기어 다니게 하거나 서로 마주보고 싸대기 때리기를 시켰고 겨울이면 여학생들 바지를 무르팍까지 걷어 올리고 내복 검사도 했다. 하얀 내복이 아니고 알록달록 색깔 내복이나 맨살 종아리가 들통나면 철봉대 돌아오는 토끼뜀을 시켰다.

나중에는 실내화 착용조차 금지했다. 운동화를 신은 채 복도로 들어오는 불량 학생들이 생겼다는 이유로 만든 훈육실의 조치였다. "복도로 들어오는 순간부터 모두 맨발이다."

화장실에 갈 때도 맨발 그대로 대소변 출입을 해야지 운동화라도 신었다간 당장 귀싸대기가 날아왔다. 푸세식 변기통 옆으로 구더기가 꼬물꼬물 올라왔으니 소름 끼치는 불편함이다. 특히 흰 양말 신은 사춘기 소녀들이 오만상을 찌푸리며 어쩔 줄 몰라 낑낑댔다. 딱 한 명 은숙이 누나만 표정이 달랐다.

"잡을 테면 잡으라지. 싸대기 따위는 내놓고 다닌다. 까짓것."

신발 신고 화장실에 갔다가 훈육부장에게 들켜 복도에서 무르팍 꿇는 벌을 서기도 했다. 그 와중에도 손에 쥔 단어장 외우느라 복도를 지나치는 사람들과는 눈길도 마주치지 않았다. 독한 반항기와 독한 공부가 혼재된 질풍노도 소녀의 풍모였다.

이번에는 더 큰 사고를 벌이며 확실한 성깔을 보여주었다. 대머리 수학 선생한테 싸대기 맞은 토요일 방과 후에 스승들의 슬리퍼들을 싸그리 긁어서 몰래 변기통에 집어넣은 것이다. 학교가 뒤집어졌고 소문은 한머리 문풍지까지 들썩일 정도로 동네방네 소문이 났다. 무기정학이라도 당할 줄 알았는데 아버지가 손바닥이 발바닥이 되도록 싹싹 빌었다. 그냥 일주일 동안 부친 동반 운동장 풀 뽑는 것으로 마무리되었으니 그래도 성깔 있는 나무의 대우를 받은 셈이다.

아버지가 은숙이 누나한테 고래고래 야단치지 않은 것도 이해할 수 없는 일이다. 그저 말없이 등허리 구부린 채 풀을 뽑고 돌멩이를 골라내었다. 오히려 누나 혼자 태연자약했다. 금요일에 하굣길 투시담 너머로 내 얼굴과 마주쳤을 땐 여유만만 표정으로 씨익 웃으며 'V' 자도 날렸으니 석차 우등생과 여자 깡패 근성은 별개인가 싶은 것이다.

"다음에 또 벌일 거야. 학생도 슬리퍼를 신으면 뭐가 덧나나? 씨앙. 스승과 제자 모두 구더기 피할 권리가 있는 거야. 귀하게 대우받고 커야 어른이 되어서도 귀하게 대우받는 거야. 똥통에 빠진 슬리퍼보다 싸대기 맞은 내 얼굴이 훨씬 불쌍한 거야."

나는 이해할 수 없었다. 매 맞은 볼은 손바닥으로 비비면 풀리는 거지만 잃어버린 슬리퍼는 돈이 드는 것이다. 어쨌든 누나는 징계를 받고도 오히려 성적이 팍팍 오르더니 마침내 전교 1등까지 넘겨다볼 판이다. 그런데 은숙이 누나의 그다음 이야기를 이해할수 없는 것이다.

"스승이란 자들의 슬리퍼들이 잘 빠졌나 변기통을 들여다보는데… 글쎄."

아버지가 푸세식 뒷간 똥통 중간쯤 사이에 널빤지를 사선으로 대어놓은 이유는 똥이 한 번에 떨어지지 않도록 하기 위함이었다. 꽉 찬 변(便)들을 똥장군으로 날라 거름통에 비운 다음에는 반드시 물청소를 했으므로 똥통이 질펀했다. 자칫 한 덩이 떨어뜨릴 때마다 똥물이 엉덩이까지 튀어 오르니 좌불안석 똥 누기였다. 하지만 우리 집 변소는 똥이 중간 널빤지에 닿은 다음 이중으로 떨어졌으므로 낙차의 간극이 짧아 똥물이 위에까지 튀지 않았으니 아버지의 지혜는 변소 구조에서도 실력을 보인 것이다. 그건 그렇고,

"슬리퍼 위로 고물고물 올라오는 구더기들이 귀여운 거야."

"엉?"

그 말이 가장 충격적이었다. 동시에 아, 똥물 속의 구더기들이

예쁘게 보일 수도 있다는 생각이 뇌리를 '딱' 때리는 것이다. 우선 작다. 그리고 연약한 생물체이다. 털이 없고 부드러우며 움직일 때마다 몸의 곡선이 미세하게 흔들리는 귀한 생명체이다.

"가장 더러운 자리에서 열심히 꼼지락거리는 모습이라니."

변기통에 빠진 슬리퍼 위로 올라와 즈이끼리 이마를 맞대고 뭔가를 수군대고 있더라는 것이다. 그러니까 안흥 바다로 날개 치는 갈매기나 새장 속의 잉꼬부부까지 모두 아름다운 자연물이다. 갈마천의 숭어 떼나 제세의원 연못에서 솟구치며 과자 부스러기를 낚아채는 잉어 무리까지 모두 변기통의 구더기와 똑같은 생명체인 것이다. 차이가 있다면 구더기는 가장 더러운 곳에서 생명을 잉태시키며 아무도 해치지 않는다는 점이다.

이상하다. 변기통 속에 출렁이는 파도가 나타나고 개마고원에서 내리뻗는 백두대간이 보였다는 얘기들이 진짜처럼 실감나는 것이다. 나도 변기통을 들여다보며 다시 자세하게 관찰해봐야겠다고 마음만 먹었다. 그런데 입에서 나오는 말은 생각과는 다르고 엉뚱하게,

"누나는 스승님들과 대판으로 싸우면서 어째 공부를 잘하지?"

그런 시시한 질문이나 던질 수밖에 없었다. 그러자 누나 역시 생뚱한 동문서답만 정색으로 털어놓는다.

"분명히 나쁜 선생이 있어. 농업 과목 그 인간은 여름 운동장 조회 때 하복 입은 여학생들 브라자 끈을 툭툭 튕기고 지나가면서 씨

익 웃는 거야. 그런 변태도 스승으로 존중을 해야 하는 게 분하고 억울하지 않니? 공부가 중요하지만 그보다는 힘이 강한 인간들의 잘못된 뇌의 구조를 바꾸는 게 중요해. 그중에서 여자가 가장 약자야. 원조 백모가 아기 못 낳는 게 죄악이냐? '남자는 배짱, 여자는 절개' 그 따위 말들이 다 여성 차별의 구실에 불과한 거야. 칠거지악도 모두 남자 양반 놈들이 만든 여성 학대에 불과해. 법과 질서라는 게 결국 힘센 권력자들 입맛에 맞게 길들여지는데 여자는 특히 약자야. 그러니 이렇게 싸워야 네가 어른이 되었을 때 약한 자의 인권이 대우를 받는 세상이 될 수도 있는 거라구."

어금니 옹문 눈빛에 얼핏 유관순 누나와 잔 다르크의 눈빛이 겹치기도 했다. 그 표정이 너무 진지해서 나는 연신 고개를 끄떡일 수밖에 없었다.

공장 사무실에서 손바닥을 맞은 후 어른들의 괴팍함이 더욱 무서워졌다. 처음에는 그가 누군지 몰랐으나 제세의원에서 붕대를 푼 점박이 아저씨였음을 알아채면서 솔직히 처음부터 피하려 했었다. 눈빛도 음습했고 뭔가 숨은 꿍꿍이가 들어 있는 것 같았다. 그가 아까부터 백부를 기다리며 신문 쪼가리를 이리저리 훑다가 심심했는지 내 소매를 당기며 바둑판을 꺼내는 것이다.

"니가 동네 국수(國手)라고 소문났다며. 한판 때리자, 내기 바둑으로."

대답하지 않았다. 사실 풍각 공장 종업원들 중 나를 이기는 어른들은 아무도 없었지만 나보다는 동생 준희가 한 수 위인 게 마음에 걸렸다. 동생과 내 키가 비슷해서 처음 보는 손님들은 아예 구분하지 못하는 경우가 많았다. 또 있다. 나도 어지간히 반상의 내막을 읽을 줄은 알지만 국수라는 표현은 가당치도 않다. 게다가 내가 공장에 찾아온 손님과 심심풀이 시간 때우기식의 내기 바둑을 두고 싶은 마음이 손톱만큼도 없었다는 점이다. 나는 돈이란 게 아예 없는데 무슨 내기를 할 수 있단 말인가?

또 있다. 나는 그때 마침 오꼬시 사러온 성만이 형을 불러 윷판을 만드는 중이었다. 그냥 말판이 아니라 다섯 개의 정류장 표지를 만들어 백두산, 한라산, 금강산, 지리산, 설악산으로 이름 붙이며 그 산맥들을 터널로 잇는 상상만으로도 가슴이 훗훗한 상태였다. 윷놀이로 분단의 철조망 너머 훌훌 날아 남북한 명산을 오르내리는 게 얼마나 신나는 환상인가. 그러니까 윷판의 날갯짓 상상만으로도 우쭐대고 싶었다. 그런데 점박이가 가랑이 끌며,

"이리 와라."

그게 더욱 싫었다. 모르는 사람이 손을 당긴다고 해서 덜컥 바둑알 잡는 것도 내키지 않았지만 무엇보다 성만이 형과 윷놀이 선약을 지키고 싶었기 때문이기도 했다. 그런데 성만이 형이 윷판을 밀어내며 하필,

"해볼 만하당께. 니가 저 아저씨 정도는 충분히 이길 수 있어."

툭 던지는 바람에 약간 기가 승했다. 점박이가 아주 잠깐 노려봤지만 성만이 형은 오줌 누기 위해 태연히 지팡이를 챙기는 중이었다. 나는 그가 백부를 찾아온 이유를 귀동냥하다가 마치 어른처럼 아이쿠, 무르팍 치는 탄성을 질렀다.

아줌마들이 수다로 입방아를 찧는 난리통 내막은 정말 적나라했으니,

"여관방 습격해서 빨개벗고 잠자는 현장을 사진기로 팍팍 찍어 증거를 맨들었으니 오도 가도 할 수가 없었디야. 시방은 흥신소에 즌화 한 통만 넣으면 가죽 잠바 사설탐정들이 샅샅이 뒤져서 어지간헌 불륜은 족집게처럼 싹싹 찍어낸댜. 이 골목 저 골목 서캐 잡듯이 박박 훑어서 증거를 잡아내는디 간통한 여자는 도망칠 데가 읎능 거지. 그래, 형사꺼정 대동해서 장미여관 3층 312호 문을 냅다 열어붙인 거여. 이불 속에서 엉킨 방사 현장 그대로 사진기 불빛까지 반짝 터쳐 증거까정 확보했으니 그게 끝장난 거지."

"…착헌 남자두 이쁜 여자헌티는 넘어가능구먼. 문 의사가 아깝다. 병 고치는 의술 좋구 가난한 사람 꽁짜 수술두 헤줬는디."

"남자는 다 그려."

한숨을 푹 쉬며 짧게 끊더니 다시,

"이쁜 여자가 꼬리치는 것두 그렇지만 남자가 더 나빠."

그렇게 꽃띠 여자 인어 백모가 쫓겨났고 그 후 소식이 영원히

사라졌다. 문 의사는 병원을 군청 소재지로 옮겨 떠났고 그 자리로 지방대 의대를 갓 졸업한 깎은 밤톨처럼 생긴 신출내기 의사가 대신 왔다.

복자 아지매가 거품을 물며,

"무슨 탐정에 사진사를 대동헌대유. 그냥 머리끄뎅이 끌고 동네방네 망신을 줘야지."

왈왈 소리치는데 어머니 혼자 뜨개질 바늘 코에서 눈을 떼지 않으며,

"젊은 성님이 쬐끔만 조신헸으면 사장네 붙박이 마나님 될 판이었는디, 동진식당 조강지처가 착한 짓 헝 건가유? 아니면 이판사판 심통인가유? 아무래도 그리 소박맞구두 즈이 신랑 지저분헌 판세 정리헤주기 위헤서 여관까지 대동 습격헸으니 천상 열녀지."

"작은 성님이란 소린 이젠 그만 좀 치셔유. 남남이 된 그 여자는 나보다두 일곱 살 애기유. 그동안 동희 엄마 참은 것두 열불 날 텐디 길거리서 만나면 이년 저년 허먼서 홀라당 벗겨 걸어놔야 헌당께유."

그 이상 내막을 알 필요가 없었으므로 그냥 쓰뭉하게 흘려버렸다. 단지 혀를 차는 표정들이 아리고 시려서 궤짝 위를 보았을 뿐이다. 두어 달 지난 산수유 꽃병이 시들하게 빛을 바래는 중이었다. 그야말로 무심히 꽃대궁을 들어내고 꽃병에 코를 대다가 하마터면 쓰러질 뻔했다. 향기로운 꽃병 아래쪽에서 치솟는 지독한 구

린내 때문에 소리를 지른 것이다. 자꾸만 눈시울이 뜨거워졌던 이유를 지금도 알 수가 없다. 원조 백모 혼자 토방에 앉아 멍하니 하늘을 바라보고 있었다. 설레설레 고개를 흔든다.

그미는 눈을 감을 때마다 개울물이 떠오르고 미루나무 오솔길로 지게 짊어진 농부들이 보이는 것이다. 가난하지만 아주 잠깐 행복했던 그런 시절이 떠오른다.

'노래는 싸우지 마라고 부르는 거여.'

풍금을 치던 처녀 선생님 이름도 기실 가물가물하다. 하굣길 서두르며 발걸음 가볍던 유년이 그랬다. 오디를 따다가 고개를 들면 뽕나무 가지 사이로 시리도록 푸른 하늘이 보이던 어린 날이다.

그리고 삽시간에 모든 게 깨졌다. 한강 다리를 폭파시키고 대통령 혼자만 서울에서 도망쳤다는 흉흉한 소문이 그물처럼 덮칠 즈음이었다. 칠흑 같은 어둠을 가르며 지프차 엔진 소리 그릉거리던 그날 밤부터 모든 게 풍비박산 나버렸다. 전쟁이 나니 빨리 마을을 빠져나가라고 해서 모두들 오그르르 서둘렀을 뿐이다. 그리고 모두 짧은 비명 소리로 죽었다. 낮에는 비행기 폭격으로 피를 토하며 쓰러지더니 밤에는 쌍굴다리로 피신해 있다가 미군들의 총에 맞아 모두 죽었다. 시체 더미 속에서 엄마의 젖을 빨던 아이의 주검을 보는 순간 시커먼 장막으로 차단되는 것이다.

'입을 열면 내 인생은 끝이야.'

그 고향 노근리의 학살 현장을 떠올릴 때마다 지금 고난의 업이 차라리 행복한 것이다. 남정네들의 성품도 그랬다. 그토록 진저리 치면서도 그들의 몸에 의지해 사는 게 인생인가 보다 하는 중이다. 설레설레 도리질 친다.

자, 이제 삼오 자리에 흑돌 한 점 붙이면 백의 대마가 맥이 끊어져 도망갈 틈이 없다. 그대로 계가를 하면 넉 점 반을 공제해도 최소한 열 점 정도 우세할 판세이니 내 마음이 느슨해진 탓도 있다. 내가 심심한 표정으로 바둑 통 뚜껑을 핥아대는 순간,

"아!"

학도형(鶴圖形) 매기치기 한 방이다. 순간적으로 삼육 자리에 백돌을 놓는 순간 흑돌 열한 점이 우수수 날아간 것이다. 자투리 두 점도 도망가 봤자 축으로 몰리니 어차피 사석이 된다. 대국의 막판에 중대마가 죽었으니 이제는 아무리 용을 써도 파죽지세로 회복이 불가능하다. 눈으로 조근조근 따져보니 아홉 점 차이로 졌다.

"열심히 해야 헌다."

그가 입술 꼬리를 쓰윽 올리며 방 청소용 빗자루를 들 때까지 패배의 슬픔에만 젖으면 되는 줄 알았다. 아니, 실제로 눈물이 그렁그렁 맺히기도 했다. 그런데 '열심히'는 또 무슨 생뚱맞은 소리인가. 그게 끝이 아니었으니,

"손바닥 내놔."

'아니, 왜?' 하면서도 얼떨결에 손바닥 내놓은 것이 오래도록 자존감을 상하게 했다. 처음부터 내밀 수 없다며 완강하게 버텨야 하는 판단을 깜빡 놓친 것이다.

"너를 잘되게 하는 마음으로 매를 때리니 니 인생의 약이 되는 거야. 애들은 맞으면서 커야 예의도 바르게 되거덩."

한번 양보하듯 밀려준 게 퇴로가 보이지 않아 욱, 손바닥을 내민 게 잘못이다. 눈물을 글썽이지 않으려고 애쓰는데,

딱.

처음에는 손바닥의 아픔보다 심장의 아픔이 더 크다고 생각했다. 한 대로 끝나는 줄 알았는데,

"두 대 더 맞아야 헌다. 알지? 잘되라는 뜻의 사랑의 매, 애들은 맞으면서 커야 하는 거여."

"맞기루 약조한 대국도 아닌디유. 웨유?"

어리둥절 바라만 보던 성만이 형 숨소리가 시끈시끈 커지는 것도 그때까지는 전혀 느끼지 못했다.

"비겁하면 안 된다, 사나이가."

나는 비겁하지 마라는 말에 다시 에잇 하며 손바닥을 내밀었으니 그것도 자존감이다. 피하지 않으리라. 그러나 세 대째부터, 심장의 아픔보다 손바닥의 아픔이 더 크다는 걸 새롭게 깨달았다. 처음에는 마음이 아팠지만 나중에는 몸이 더 아픈 것이다.

"한 대 더. 너는 아까 바둑 통 뚜껑도 핥았어. 위생에도 나빠.

"…그게 웨?"

그때 성만이 형이 냅다,

"그렇게 똑똑허시면 내 다리 좀 고쳐주시우, 시헐."

지팡이 끝을 불쑥 내밀었다. 점박이는 들릴 듯 말 듯한 시헐이라는 욕설에 눈꼬리를 휙 노려보았다. 그러나 성만이 형이 지팡이 들어 방 벽을 툭툭 건드리는 모습을 보더니 섬찟 떨며 척 꼬리를 내렸다. 열일곱, 부르르 떨리는 콧수염과 여드름이면 만만찮은 나이이다. 그보다는 지팡이 끝의 예리한 송곳 때문에 더 그랬으리라.

"내 삭신 아픈 것두 못 고치는디."

꼬리 내리면서 엉성하게 마무리될 즈음 그제야 내 눈가로 번지던 눈시울이 출렁거리며 눈물이 흐르기 시작했다.

성만이 형이 내 귀에 손바닥 붙이고,

"울지 마. 하지만 나는 니가 점박이를 이기길 바랐어. 남자 근성이나 떠벌이며 포로로 잡은 베트콩 여자 강간했다구 자랑질 허는 인간이여. 나쁜 사람. 언제 한번 걸리면 뒤집어엎을 거여."

그러더니 잠시 뜸을 들이며,

"베트콩 빨갱이면 무조건 쥑이구 강간해두 괜찮다구 생각하는 인간들이 사기 치면서 돈이나 챙기는 세상이라구."

귓속말로 소근댈 때 성만이 형이 갑자기 커다랗게 보이기도 했으나 일단 흐르기 시작한 눈물은 멈추지 않았다. 종업원 김 씨가 밀가루 부대를 들고 가다가,

"그만 울어. 뭐가 분하냐? 그냥 똥 밟은 거라구 생각혀. 똥이 무서워서 피하남?"

툭 건드리고 지나갈 때에도 눈물이 멈추지 않았다. 퇴근하려던 칠저리 장 씨도 들릴락말락한 소리로,

"아직두 우네… 별것 아닌데."

머리카락 쓰다듬으며 쓰뭉하게 지나갈 때도 마찬가지였다. 종업원 셋 중에서 가장 홀쭉한 석구 형님이 두리번두리번 눈치를 보며,

"그만 됐다. 이치를 따져도 네 잘못은 아니여. 에잇 못된 인간."

귀엣말로 어깨를 잡아당기는데 백부가 쑥 들어와,

"기름집 막내딸이 죽었네."

담배를 꺼내 입에 무는 백부의 눈빛에 외로운 그늘이 서리는 것이다. 자세를 취하기가 애매했던 점박이가 출구를 만난 듯 발딱 일어나 성냥불을 붙여주며,

"왜유?"

"정분난 게 들켰다네. 열일곱 살 정자라는 처녀애."

"어린 애가 바람 폈구먼유."

"시집 안 간 처녀한테 바람 폈다구 말허면 안 되는 거지. 남녀 정분이라는 게 인생에서 가장 순수한 심성이구 충분히 그럴 만한 좋은 나이인데 너무 순진들 해서 앞뒤 따져보지도 않구… 사람이 한 가지 심정에만 몰입하면 나머지는 아무것도 보이지 않거든… 구

만 리 창창헌 앞길인디."

"한 집안끼리 정분이 난거요? 성님."

"앞으룬 그런 법들이 웬만허면 다 바뀌는 거여. 팔촌 이상이면 법적으로 결혼두 가능헌 시대여."

문을 나서던 성만이 형의 지팡이 그림자가 넘어질 듯 휘청거리는 걸 깜빡 놓쳤다. 추녀 밑으로 밀려오던 어둠이 순식간에 툇마루까지 잡아먹었기 때문이다.

인어 백모의 불륜 사건 이후,

'속아서 결혼했다'

중얼거리는 백부의 마음만큼은 받아들이기가 싫었다. '처녀가 아니었다'는 얘기가 특히 더 어리둥절했으니 어른들의 세상은 이해할 수 없는 게 한두 가지가 아니다. 어지러웠다. 돈 많은 남자가 여자를 몇 번씩 얻는 건 당연하고 인어 백모가 다른 남자를 몰래 만나는 건 왜 부정한 행실일까? 유부남 중년의 남자에게 시집오는 여자에게 왜 순결이란 말을 붙여 과거의 행실을 평가해야 하는가? 아기를 못 낳는 여자가 왜 죄인이 되어야 하는 걸까?

그리고 점박이 아저씨는 어떻게 여자 베트콩 포로를 강간했다고 자랑할 수 있는가? 자유와 평화를 지키러 떠난 파월 장병들에게 베트콩이란 생명들이 그토록 하찮은 존재인가? 포로로 잡은 여자들을 발가벗기고 머리에 손을 올리라고 명령하자 모두 손을 올린 채 홀라당 알몸 쇼를 벌였다고 낄낄대면 왜 듣는 사람들까지 배

꼽 잡으며 맞장구치는지 이해할 수 없었다. 그러거나 말거나 점박이는 백부 귀에 손나팔을 만들고,

"성님, 나루의 시대가 가고 시멘트 다리 시대가 오듯 세상이 순식간에 바뀌는 거유."

"앞으로 무섭게 변신하는 시대가 온다는 건 나두 알지."

"앞으로 미국처럼 자가용 세상이 옵니다. 전화기나 텔레비전도 들구 다니구 2층, 3층으로 조르르 올라가는 계단도 타는 시대로 변합니다. 맹물두 사 먹는 세상이 온다구유. 성님두 한번 과감하게 바꿔보시지유."

"…."

"절대로 부도수표 아닙니다. 이번 색신 진짜 이쁘고 배운 여자요. 한번 판단으로 나머지 수 년 인생 행복의 전부가 왔다 갔다 한다구요."

백부는 눈을 지그시 감은 채 한일자 입술을 펴지 않았다.

"대는 이어야 나중에 제사상 상주가 나오는 거유."

그 말에 실룩실룩 움직이는 입술 표정에서 심적인 동요를 보였다. 그러더니 자크를 풀 듯 '으흠' 한숨을 쉬며 고뇌에 찬 얼굴이다.

"인생 뭐 있간유?"

정자 누나와 똑같은 그 문장을 던졌는데 누구의 입에서 나오느냐에 따라 느낌이 생판 다르다. 점박이가 중매 비로 쌀 다섯 가마 받았다는 후문은 나중에 들은 이야기이다. 그와의 우울한 바둑 대

184

국도 그렇게 허망하게 지워져버렸다.

"이제 성님한테 진 빚을 갚은 건가요?"

15년 전 차부에서 쓰리꾼 노릇으로 먹고살 때의 사연을 되살리는 것이다. 팔목을 꺾였지만 경찰서에 끌고 가지 않고 오히려 국밥까지 먹여주고 종이돈 10원까지 받았던 그 사연의 보은이라나, 어쨌다나. 어른들의 주고받는 방식이란 그런 식일까?

동갑내기 순임이 사연도 아리고 시리다. 2월 종업식에서 우등상을 탄 열두 살 순임은 가슴을 허허롭게 만든 사연은 순전히 은숙이 누나한테 들은 이야기이다. 처음에는 학급 3등의 우등상 상장을 탔다는 사실만으로도 황홀하게 기뻤다. 촉촉새 깃털 가는 봄기운처럼 하늘로 붕붕 떠오르는 기분 그대로 하굣길 논두렁 밭두렁 헤쳐서 단숨에 뛰어왔다. 상장과 공책 세 권 옆구리 끼고 달음질칠 때까지만 낭창낭창 행복했다. 뜀박질로 나풀나풀 날았지만,

저 우등상 탔어요,

함께 기뻐하며 맞장구치는 핏줄이 단 한 명도 없었단다. 텅 빈 마루만 댕그랑 차가웠고 찬 바람만 싸하게 몰아친다. 화들짝 그런 생각이 드는 것이다. 부모들은 어차피 가난에 시달려 우등상장 따위는 아무리 흔들어도 전혀 관심이 없을 거다. 그랬다. 노라실 품앗이 나간 엄마는 자취도 보이지 않고 노름쟁이 아버지 공 씨는 투전판 끝내고 신새벽에야 술떡으로 돌아와 문을 열자마자 푹 쓰러

질 것이다. 몸을 일으켜 상장을 쥐고 추적추적 발걸음 옮기며 누구든지 기쁨을 나눌 사람을 찾는 것이다. 그게 기름집이다. 기름집 찾아 치달릴 때마다 내복 속에서 바스락바스락 종잇조각 밭은 신음을 쏟아내니 하마터면 눈물을 흘릴 뻔했다. 그런데 평소 같으면,

"공부 잘해라. 느이 아부지모냥 논문서 날리도록 정신을 못 차리면 엄마가 도망간단다."

점잖게 훈계하던 기름집도 하필 창문 너머 와장창 부부싸움을 벌이고 있었다. 사내는 웃통을 벗은 채 두 손으로 골반을 받치고 있는데 평소 순종적이던 몽실 아지매가 오히려 뜨개질 바늘코 흔들며 만만찮게 삿대질하는 중이었다. 순임이 혼자 어깨를 떨구며 돌아오는 저물녘, 아직도 백화산으로 해의 꼬리는 떨어지지 않았다.

'누구 없어요? 저, 우등상, 공책 세 권… 탔다구요.'

딱 한마디라도 칭찬을 듣고 싶었으나 어느 누구도 메아리로 돌려주지 않는다. 추녀 밑에서 울멍울멍 바라보는 회색 하늘빛이 세상에서 가장 쓸쓸한 빛깔이란 사실도 처음 알았다. 마찬가지였다. 세상에서 가장 쓸쓸한 색깔이 해 저무는 회색빛임을 처음 알았다. 온다던 엄니는 밤 이슥토록 돌아오지 않았고 쥐똥나무 새순이 싹 눈을 틔우는 중이었다.

'일어나라. 일어나라.'

두 달 후, 신작로 자전거포 사장이랑 순임이 엄마가 바람났다는 소문이 퍼지면서 순임이의 하늘은 이제 틈새 없는 회색빛 보자기

로 폭삭 덮여버렸다.

남의 사연도 진하게 다가오면 내 가슴까지 실제로 생살 찢듯 아프다는 걸 새롭게 알았다. 그런데 이상하다. 그제야 순임이 앞가슴이 봉곳이 솟아올랐음을 내가 처음 느낀 것이다.

아버지는 열다섯 마지기의 논으로 식솔들을 끌고 간다는 현실을 견딜 수 없어했다. 동네 사람들보다는 훨씬 부농 축에 속했지만 늘상 월급쟁이가 아니라는 불안감에 시달렸다. 특히 백부가 빌려간 쌀가마를 갚지 않는 점을 가장 괴로워했다. 쌀을 팔아서 과자 재료 밀가루 부대를 들여 풍각 공장에 보냈는데 한번 넘어간 종잣돈이 돌아오지 않는 것이다.

"아무리 근검절약해 살아도 날아간 돈은 메울 수가 없는 거여."

1년이 지나고 또 해가 저물었는데도 감감 무소식이니 좌불안석의 표정이 갈수록 깊어지는 것이다. 바닷물이 진둔병 제방둑을 무너뜨린 후 더욱 조급해졌다. 점박이가 밤마실 온 그날에도 불콰하게 취한 채,

"성님이 빚을 안 갚소. 아무래두 딸내미는 중학교만 졸업시키구 읍내 양장점으로 취직을 시켜야 가세가 피겠소. 참 미안한 일이지먼 논바닥까지 바닷물 먹었으니…. 이."

그러니까 8월 초순 아홉 매 밀물 사태로 동네가 소란해졌다. 바닷물이 갈마천을 거슬러 진둔병 냇둑까지 밀려들더니 순식간에

제방을 허물어버리고 논바닥을 덮친 것이다. 처음에는 논두렁 가운데쯤에서 흐물흐물 금이 가더니 순식간에 보가 뚫리고 파죽지세로 무너지면서 논바닥 가운데로 바닷물이 콸콸콸 쏟아졌다. 종만이네 일곱 마지기와 순임이네 다랑카지까지 풍비박산 소금물에 잠긴 것이다. 마을 사람들이 땅을 쳤고 아버지의 한숨은 더욱 깊어졌다. 하지만 점박이의 이론은 얼토당토 달랐다.

"나는 우리 핏줄 중 하나라도 대성공 가능성만 뵈면 내가 망할지언정 몸 바쳐서라도 밀어주겠네. 8남매 집안에서 하나만 성공해도 그 집안 명성이 서는 거구, 자네네 성 씨 가문이 빛나는 거여. 대를 위해 소가 희생하는 게 당연한 거지. 자네 성님은 국민핵교만 나왔어두 최소한 국회의원은 헤먹었을 양반인데 그게 안 되니까 아들 낳아 대 잇기에 몰입하는 거여. 여자두 쬐끔 밝히긴 했지만 영웅호색이라… 그게 흠이 될 수는 읎지."

그의 담배 연기가 유독 매캐한 것도 당연한 것일까? 아무 얘기나 자신 있게 던지는 태도가 무서운 것이다.

"허긴 국회의원보담 갑부가 나아. 정치는 여차허면 모가지가 나가거든. 인공 난리 때 겪어 봤잖남. 돈을 벌어두 정치는 정(敬)을 칠 놈들이 하는 짓이여."

아버지는 묵묵부답 술잔만 들었다 놨다 하면서 입술을 떼지 않았다. 그저 점박이가 이맛살 찌푸릴 때마다 뽀얀 담배 연기 속으로 그의 눈 아래 붙은 얼룩점이 그림자처럼 실룩실룩 흔들렸다.

"소설을 안 봤나?"

"…뭐?"

"주인공 하나 빛내려면 나머지 찌질이들은 죄다 죽어주능 게 대자연의 이치여. 삼국지를 봐두 유비, 관우, 장비만 남구 초개처럼 죽어간 수두룩 백만 군사는 이름조차 읎잖아? 민초는 그렇게 소리 없이 죽어주라며 이름두 민초라구 지은 거여. 자유 평화를 지키는 전쟁터에서 베트콩이 죽는 거처럼 대의가 우선이여."

"부자만 더 잘살어야 한다능 게 무슨 이칩니까? 내가 잘살고 모두 잘사능 게 중요헝 거지. 전후 사정을 제시허면서 이차구차 기다리라구 설득을 시키덩가 혜야지."

"잘나가는 사람만 밀어주능 거여. 나머지는 이삭이나 주우며 사능 거구."

"너무 하오. 소달구지 꽉 채워 싣고 신작로 행차하던 신새벽 쌀가마 사태가 도대체 돌아오지 않는단 말이오."

"자네처럼 '모두 잘살겠다'는 게 공산당 수법이여."

공산당이란 말을 듣는 순간 아버지 얼굴이 납덩이처럼 굳어버리더니 더 이상 말대꾸를 못 했다. 그랬다. 군대에서 도망쳐 나온 업보가 이유였으니 그게 빨갱이 귀신의 업이다. 지금도 그렇게 혼자 술발을 올리는 점박이한테 턱도 없이 밀리는 중이다. 돈 많은 핏줄이 더욱 잘되도록 나머지 형제들이 죽어주면서 밀어야 한다고 억지를 써도 고개만 숙인 채 말이 없었다. 점박이는 취할수록

기가 살아,

"힘센 핏줄 밀어주고 나머지는 무수리로 찌그러지는 게 적자생존의 이치여. 민중은 그냥 개 돼지여."

아버지는 그의 열변을 전혀 제지하지 못한 채 무릎 꿇은 자세로 그의 술타령이 끝나기만 바라는 중이다. 그런데 뜬금없이,

"…새장가도 가야 하구."

"누구 말유?"

"누군 누구여. 자네 성님이지. 돈 얘기는 일단 끄라구."

"허어."

쟁반에 고구마를 받쳐오던 은숙이 누나의 눈꼬리에서 번쩍 파편이 튀었다.

두 달에 한 번씩 넘어가는 벽걸이 달력은 권 약사네 약국에서 얻어온 것이다. 그 방 장롱에는 이불이 반듯하게 개어 있고 앉은뱅이책상 위에는 여남은 권의 교과서가 정갈하게 정돈되어 있었다. 방석 위에 앉은 건 백부와 할머니뿐이고 어머니, 아버지 원조 백모, 몽실 아지매는 그냥 맨바닥에 앉은 채 입술을 꽉 다무는 중이다. 사발시계 초침 돌아가는 소리가 오늘처럼 크게 들렸던 적도 처음이다. 은숙이 누나가 먼저 선수 치면서 적막한 침묵을 깨부쉈다.

"저는 반드시 고등학교에 입학할 거예요. 아버지."

백부가 밭은 신음으로 간신히 입을 열며,

"네 심사는 충분히 알겠지만 손바닥만 헌 땅뙈기 농사로 자식들 전부를 가르치기는 힘들다."

"싫어요. 누가 뭐래도."

맵고 짜고 단호했다. 어른들은 서로 입을 떼기를 두려워하는 것 같았다. 백부가 발바닥을 만지작거리며,

"네가 양보해야 남동생들이 공부를 할 수 있으니 다시 너그럽게 생각해봐라. 기우는 집안을 살려야지."

"저는 고등학교에 갑니다. 반드시."

"집안을 죄다 말아먹을 거냐?"

소리치던 할머니도 기실 뒷부분에서는 말꼬리를 내렸다.

"집안 말아먹는데 왜 남동생들만 가르친다는 거예요. 저는요, 얼굴이 딸려서 백화점이나 은행에도 취직을 못 해요. 고등학교 졸업하고 군청 서기 시험이라도 볼 거예요."

여자들 모두 고개 숙인 채 말을 꺼내지 못하는데 다시 할머니가,

"여자가 배우면 팔자만 드세지니 그저 이름 석 자 쓰고 조신하게 뜨개질이나 잘허는 게 집안 살리는 거여. 니가 배워서 판검사라두 헐 거냐?"

누나는 어금니 깨물며,

"공무원은 3년만 하고 모은 돈으로 2년짜리 교대에 가서 선생님 하다가 휴직계 내고 사법고시 공부해서 검사가 되겠어요."

"어른들 앞에서 무슨 장난을 치느냐? 고얀."

백부의 호통에 자칫 사달이라도 벌어질 분위기이다. 아버지가 침통한 표정으로 열여섯 딸을 쳐다보는데,

"큰아버지는 부인을 몇 명씩이나 얻으시면서."

더 이상 나가지는 못했으나 이미 분위기는 얼음장처럼 싸늘해졌다. 백부가 기침을 하며 방을 나갔는데 원조 백모가 누나의 무르팍을 어루만지며,

"집안의 대가 끊어지면 안 되는 거니까."

"대를 잇는 게 왜 남자만…."

부엉이 울음과 바람소리가 동시에 문풍지로 쏟아졌다. 더 이상 말이 이어지지는 않았으나 그것은 우리 집안 최초의 혁명이 될 뻔도 했다.

그러나 성만이 형은 혼자 짝사랑을 꽁꽁 감췄으므로 아무도 상사병 심장을 눈치 챌 수 없었다. 사춘기 어느 저녁 양지골 금자가,

"사랑방에서 묵 내기 윷놀이할 때 성만이 오빠를 부르자고 했더니 정자 언니가 싫다고 했어. 야중에는 정자 언니두 안 나왔지민."

그런 입방아 옮김도 성만이 형 혼자 덮으며 티내지 않으려고 무던히도 심장을 다독였다. 재홍이가 벌인 살붙이 작란도 모르쇠로 지나치려 했었다. 사랑하는 여자는 아무리 나쁜 표정으로 등장해도 무조건 예쁘게 덮어주고 싶을 때가 분명히 있다며 뽀드득뽀드득 어금니 깨물며 버티는 중이었다.

그런데 어엿븐 정자가 세상을 떠난 것이다. 아, 죽었다. 절름발이 사내 가슴은 납덩이가 되었지만 절대로 입을 열지 않기로 작정했다. 지팡이 날 세우는 강퍅한 버릇도 멈춘 채 그저 몸이 마르고 얼굴만 쇠어가는 것이다.

"오빠가 이상해."

성순이가 문간방 고리 당길 때마다 성만이 형 혼자 어두운 방구석에서 배를 끌어안고 하얗게 떨고 있었다. 그래봤자 백석 씨는 골방에서 잦아지는 아들에게 그 흔한 침 한 방 놔줄 심사가 없었다. 그저 침침한 여닫이문에 밥그릇 쟁반만 밀어줬는데 어느 날,

"내가 정자를 짝사랑했었어유. 나쁜 늠이지유."

한마디 남기고 숨을 그렁그렁 내뿜는다.

"따라가구 싶어."

울음을 후엉후엉 터뜨리는 것이다. 아, 정자 누나를 진정으로 사랑했구나. 아, 나는 사나이 울음이 그리도 슬프게 들릴 수 있다는 사실에 가슴이 철렁 가라앉았다. 그게 상사병이다. 만약 성만이 형이 시름시름 앓다가 죽는다면 한머리에서 사랑 이야기는 더 이상 나오지 못할 것이 확실하다. 그리고 나는 어른이 되더라도 절대로 사랑 따위에 목숨을 걸지 않겠다고 결심했다. 그런데 가슴이 섬뜩하게 찔리는 것이다. 순간적으로 순임이의 봉긋한 앞가슴이 번쩍 떠올랐던 건 죽을 때까지 비밀이 되어야 했다.

"새로 오신 백모님이다. 절을 해라."

눈동자가 초롱초롱 빛나는 아름다운 여인이었다. 진짜다. 다방 레지들과는 비교가 안 되는 품격 있는 여인의 체취가 몸 전체로 물씬물씬 흐르는 백설공주 자태를 처음 보았다.

"마흔한 살 차이는 심하쥬. 아즈버니 딸보담 열한 살 아래인디."

나는 넙죽 엎드리며 지난밤 어머니의 푸념을 지워내는 중이다. 3년 전 그때처럼 오랫동안 등을 굽혔다가 느릿느릿 일어선 다음 조신하게 무릎을 꿇었다. 여자가 지갑을 열자 종이돈에서 쏟아지는 숨소리가 바스락바스락 심장박동을 일으킨다. 이번에는 백 원짜리다. 앞면에는 세종대왕 얼굴이 있었고 뒤쪽에는 독립문이 그려진 배추 이파리 닮은 종이돈이다. 그랬다. 지폐의 숫자가 커지더라도 돈 속의 인물들은 여전히 표정이 없다.

이제 인어 백모가 사라지고 백설백모로 가계보가 바뀌는 새로운 시대가 온 것이다. 세월 따라 백모들의 얼굴들이 아름답게 바뀔 때마다 종이돈의 크기가 늘어나는구나. 언젠가 나도 사랑에 목숨 거는 질풍노도 청소년이 되고 그즈음 오백 원짜리 종이돈도 만나게 될 것이다. 그랬다. 현충사와 이순신 장군 그리고 거북선이 앞뒤로 그려진 오백 원짜리가 눈앞을 번쩍 가로막는 것이다. 1967년도가 사위여가는 중이었다.

숨
소
리

고교 시절 축구선수였던

아버지가 소리읍 바닥에서 전설의 '얼음 주먹' 출신이라는 소식통이 한때 자랑스러웠던 적이 있었다. 거기까지는 분명코 사실이다. 유년의 어느 날, 아버지 바짓가랑이 잡고 함께 걷던 기억이 아슴아슴한 것이다. 시장 패거리 반건달 아저씨들이 부딪칠 때마다 재빨리 옆으로 비켜서서 90도 각도로 넙죽 숙이는 걸 보았으니 필시 정통파이다. 그랬다. 그들은 재빨리 차렷 자세를 취했고 굽신굽신 조아린 다음 왕초 부자를 배려하듯 지나갈 때까지 길을 비켜주었다. 그게 내 유년의 자부심이기도 했다.

내 몸집이 커가면서 아버지의 파워가 눈에 띄게 줄어드는 걸 느끼긴 했다. 우선 돈이 붙지 않았고 몸도 쇠해진 탓이었을 것이다. 그래도 한동안 달동네 꼬맹이 친구들 앞에서는 아버지의 몸집을 한껏 부풀려주었다. 친구들이 즈이 집 근방 핏줄들의 부(富)를 모조리 끄집어내며,

"우리 사돈의 팔촌네 차는 에쿠스야."

"수원 고모네는 컴퓨터가 세 대나 있어. 하나는 새 것, 두 개는 중고품. 창문 너머 철둑길에는 무궁화호 기차도 다녀서 칙칙폭폭 소리도 공짜로 들을 수 있어."

시답잖은 자랑을 늘어놓으면 나는 거침없이 아버지의 왕주먹 카드로 기를 죽였다.

"울 아부지는 쌀자루 세 포대를 메고 계단 칠십 개나 뛰어올라. 이렇게 깨금박질로 퉁, 퉁, 퉁. 놀랬지?"

그러다가 우쭐우쭐 과장해서,

"고장 난 자동차를 옆구리에 끼고 정비소까지 15초 내에 끌인하는 걸 봤어. 진짜 날아다니는 슈퍼맨이야."

아이들이 긴가민가하며 꼬리를 내렸지만 솔직히 내가 와장창 부풀린 거다. 쌀자루가 아니라 곰돌이 인형이었고 계단도 2층짜리 스무 계단이었는데 오십 개를 올려 붙인 다음 깨금박질까지 덧씌운 거다. 자동차를 메고 치달리는 장면 역시 판타지 만화필름을 재생시켰을 뿐이다. 어느 날이었던가, 일을 마치고 돌아온 아버지가 트럭의 기름밥 털어낸 다음 애니메이션 '닥터 슬럼프'의 슈퍼맨을 보는데,

'저 정도는 나도 가뿐해.'

툭 던진 꿀밤 농담을 오려두었다가 뭉턱뭉턱 살을 붙인 것이다. 물론,

'아무리 싸움을 잘해도 총 든 군인들은 이길 수는 없다.'

숨소리

그런 허약한 고백으로 납작 엎드리던 장면은 철저하게 숨겼다. 그러나 아버지가 읍사무소 뒷골목 체육관에서 바벨을 들면서 보디빌딩 근육을 만든 것은 분명한 사실이다. '으랏차차' 기합을 지르지 않아도 울퉁불퉁 살덩이들이 이리저리 황홀하게 춤추고 있었다. 근육 표피가 섬세한 섬유질로 또 갈라졌으니 '큰 근육 속의 작은 근육'이다. 아홉 살 때이던가, 아버지의 프로급 실력을 공개시킨 건.

점방 낮술에 맛이 간 논두렁 건달 하나가 동네 놀이터 벤치에서 폭탄처럼 뒤집어져 자고 있던 적이 있었다. 미끄럼 타던 초딩 코흘리개들이 겁도 없이,

"저게 뭐지? 쌀자루인가?"

쭈뼛쭈뼛 두리번대는데 그가 발작하듯 고개를 발딱 쳐들었다. 그러다가 아차, 사고가 터진 것이다. 사내가 침을 툇툇 뱉을 때 꼬물꼬물 모여들었던 조무래기들이,

"아우, 디러워."

하며 똑같이 흉내 내며 바닥에 침을 뱉은 사태는 일단 그가 못 보았기 때문에 그냥 어찌어찌 넘어갈 수 있었다. 그 위기일발 직전 용주네 꼬리 잘린 강아지 마루가 하필 고주망태의 발바닥을 핥은 것이다. 그가 눈을 감은 채로 왼발을 내질렀다. 마루의 잘린 꼬랑지 끝부분을 휙 걷어차자 '깨개갱' 외마디 비명이 탁구공처럼 튕겨

나온 것이다.

"왜 때려요? 우리 멀쩡한 강아지를."

시불시불 항변하는 찰나 용주에게도 그대로 발길질이 날아오는 것이다. '휙' 관절 꺾는 소리가 터졌지만 사내의 허리 벨트가 벤치에 걸려 손가락만큼 빗나간 게 정말 다행이다. 턱 바로 아래에서 아슬아슬 멈췄는데, 용주는 여전히 겁도 없이,

"우이씨, 또라이 아자씨넹."

손 마이크 내지르며 도망치려다가 목덜미가 짤깍 붙잡혔다.

퇴근길이던 중학교 국어교사 김순구 선생님(147센티)이 막아서지 않았더라면 허리가 반토막으로 꺾어졌을지도 모른다. 신리동 골목에서 자취하던 노총각 선생의 왜소한 몸이 취객의 앞을 일단 막아서긴 했지만, 선생님의 머리가 주정뱅이의 턱에 미칠 만큼 몸집이 작았으니 얼핏 봐도 맞상대가 될 수 없었다. 당연하지만 술 취한 건달과 싸울 생각도 전혀 없었다. 단지 소도시 조무래기들의 위기일발 사태를 지키려는 스승의 사명감으로,

"왜 그러십니… 흑!"

키가 작아 군복무도 면제받았다는 5학년만 한 스승의 코에서 피가 터졌다. 사립대 국문학과를 수석으로 졸업했으나 얼핏 봐도 여기저기 기간제로만 전전하다가 졸업 9년째 되던 해 소리중학교에 채용되었단다. 어쨌든 서른세 살 스승은 바닥에 떨어진 먹테 안경은 줍지도 않은 채 한사코 사내의 손에서 용주의 목덜미를 떼어내

려고 안간힘만 썼다. 간신히 빠져나온 용주가 도망치며 소리쳤다.

"선생님까지 얻어맞는다."

두 가지로 놀랐다. 하나는 선생님에게 주먹을 날리는 불한당의 행태요, 또 하나는 행악질을 견디며 맨몸으로 동네 아이를 보호하던 참스승의 헌신성이다. 코피를 흘리면서까지 한 손을 허우적대며 용주를 감싸는 걸 보면 그 선생님의 인격만큼은 필시 다를 것이다.

다행히 아버지가 퇴근길 트럭을 세우고 해결사로 나선 것이다.

눈이 뒤집힌 사내가 아버지에게 선빵을 날리긴 했으나 내가 보기에도 고주망태 타법이었다. 그의 취권 펀치를 스쳐 맞으며 밑에 깔리는가 싶던 아버지가 바닥에서 양발을 상대방의 머리까지 들어 올리자 타타탓 모래알 파편이 튀었다. 순식간에 팔을 꺾어버렸으니 거기서 게임 끝이다. 아버지의 근육에 포박된 그를 보며, '60억분의 1' 격투기 선수의 암바를 떠올리는 순간,

"효도르 타법이다."

원인 제공자인 용주가 먼저 신이 난 듯 소리를 질렀다.

원조 얼음 주먹 그 사내가 거인 최홍만과 대결하는 '프라이드' 경기 장면을 케이블 TV로 본 적이 있다. 효도르가 밑에 깔린 그라운드 상태에서 다리를 곧추세우더니 고무줄처럼 유연한 허벅지를 비틀면서 상대의 팔을 꺾은 것이다. 효도르의 암바에는 덩치건 힘이건 무조건 찌그러진다. 특히 프라이드에서 강한 이유는 코너에

몰리더라도 고무줄 근육의 로프 반동으로 얼마든지 뒤집기가 가능하기 때문이다. 그가 최근 패배했던 건 UFC 링의 구조가 그물 철망인 탓이다. 코너에 몰리면 피할 공간이 없는 데다가 무쇠 주먹 타격에 두부살 근육이 찢어지면서 TKO패를 당한 것이다. 아무튼 아버지는 취권 사내를 암바 타법으로 완전히 묶어버렸다. 그가 거품을 뿜으며 용트림 칠 때마다 옹매듭 다리가 수갑처럼 조여들었으니,

"개새끼야. 절대로 놓지 마. 놓는 순간 너는 죽는다."

그러나 아버지는 태연하게,

"조금만 참아. 경찰차 올 때까지만 묶어두는 거야. 착하지?"

그가 몸을 비틀수록 아버지의 팔뚝이 수갑처럼 바싹바싹 조여드는 것이다. 김 선생님의 신고로, 출동한 경찰에게 청년을 넘겨주고 백차에 타는 걸 확인한 아버지는 비로소 '푸우푸' 숨소리를 터뜨리며 생수병 하나를 단숨에 비웠다.

그 순간 고주망태 청년이 경찰의 팔을 풀더니 순식간에 백차에서 뛰어내렸다. 경찰관 두 명이 동시에 어, 어, 소리를 질렀지만 이미 고삐 풀린 망아지가 되었다. 그는 멧돼지처럼 질주하며 아버지에게 주먹을 날렸고 그 바람에 생수병이 바닥에 나뒹굴었다. 거기까지만 용감했다. 그의 팔이 다시 아버지에게 잡히자마자 팔목이 꺾였으니 필시 효도르의 분신이다. 운전석에 있던 경찰까지 합세해 경찰 두 명이 달려와 뒤로 꺾인 팔목에 수갑을 채웠다. 상

황 종료를 확인한 아버지가 다시 생수병 하나를 단방에 비우는 것이다. 꿀떡꿀떡 가빠보였던, 그 숨소리의 실체를 안 것은 8년 후의 일이다.

그해 여름, 사립중학교 농구부가 해체된 것은 선착순 운동장 열 바퀴 후의 사고사 때문이었다. 그랬다. 그때까지 소리중학교 농구부는 소도시의 자랑거리였다. 도민체전에서 동메달을 따면서 소도시를 뒤흔든 다음 청소년 시즌을 준비 중이었다. 여기저기 돌아가던 직물공장 노동자의 아들들이 농구부를 선호해서 탈락자들이 우수수 줄을 설 정도였다. 학비가 무료였고 고기를 무료로 실컷 먹을 수 있었으며 추리닝도 멋이 있어서 덩치 큰 질풍노도들이 번호표를 끊을 정도였다. 외출 나온 그들끼리 시장 통을 몰려다니면 고등학생들도 함부로 건드리지 않았다. 그 모든 명예가 단 한 방에 날아간 것이다.

그날은 일요일이었고 담당 교사는 제주도로 연수 출장을 갔으니 감독의 책임이 될 판이다. 그런데 그 농구 감독이 친구를 만나러 가면서 동네 후배에게 잠깐 중학생 선수들을 맡긴 사이에 일이 터진 것이다. 운동장 열 바퀴를 도는 체력 보강 훈련이었다. 아홉 바퀴를 돌고 마지막 한 바퀴 남았을 때 코치 대행으로 아이들을 맡은 골목 후배가,

"선착순!"

소리를 지르자 질풍노도 선수들이 우르르 야생마처럼 달린 것이다. 뭐, 엄청 공포스러운 분위기는 아니었고 그냥 키득키득 몸을 푼 상태였다. 훈련을 마치고 아침 먹기 전 샤워실에서 선수 하나가 쓰러진 것이다. 알몸 상태로 병원으로 옮겼으나 영원히 눈을 뜨지 않았다.

날아올 돌, 박힌 돌

그렇게 농구부는 8년 전에 해체되었다.

운동부 학부모들이 교육청을 점거 농성하면서 학교 측과의 갈등이 실타래처럼 얽혀들었고 막판에 지역신문 기자 하나가 여우처럼 끼어들어,

"사건을 전국적으로 터뜨려 기사화시키겠다."

돈 봉투를 집적거리며 덫을 치자 이사장이 서둘러 해체 신고를 낸 것이다. 그게 농구부 해체 사연 1막의 끝이다.

세월이 흐르고 학교가 그럭저럭 평탄하게 돌아가면서 아픈 기억이 잠깐 잦아들었는데 언제부터였나, 직물공장이 하나씩 문을 닫으면서 입학생의 숫자가 눈에 띄게 줄어들었다. 이웃 면의 사립 중학교가 먼저 문을 닫으면서 그쪽 학생들을 통째로 흡수 통합시켰는데도 인원수가 자꾸만 줄어들었다. 그리고 농어촌 학교의 급

격한 감축을 막기 위해서라도 운동부를 다시 창단해야 한다는 공론이 불쑥불쑥 떠도는 것이다. 그러다가 작년에 새로 부임한 대머리 초빙 교장이 갑자기 일을 벌였다. 마침 농구부가 해체된 경상도 소도시 중학교 졸업반 선수들을 무더기로 전입시켜 8년 만에 재창단을 시도한 것이다.

타지의 운동부 패거리가 우르르 몰려들면서 본토 왈짜 패거리 수컷들은 지각변동의 태풍 경고 조짐으로 술렁거렸다. 힘의 질서를 유지하며 평화롭던 토박이 중딩 주먹들이 전투 모드로 각을 세우기 시작한 것이다. 농구부 전입생들 역시 장대 군단 부류답게 노는 아이들이 태반이어서 소재지 중학생들과의 갈등은 이미 예고된 거나 마찬가지였다.

하지만 3학년 선배들은 농구부들과 직접 충돌을 피한 채 대충 졸업 때까지 뭉개려 했던 것 같다. 밀어붙이지도 못하고 밀리지도 않는 적당한 경계에서 시간을 보내려 했는데, 문제는 1년 후배인 2학년 남자 짱들의 머리가 복잡해진 것이다. 용주가 먼저,

"무슨 선배냐? 개네들은 1년만 지나면 즈네 동네 겡상도 고등학교로 떠나면 끝인데… 그냥 농구부 특기생으로 진학하기 위해 시간을 때우러 전입 온 거야. 그 시한부 선배에게 굽신댈 필요가 없지."

모두들 고개를 끄떡끄떡했다. 지금 선배들을 모시는 것도 머리가 아픈데 임시로 정거장처럼 머물다 떠나는 뜨내기 선배들을 상

전처럼 모실 이유는 없는 것이다. 그러나 상황 정리가 쉽지 않았다. 읍 단위 소도시에서 열다섯 명의 운동선수, 그것도 한 살 더 많은 선배들과 맞선다는 게 물리적으로 불가능했다. 게다가 모두 키가 크고 몸이 빠르다. 그렇게 소강상태로 지내는 중인데, 그중 병국이(나는 전입생들에게 선배라는 명칭을 붙이지 않기로 작정했다)가 객지판 바닥을 싸그리 잡아먹으려 했다.

하필 제일 키가 작은 봉구 형과 우창이 형이 재수떼기 그물에 걸렸다. 콧수염도 안 난 조무래기들이지만 우리들이 깍듯하게 선배 대우를 해주며 질서를 세워주던 전통이 깨질 판이었다. 토박이 왈짜 후배들도 그럭저럭 계급장 순서를 지켜주는 게 읍 소재지 질풍노도들의 관례인 것이다.

그 순둥이 앞자리 선배들이 토닥토닥 장난 몸싸움을 벌이자 다른 교실에서 놀러온 병국이가 갑자기 끼어들어 싸움을 붙이는 것이다. 아무리 조무래기 그룹이지만 객지 바닥에 와서 토박이들의 강짜 싸움까지 붙이려는 건 너무 오버한 것이다. 그것도 다른 반 교실에서 말이다. 복도로 놀러갔다가 둘의 멱살을 끌고나오더니,

"지는 놈은 싸대기 다섯 대씩이다. 붙어!"

두 조무래기의 볼을 잡아당기며 으름장 놓는 것도 기가 막힌데 싸움을 붙인 다음 동영상 촬영을 시도하겠다는 게 완전히 강짜 계략이다. 겁쟁이 우창이 형은 차렷 자세로 진땀을 흘리다가 얼떨결에 주먹을 쥐기도 했으나 그 둘 중에도 키가 더 작은 봉구 형(전교

숨소리

5등)이 완강하게 저항했다. 병국이의 팔을 밀어내며 인상을 구겼으니 범생이의 자존감을 보여주는 것이다. 병국이는 잠시 어이없다는 표정을 짓다가 다시 우창이 형의 볼때기를 흔들며,

"셋 셀 동안에 엉겨 붙어. 하낫, 둘."

그러나 봉구 형은 끝까지 움직이지 않은 채 눈을 부릅뜨며,

"우린 그냥 노는 거야. 네게 싸움 붙일 권리는 없잖아. 동급생끼리."

말하는 순간 병국이가 봉구 형의 옆구리에 주먹을 먹이며,

"맞고 붙을래? 그냥 붙을래?"

그러나 봉구 형은 오른팔로 옆구리를 막으면서 아주 잠깐 팔뚝을 비비다가 매섭게 노려보며 여전히 기를 세우는 것이다. 병국이가 히쭉, 싸늘한 미소를 짓다가 느닷없이 발길질을 날리려 했다. 봉구 형이 한 발 물러서며 십자막기로 막고,

"나를 미워하지 않는 친구와 싸울 하등의 이유가 없어."

매섭게 소리치는 바람에 깜짝 놀랐다. 폭력에 굴하지 않고 의견을 주장하는 봉구 형 눈빛은 얼핏 김순구 선생을 닮기도 했다. 그래봤자 병국이는 원초적 폭력 이외의 뇌를 쓸 줄 몰랐으니 다시 귀싸대기로 화답하려는데 봉구 형이 손바닥을 밀어내며 다시,

"네가 아무리 키가 크더라도 동급생은 동급생일 뿐이야. 힘으론 이기더라도 그건 절대로 옳은 행동이 아니야. 더구나 여긴 내가 16년 동안 산 텃밭 소리읍이야."

작은 몸으로 날카롭게 노려본다. 그러더니 한마디 더,

"네가 나를 힘으로 제압하는 게 얼마나 갈 것 같아? 지금 당장 나를 이겨도 앞으로 50년 이상 긴 세월을 동창생으로 만날지도 모르는데 그때 날 어떻게 보려고 이러는 거야? 나는 그런 무식한 행동에 몸을 굽힐 수는 없어."

"우아, 무식이라네요. 싸가지 없는 아자씨."

그 옥신각신의 자리를 진수 형이 가로막았다. 특히 봉구 형의 '텃밭 소리읍'이라는 말에 자극을 받은 것 같다.

"그만해라… 니가 뭔데 남의 교실에서."

병국이의 눈에 불이 반짝 켜졌지만 막상 주먹을 날리지는 못했다. 초등학교 씨름부 출신인 진수 형 몸무게가 이미 90킬로를 넘었고 그 옆에서 불끈불끈 힘을 주는 또 다른 토박이 선배들의 힘이 들어간 눈빛도 조금은 부담스러웠을 것이다. 싸늘해진 복도에서 양쪽 패거리끼리 밧줄 같은 긴장감이 팽팽하게 지속되던 중 병국이가,

"아덜 교육시키는 데 날건달까지 우르르 끼어들고… 오늘이 소리 시장 장날인가?"

우창이 형에게 조인트 한 방 치는 척하다가 일단 발을 뺀 것이다. 소문이 퍼지면서, 나는 덩빠리 진수 형과 조무래기 봉구 형에게 동시에 높은 점수를 주게 되었다.

내가 먼저 맞짱 테이프를 끊어야겠다고 마음먹은 이유는, 뜨내

기에게 선배 대접을 할 수 없다는 게 첫째 이유이며 평행선으로 버티는 중이기 때문이다. 아무래도 내가 그들의 도를 넘는 행태에 제동을 걸어야겠다고 마음 먹은 것이다. 그랬다. 1년만 더 버티면 어차피 다시 자기네 고향으로 돌아갈 철새들에게 원조 토박이들이 1년 후배라는 굴레에 묶여 더 이상 당할 필요가 없는 것이다. 일단 생까는 포즈로 안면 몰수 작전이다. 양보하지 말자. 양보라는 게 착한 사람들에게 먹히는 것이지 양보한 만큼 깊이 들어와 양심을 점령하는 자들에게는 초장부터 밀리지 말아야 한다.

솔직히 농구부 전입생 무리가 2학년 후배들에게 먼저 자충수를 둔 면도 있다. 기껏 조무래기 싸움을 붙이거나 담배 삥이나 뜯는 행태가 시장 바닥 양아치 체질처럼 같잖아 보이는 것이다. 골목길 흡연 공간인 '할무니 만둣집' 앞을 통과할라치면 괜히 내 쪽으로 도넛 연기를 풍풍 날리다가 가래침까지 탯탯 뱉으며,

"저거 한번 손봐야 하는데."

뒤통수에 퉁방 놓는 자세도 도대체 선배로서의 위엄이 보이지 않는다. 그래도 일단 기다려줄 참이었다. 계급장 떼고 맞짱 붙자는 통보를 먼저 받을 때까지는 나이 한 살 더 많은 대우를 해주는 게 하급생의 도리다. 농구부 전입생들은 모두 합쳐봐야 열댓 명 이상 늘어날 수 없으므로 여기저기 불러 모으면 쪽수로도 버틸 만하다는 계산도 있었다. 나는 인근에서 질풍노도 주먹들을 쉽게 끌고 올 수 있지만 그네들은 경상도에서 여기까지 원정 팀을 부르기

가 어렵다.

노는 여자아이들의 헤픈 웃음도 문제였다. 도대체 얘네들은 속이 없는 여자들 같았다. 3학년 누나들은 그나마 졸업반답게 몸의 동요가 덜했는데 유독 2학년 치마 부대들이 호들갑을 떠는 게 참으로 싸구려 포즈다. 특히 직물공장 건너 동네 날라리 계집애들이 더 문제다. 갑자기 등장한 후리늘씬 머스마 집단에게 발꿈치가 허공에 한 뼘 이상 둥둥 떠다니며 환장한 표정을 던지는 것이다. 키다리 선수들이 헛둘헛둘 기마 부대 행진하듯 알록달록 유니폼 차림으로 운동장 라인을 돌면 단발머리 계집애들이 제비 새끼처럼 창틀에 조르르 매달려,

"그 오빠들 유니폼 입고 몸 풀기 행진하는 걸 보면, 아유… 경상도 사나이 악센트가 충청도 그랬슈우 말투보다 훨씬 머스마 같잖니? 허리도 유연하고."

"남자는 크고 어깨가 딱 벌어져야 해. 180센티 이하는 모두 루저야."

하지만 푼수 여자 패들보다 점령군 멀대 군단이 더 미운 것은 텃세일 것이다. 선자나 수니, 이슬이, 공주까지 모두 주근깨 터뜨리며 황홀에 젖을 때에도 여자애들이 미운 게 아니라 그네들의 후리늘씬한 체형들이 더 고까운 것이다. 그런데 민지까지 그쪽으로 눈길을 돌린 건 돌발 상황이었다.

민지는 1학년 때 부반장을 했고 2학년에 올라와서 또 여학생 부반장이 되었다. 전체 다섯 반 중에서 3등 안에 들었으며 교내 논술대회에서 우승을 한 범생이일 뿐 노는 부류와는 거리가 먼 학구파 소녀였다. 2학년이 되면서 가슴이 봉곳하게 솟아나면서 반반한 처녀 태가 나기 시작했는데, 언제부터였나, 전입생 농구부 경진이(3학년, 189센티)와 붙어 다닌다는 소문이 돌았다. 실제로 보기도 했다. 터미널제과점에서 사내아이와 계집아이가 이맛살 맞대는 장면을 분명히 보았다. 뚜레쥬르 케이크를 나누며 그 커다란 기럭지를 올려다보며 먹머루 눈빛을 나눌 때마다 그네들의 장밋빛 행복이 뭉텅뭉텅 쏟아져 나오는 것이다. 날라리들처럼 키스나 스킨십 따위는 없으리라 간곡히 장담하는데도 유리창이 파들파들 흔들렸다. 마음에 둔 게 아니더라도 질투는 존재한다.

아무튼 같은 반 농구부인 성칠이에게 내가 던진 미끼가 발단이 되기도 했는데 키다리 성칠이가 눈에 걸린 것도 민지 때문이다. 급식 시간 배식 대열에서 토닥거리던 민지가 앙칼지게 쏘아붙이는 소리다.

"내가 왜 변태냐? 미친놈."

"실미도 비디오 봤다매?"

"실미도만 보면 무조건 변태냐?"

"하는 것도 봤을 꺼 아냐? 딱 한 번 나온다. 우히힛."

검지와 중지 사이에 엄지를 찔러 넣으며 킬킬거리는 게 한심한 것이었다. 배식창구 뒷줄에 서 있던 내가 꿀밤을 때리며 머리카락을 잡아당겼다. 목소리를 깔고 조금은 점잖게,

"넌 영화 보면 맨날 빨개벗는 것만 생각하냐? 그것도 15세 관람가를 놓고. 국기봉 새끼."

거기까지로 딱 끝냈어야 했다. 머쓱하게 몸을 돌리는 성칠이의 귓바퀴에 입술을 바싹 대고 한마디 더 던진 게 문제였다.

"까는 소리 하지 말고 운동이나 지대루 해. 그리고 잠자코 바구니에 공이나 쏘다가 때가 되면 조용히 꺼지라고 해. 느네 문둥이 동네 자식들 괜히 선배랍시고 깝치지 말고."

귀를 잡아 흔들어도 꼼짝 못 하는 줄만 알았다. 그러나 성칠이가 합숙소 선배들에게 즉각 고자질했으므로 이제부터 내가 감당할 차례였다. 그들의 눈빛이 예전보다 확실히 강렬해졌다. 그러니까 나도 전투 준비를 갖춰야 했다.

오픈게임은 '할무니 만둣집' 꺾어진 골목이었다.

가로등 그늘에 숨은 중학생들이 담배 연기 날리다가 꽁초를 던지고 떠나가는 그 자리다. 그 만두 가게 할머니는 그냥저냥 넘어가곤 했는데 영감님은 밤송이 흡연족이라면 진저리를 치는 중이었다. 담배 피우는 것도 역겹지만 이 자식들이 아무 데나 꽁초를 버리는 바람에 담벼락 고추 모종이 아예 노랗게 바래버렸다,며 노발

대발했다. 전봇대 옆에 양동이 물을 채워놓고 '꽁초 좀 제발 여기에 버려라' 붙여놓아도 소용없단다. 학교에 항의 전화를 해봐도 선생이란 작자가,

"담배하고 연애질은 막아낼 방법이 없쇼."

혀를 차는 바람에 그냥 덩달아 똑같이 혀만 끌끌 찼단다. 바로 그 자리에서 내가 먼저 잽을 먹일 타이밍을 노렸다. 반대 방향인 쓰레기통 뒤쪽이 우리 2학년들 흡연 장소였는데 이미 그들이 자리를 잡고 있었다. '할무니 만둣집' 지나치기 직전에 내가 일부러,

"까고 있네."

작은 톤으로 슬쩍 길을 터보았다. 그들이 노려보면 재빨리 고개 돌려 딴전을 피우며 줄뻗데기처럼 줄까 말까 약을 올릴 참이었다. 아닌 게 아니라 개네들이 긴가민가 어리벙벙 표정으로 꼬이는 게 재미있어서 도발의 강도를 한 단계 높이기 시작했다. 그들이 못들은 척 고개 돌리면 일부러 가래침을 소리 나게 켁켁 뱉으며,

"뼈 삭는 줄 모르고."

깜짝 카운터를 던진 다음, 모르쇠 다른 쪽을 보며 쑹덩쑹덩 걸음을 옮겼으니 '히트 앤드 러닝' 작전이다. 당연히 농구부 3학년 세 명이 울그락붉으락 쫓아와서 다리를 걸었다. 병국이, 경진이, 또 한 명 이름이 기억나지 않는 밤송이 스타일까지 그물처럼 앞을 막았다. 여기서 물러서면 무조건 지는 것이다.

"바닥의 침보다 더러운 것들."

모두 키가 크다. 하지만 키다리들을 두려워하면 싸움꾼이 아니다.

"뭐라고 했어?"

목소리는 별로 위협적이지 못했다. 일단 쬐쬐 끄는 소리에 혓바닥까지 꼬이는 게 전혀 여유가 없어 보였다. 상급생에 대한 기본 예우로 지금까지 수동태 동작을 실컷 취해주었으니 이제부터라도 확실하게 원조 토박이의 능동태 포즈를 보여줘야 했다.

"성칠이한테 나를 쪼아버린다고 했다메. 면상에 대놓고 얘기를 해야지 왜 깔짝대? 거기가 청소부도 아니고."

선배에 대한 예우로 딱 절반만 까대는 것도 오늘까지다. 지금은 주먹이 날아오기 전에 쌍욕들을 적당히 조절하면서 기싸움을 벌이는 타이밍이다. 아무튼 오늘은 잽을 던지는 것만으로 만족하기로 했다. 용주는 골목길에 널브러진 각목까지 미리 보아두었다며 옆구리 찔렀지만 맛 뵈기 용 오픈게임에서 더 이상 에너지를 소모할 필요는 없다. 어깨를 낚아채자 용주도 게걸음치며 골목길로 딸려왔으므로 일단 그날은 아무 일도 없었다.

선전포고

자동차 경주 게임인 서바이벌 카트라이트는 마우스 조작이 헐

렁해서 스크린 접근이 쉬우니 초짜들도 마약처럼 수렁에 빠질 수밖에 없다. 쉽고 빠르다. 앉자마자 쓰리디(3D) 화면의 황홀경에 출렁출렁 빨려드는 게 영화보다 훨씬 스피드가 있다. 그 폭발적 소용돌이에 몸을 던지면 마치 자기가 프로게이머 챔피언 쟁탈전에 오른 듯한 승리감과 착각에 빠지는 것이다. 4차원 우주여행과 해리포터 스크린, 그 모든 소용돌이가 웅장하고 환상적이다. 우리 삼총사 역시 언젠가 용산 스타디움까지 출정해 수도권 원조들과 일합을 직접 겨뤄보겠노라 결의하며, 일단 피시방에서 기술 연마 중이었다. 순간 '뽕' 소리와 함께 핸드폰 문자가 뜬 것이다.

'다섯 시에 테니스장으로 나와라. 배광일, 오늘 죽인다.'

처음에는 누가 장난치는 줄 알고 발신자를 추적해 적당히 손을 봐주려 했다. 다시 살펴보니까 일부러 가번호를 친 게 아니라 원래 핸드폰에 저장이 안 된 미등록 번호였다. 그렇다면 농구부 족보인 '날아온 돌팍 선배'들이 틀림없다. 드디어 오랜 동안 기다리던 때가 온 것이다. 즉각 답장 문자를 날렸다.

'한판 붙자. 장소 날짜 상관없으니 니네가 정해.'

붙기로 마음먹었으니 끝장날 때까지 물러나지 말아야 한다. 안

붙는다면 모르되 이왕 판을 벌인 이상 확실하게 본때를 보여줘야한다. 피시방의 스크린 적군들이 팟팟 공중분해 되는 게 처음 조짐은 좋은 편이다. 삼총사 멤버 용주와 석화에게 이차구차 정황 설명을 한 다음,

"한 따까리 붙어야겠다. 구경이라도 하려면 오고."

운을 띄우자마자 즉각 합체를 결의하며 불끈불끈 게임방을 빠져나오니 우리는 의리의 삼총사이다.

합기도 유단자인 용주는 발이 공중에 뜬 상태에서 직각 회전으로 타격할 수 있다. 하지만 싸움꾼들은 발차기보다는 주먹을 신뢰한다. 발차기는 폼도 나고 한방에 케이오시키는 파괴력이 장점이지만 정확도가 약해서 되치기의 우려가 많다. 특히 태권도의 돌려차기는 준비 동작이 길어서 K-1의 재빠른 로킥에 번번이 당한다. 용주의 발차기는 그런대로 파괴력이 있다 치더라도 석화의 실전능력은 완전히 다르다.

석화는 무데뽀 깡다구 하나로 버티는 중이다. 그러나 골목 안쪽에서만 쟁쟁할 뿐 막상 시내라도 나가 뒷골목 실력대결로 붙을 때는 내세울 카드가 마땅히 없다. 그래도 몸 사림이 전혀 없는 악바리 근성인지라 근방 아이들은 함부로 건드리지 못하는 중이다.

6학년 때, 나와 맞짱 사태를 벌이던 그날도 그랬다. 일단 옷 속에 감춰진 '신체의 일부'를 끼워 넣은 욕설 열 가지 이상을 속사포로 퍼붓는다. 그 신체의 일부도 모두 짐승들의 거시기 단어라서 세

세히 분석할라치면 뚜껑이 터져서 1초도 들을 수가 없다. 모가지를 비틀어 당장 1분 만에 제압하려 했지만 석화는 다가설 때마다 '시발, 조발' 쏟아내면서 뒤로 몸을 뺐다. 나중에는 맥이 빠져서 그쯤에서 멈추려는데, 앗, 철공소로 뛰어들더니 해머를 질질 끌며 뛰쳐나오는 것이다. 잠시 긴장했던 구경꾼들이 와르르 웃음보를 터뜨렸다. 해머를 휘두르던 석화가 무게를 못 이기면서 아스팔트가 벌떡 일어나 뺨을 친 것이다.

그러니까 아는 얼굴끼리의 싸움과 뒷골목에서 생판 처음 보는 얼굴과의 싸움은 내용 자체가 다르다. 모르는 사람과의 싸움은 실력이 우선이다. 깡다구고 뭐고 일단 두들겨 패고 도망가면 그게 끝이다. 하지만 아는 얼굴과의 싸움은 역시 깡다구를 당할 수 없으니, 아무리 맞더라도 끝까지 대들면 결국은 상대가 항복하게 되어 있다. 질긴 놈이 이기는 것이다.

아무튼 깡다구 하나는 높이 인정해 친구가 되었고, 그날 저녁 용주까지 합쳐서 삼총사를 결의했다. 면도칼로 손가락을 따서 컵에 피까지 섞어 마셨으니, 우리는 피를 합체한 도원결의 몸뚱이다. 싸움판 동행 요청은 기본이고,

"일단 빨자. 구름 과자 한 대씩."

짜리몽땅 석화는 6학년 때부터 담배를 피웠고 그다음으로 용주가 중학교 1학년 어느 날 니코틴을 접수했으니 삼총사 중에는 내

가 가장 늦게 배운 셈이다. 성장기 흡연은 신체 발육을 억제시킨다는데 석화가 그것 때문에 키가 안 크는 게 확실하다. 여기서 멈춘다면 좀씨보다 쬐끔 더 큰 수준이지만 친구들이 해결할 문제는 아니다.

내가 담배를 처음 접한 자리는 열다섯 살 봄의 비닐하우스 안쪽인데 해마다 봄이 오면 비닐하우스에 후배들을 집합시켜 신고식 손을 보는 게 소리읍 중딩 선배들의 못된 통과의례요 악습이었다.

범생이나 찌질이는 일체 건드리지 않았는데 내 경우는 독보적으로 깡다구가 인정되어 특별대우를 받았다. 그네들이 함부로 건드릴 상황이 아니라고 해도 나 혼자만 집합 멤버에서 빠지면 그들의 체통이 서지 않으므로 기본 예우는 해주어야 했다.

일단 집합 호출에는 응해주었다. 솔직히 선배들의 체면을 세워줄 만큼 피차간의 묵계에 응해주었다는 표현이 옳다. 나를 제외하고 나머지 동급생들은 이미 선배들의 양아치 군기에 바싹 길들여져 있었다. 성칠이가 와들와들 떠는 모습을 보면 맞기도 전에 기절할 것 같아 애처롭다.

야구방망이 줄빠따 다섯 대가 기본 밥이다. 물론 동기생 일곱 명 중 나 혼자만 약하게 맞는 것에 대하여 아무도 이의를 제기하지 못했다. 기본 줄빠따 실습이 마감되면 만만하게 찍어둔 인물 몇 놈만 따로 골라 2차 몸 풀기 작업으로 이어졌다. 어차피 나는 열외였고, 석화 역시 혼자만 표적 구타를 당하면 막판에 기습 발작할 우려가 있으므로 적당히 시범만 보여주었다. 천상 국기봉 성칠이가 주요 타깃이었다. 국기봉이란, 키가 크고 바싹 마른 애가 머리통까지 작아서 붙인 별명인데 성칠이한테 딱 어울렸다.

그렇게 만만한 홍어젓만 몇 골라 희생양 삼아 아작냈다. 열중쉬어 자세를 시키고 각목으로 가슴팍을 스무 대쯤 집중 타격했다. 나머지는 오토바이 자세로 지켜봐야 하고 나도 차렷 자세는 취했으니 선배들의 기본 체통은 세워준 셈이다. 한바탕 푸닥거리가 끝나자,

"야, 한 대씩 품어."

동훈이 형이 소주 뚜껑을 이빨로 따서 종이컵에 따르더니 디스를 한 개비씩 돌렸다. 그때 나도 처음으로 담배 연기를 들이마셨다. 봄동 파랗게 싹 틔우는 비닐하우스가 뿌연 연기로 채워지면서 매캐한 물방울이 뚝뚝 떨어졌다. 연기 배인 물방울이 콜타르처럼 찐득거렸다.

'19세 미만 청소년에게는 판매할 수 없습니다. 청소년에게 담배 판매는 불법입니다.'

마지막 가게인 아리랑슈퍼 할머니가 벌금을 먹은 후로 소재지 일대에서 미성년자 담배 판매 통로가 딱 끊어질 줄 알았지만 어디든 구멍은 뚫려있게 마련이다. 우리들이 개발한 구멍은 삐꾸 형을

통한 유통 구조다. 삐꾸 형은 목이 5도 가량 휘어져 있는데다가 머리도 많이 딸렸다. 6학년 때까지 구구단을 외우지 못했는데 신기하게도 푼돈을 밝히는 뇌만큼은 제법 쓸 줄 아니 어른들 말로는 굶지는 않을 팔자란다. 그게 그의 생존법인 동시에 치명적 약점이었다. 달포 전 고삐리한테도 차렷 자세로 얻어맞았으니, 나이만 스물세 살일 뿐 골목 족보 서열에도 낄 수 없는 기생족보이다. 지금은 시장 통 언저리만 빙빙 돌며 주로 중고생들 담배 심부름 값으로 용돈벌이 중이었다.

그러니까 이천 원짜리 디스 다섯 갑을 사기 위해서는 만천 원이 필요했다. 배춧잎 한 장은 담뱃값이고 천 원짜리 한 장은 삐꾸 형에게 주는 팁이었다. 돈이 모자라면 오백 원도 주고 어떤 때는 이백 원만 줘도 열심히 몸을 팔았다. 남자들뿐만 아니라 노는 여자아이들까지 삐꾸 형에게 대놓고 심부름을 시켰다. 말은 필요가 없었다. 그냥 담뱃값에 동전 몇 개 얹어주면 총알처럼 다녀오니 터미널 근방 마트에서도 'A급' 고객이었다. 그 돈으로 중고생들이 단골인 피시방에서 죽치며 날을 때웠다. 그건 별 문제가 아니었지만.

테니스장 대결은 일대일 맞짱이 아니었다.

고즈넉한 철망 뒤로 시커먼 추리닝 그림자들이 쿵, 쿵, 쿵 등장하는 것이다. 우리 편 삼총사로서는 무소 떼처럼 몰려오는 열네 명의 경진이 패를 감당할 수 없었다. 그 엄청난 쪽수를 보며 나도 모

르게,

　"나, 정말 새 됐네."

　가수 싸이의 노래 가사가 저절로 튀어나왔다. 싸이는 머리통 큰 남자이지만 박력 있는 에너지 맨으로 가요계를 잡아먹었으므로 내가 존경하는 인물 중 한 명이었다,

　아무튼 이번 싸움에서는 나 혼자만 쫄지 않았고 나머지 친구들은 평소와 다른 모습을 보여주었다. 덩치 맨 용주가 내 손을 붙잡고 와들와들 떨더니,

　"광일아, 내 말 들어봐. 앞으로 내가 너 시키는 대로 다 할 테니까 오늘은 일단 피하자. 응."

　그렇게 담벼락에 붙어 하얗게 질렸으니 바닥을 보인 것이다. 깡다구 맨 석화까지 플라타너스 그늘로 자취를 감추었으니, 드디어 나 혼자만의 기회가 온 것이다. 괜찮다. 위기가 기회가 되는 것이다.

　마주 서보니 경진이의 몸은 과연 길었다. 키다리 상대는 입식 타격으로는 아무래도 불리하니 접근전을 펴야 한다. 머리로 턱을 받아 중심을 흔든 다음 다리를 당겨 넘어뜨리고 그라운드 상태로 파운딩을 날려야 승산이 보인다. 그래봤자 일대일 맞짱 이야기고 쪽수 앞에서는 백약이 무효가 된다. 그러거나 말거나,

　"불렀냐?"

　가슴을 바싹 들이밀고 강렬하게 쏘아보았다. 100프로 깨질 거

라는 건 알지만, 아주 잠깐 멈칫하는 경진이의 표정을 재빨리 낚아챌 수 있었다. 순간 15 대 1로 돌림빵 하더라도 장기적으로는 밑질 게 없다는 판단이 들었다. 어쩔 수 없다. 이런 때는 다구리 친 놈들이 창피한 꼴이 되도록 장렬하게 깨져줘야 한다. 아무리 맞더라도 한 놈만 붙잡고 지독하게 패야 한다. 한 방이라도 쳐봐야겠다는 생각으로 '하나, 둘' 쉼 호흡을 끝내자마자 선빵을 날렸다. 아차, 빗나갔다.

경진이가 허리를 돌려 피하는 찰나 나는 옆구리를 잡고 쓰러졌다. 누군가의 옆차기를 시작으로 주먹과 발길질이 우박처럼 쏟아지는 것이다. 이제 모든 계산이 불가능하다. 산지사방 날아오는 피스톤 매타작을 고스란히 받고 곧바로 팥죽이 되었다. 그 와중에도 경진이의 팔목을 놓지 않고 연신 주먹을 날렸다. 한 놈만 죽이는 것이다. 그렇게 피죽이 되게 쓰러지면서도 팔꿈을 끙끙 일으키자 누군가가,

"안 떨어지네, 질긴 새끼."

발길질로 팔목을 걷어내는 바람에 바닥에 얼굴을 짓찧으며 피가 뚝뚝 터졌다. 각목이나 벽돌에 찍히지는 않았으므로 나는 최소한 죽지는 않을 거란 확신을 했다. 바닥에 쓰러진 채 만신창이 된 손가락질로,

"다이다이로 붙자. 떼로 덤비지 말고. 양아치 싸움이냐?"

테니스장을 엉금엉금 기어 나왔다. 뽀드득뽀드득 이를 가는데,

이상하다, 욱신거리는 한편으론 몸이 홀가분한 것이다. 퍼렇게 부은 눈두덩이를 만지며 봄바람을 받는데 그득한 포만감까지 생긴다. 그렇다. 싸움에는 졌지만 내가 되갚을 구실이 확실히 생긴 것이다. 아카시아 하얀 꽃송이가 솜사탕처럼 치렁치렁한 유월이었다.

복수전

"진수 형…, 그 전봇대 새끼들한테… 니기미 팥죽이 되었네."
"…어쩔 수 없네. 붙자."

선배들도 아주 잠깐 고민에 빠지긴 했던 것 같다. 아무리 타지 출신이지만 그들 역시 같은 교실에서 매일 만나는 동급생을 적군으로 간주하긴 힘든 것이다. 패싸움을 붙은 다음 날 당장 같은 교실에서 얼굴을 마주해야 한다는 상황이 도대체 난감하므로 당연히 찝찝할 수 있었다. 가장 힘든 애들은 토박이 농구부 후배인 성칠이 같은 경우였다. 어느 편도 못 드는 박쥐 상태에 빠지게 되었으나 어차피 걔는 새우등 터지는 격이다.

아무튼 부들부들 떠는 목소리가 먹혔는지 토박이 선배들이 나의 번개 소집 요구에 동의한 것이다. 겨울 이후 졸업장만 따면 남남으로 헤어질 타지 출신 농구부들을 돌려놓고 우리끼리 뭉치는 쪽으로 결정을 내린 것 같다. 그렇게 거사를 한판 벌이기 직전 결의를 다지는 출정식을 벌인 것이다. 특히 진수 형이,

"날아온 돌들이 겁대가리 없이 '놓고치기'로 가지고 놀아요. 남의 집 안방에 들어와 식구들 싸움이나 붙이고 핸드폰이나 찍으려는 양아치 새끼들."

본토인들의 자존심을 촉발시키면서 두 주먹 불끈 쥐었으니 천만다행이다.

한때 내가 토박이 선배들과 관계가 불편했던 데에는 두 가지 이유가 있었는데 모두 2학년이 되면서 생긴 사태였다. 먼저 후배 군기 잡기 통과의례에 '참석하지 않겠다'고 거부 선언하면서 선배들과의 관계가 최악으로 치달을 뻔한 거다. 이유 없이 후배들을 때리는 관행이 진짜 싫었다. 해마다 봄이 되면 아무 구실이나 만들어 동네 후배들을 손보는 건달 행태들은 솔직히 삼류 양아치 티를 내는 것이었다. 선배들 역시 나의 일탈이 못마땅했으나 쉽게 건드리지는 못하고 체면치레로 겁주는 정도의 뒷담화만 쳤다. 나도 후배로서 기본 예의만 지켜주기로 했다.

또 하나는 친구들이 김순구 선생님을 괴롭힐 때 내가 끼어 든 일이다. 사립학교 특성상 선생님들의 전출이 전혀 없었는데 교단 경력 8년이 지나도록 여전히 가장 만만한 선생님으로 자리 잡는 모습이 안타까웠다. 아이들은 학기 초에 선생님들의 간을 보면서 무서운 선생님 앞에서는 옴짝달싹 못 하다가 착한 선생님만 괴롭

히는 비겁한 조무래기 행태를 보이곤 했다. 중간고사 국어시험 시간에 선생님이 문제지 출제 문항을 점검하러 교무실을 노크했을 때도 그랬다. 정확하게 열세 명이 우르르 무더기 질문 공세를 편 것이다. 시험문제에는 전혀 관심이 없는 무뇌아 럭비공들이 소위 '질문 골탕 작전'의 패거리가 되는 게 괘씸했다.

"출제된 문제 중 혹시 질문하실 사항이 있으신가요?"

아이들은 기다렸다는 듯이 우우우 틈새를 때리기 시작했다. 마침 시험 감독도 강철병(61세)할아버지 선생님이라 만만했는지 완전히 릴레이 질문 폭탄을 터뜨린 것이다.

"선생님 7번 문제 이해가 안 가는데요."

그러면 김 선생님이 갸우뚱하면서도 그 자리에 찾아가 쪼그려 앉은 채 조근조근 설명을 해주었다. 그게 오픈게임이었고,

"9번 문제도 안 보여요."

생뚱 질문으로 연결하면 또 선생님이 바싹 다가가 소곤소곤 설명해주는 것이다. 그러면 다른 애가 또다시,

"17번 문제는 안 배운 건데요."

"19번은 답이 두 갠데요."

"21번 답 쓰는 칸이 없어요."

답 쓰는 칸이 있다고 손가락으로 짚어주면 나머지 수두룩들이 각다귀 떼처럼,

"문제가 너무 어려워요."

"아니요, 너무 쉬운뎁쇼. 우히히."

"샘, 몇 점 이하만 때릴 거예요? 제자들의 질문에 대답 안 하시는 건 우릴 무시해서 그런 거죠?"

나중에는 아예,

"뭐 먹어서 그리 못 컸어요? 내가 열한 살 때 키."

있는 말 없는 말 지어내 선생님을 곤혹스럽게 만드는데, 내가 열통을 빵 터뜨리며,

"아가리 닥쳐! 엿같은 선배들한테 이상한 것만 물려받아가지고, 병신 새끼들."

낮은 소리로 제지시키자 모두 얼어붙은 듯 침묵을 지키는 선에서 끝이 났다. 선배들 역시 김순구 선생님을 가지고 놀았던 소문을 꼬집는 것이다. 물론 서른세 살 그때부터 마흔 한 살 지금까지 김 선생님은 한마디도 야단치지 않고 정성스레 답변해주셨다. 그 이야기를 전해들은 나 혼자 속마음으로 '애들은 역시 맞으며 커야 한다'고 곱씹었을 뿐이다. 아무튼 내가 선배들을 씹었다는 소문이 퍼지는 바람에 불편하게 지내던 중, 그 옹매듭은 엉뚱하게 할머니가 풀어주었다.

어머니에 대한 기억이 없으나 지금은 그걸 말하고 싶지는 않다. 다만 우리 가족은 내가 철 든 이후 할아버지와 할머니, 큰삼촌 그리고 아버지와 나까지 다섯 식구라고 자연스레 생각했을 뿐이다. 그리고 아버지와 나는 따로 떨어져서 연립주택 후동에 사는 중이

숨소리

었다. 그러나 할머니가 맞은편 가게를 보면서 식사만큼은 모여서 했기에 가족 구성원에 대한 허전함은 없었다.

하루는 담배를 사러온 진수 형이 걸리고 말았다. 진수 형도 이웃 삼풍면에서 전학을 온지라 할머니가 얼굴을 모르는데 워낙 덩치가 커서 얼핏 청년으로 착각할 수도 있다. 마침 삐꾸 형이 보이지 않자 빵모자를 눌러쓴 진수 형이 성인인 척 담배를 구입해서 3학년들이 골목길에서 구름과자 흡입 중 경찰관에게 걸린 것이다. 신분을 속였던 학생들은 훈방으로 끝났는데 정작 속아 넘어간 할머니는 영업정지 일주일을 먹었다. 할머니는 한마디로 쿨하게 정리했다.

"애들은 그렇게 어른들이 하지 마라는 짓도 하면서 어른이 되는 거란다. 못 알아보고 판매한 주인이 잘못이지."

그 바람에 선배들은 할머니에 대한 인상이 아주 좋았다. 하루는 할머니가 경로당 어디쯤에서 손자를 손본다는 선배들의 소문을 들었는지, 진달래 빨간빛 허공에 번지는 사월 어디쯤 아예 날을 잡았다. 끼연 자리 찾아 비닐하우스로 이동 중이던 토박이 선배들을 붙잡아 우리 슈퍼로 불러들인 것이다. 파라솔 아래에 빵과 요구르트를 좌르르 풀어놓고,

"애들은 원래 느이처럼 몰래 담배도 피우면서 어른이 되는 거란다."

통 크게 우호적인 말씀을 한 번 더 던진 것이다. 럭비공들은 모

두 귀를 의심할 만큼 황홀해했다. 특히 짧은 치마로 허벅지가 훤히 드러난 계집애 수지를 가리키면서,

"열여섯이면 다 큰 어른이야. 옛날엔 시집가서 아기 엄마가 되었지. 나도 열여섯 소녀가 되면 저 애처럼 짧은 치마 입고 돌아다니고 싶다. 젊음이 부러운 거야."

그 소리에 사내 선배들이 배꼽 잡는 웃음을 터뜨리자 환하게 웃던 표정을 멈추고,

"한 동네에서 원한이 남으면 어른이 되어서도 오래도록 소원해진다. 느이들은 어른이 되어서도 명절 때 고향을 찾아올 거구 오래도록 만나야 하거든."

진솔이 뚝뚝 떨어지는 잔소리였다. 토박이 형들은 일단 차려진 밥상 축내는 데만 몰입했지만 그들 역시 불편한 벌집을 쑤시지 않아도 된다는 출구도 벌어놓은 셈이었다. 그렇다고 할머니와 내가 소통된 건 전혀 아니지만 일단 그런 식으로 바람막이를 해준 건 사실이다.

어쨌든 나와 선배들 모두 피차간에 편해졌고 그만큼 가까워졌다. 함께 나의 복수전을 벼르던 전사들이 모여들기 시작했다.

김진수, 소창호, 박동훈 선배 등 덩치 맨 여섯 명이 먼저 터미널 옥상에 도착했다. 곧바로 우리 동급생 삼총사 팀이 합세했으니 아홉 명으로 불어난 것이다. 플러스알파로 이웃 성산중학교 주먹 랭킹 셋을 부르면서 열두 명이 채워졌으니 축구선수보다 한 명이 넘

친다. 원정 온 성산중 태복이네 팀 세 명은 모두 시내 격투기 케이원 체육관 소속이므로 저마다 하이킥 필살기가 하나씩 있다. 또 있다. 생물 선생 아들인 영식이 형도 나타났다. 태권도 초단이지만 실전 경력이 전무한 소위 그라운드 스파링용인데 그냥 머릿수라도 채워주겠다며 동참한 것이다. 아무튼 태권도 검은띠 자체만으로도 든든한 한몫이므로 의기가 충전되었다. 곧바로 김억만과 노진찬의 이름을 합친 '엉망징창' 축구팀이 옥상으로 합세하면서, 아군과 적군의 숫자가 똑 같은 열다섯이니 다이다이로 꽉 맞춰진 셈이다. 그 빵빵한 모습들, 쳐다만 봐도 아, 배가 부르다. 이젠 움직이기만 하면 된다.

진수 형은 괴력의 들배지기 장사이지만 동작이 느렸다. 그래도 '걔네들이 전학 올 때부터 가슴이 설렜는데 그게 오늘의 거사를 위한 거라'며 오리지널 싸움꾼 기질을 보였다. 그렇다. 패싸움에는 덩치 큰 인간 몇이 버텨주어야 맞보기가 든든하다. 창호 형은 동작이 빠른 게 장점이지만 도망칠 때도 선수급이다. 아무튼 질풍노도 열다섯이 똘똘 뭉치니 어깨 근육 빵빵으로 옥상 벽돌들이 뽀개질 듯 열기가 푹푹 올랐다. 자, 이제 시작이다.

터미널 옥상이 꽉 차면서 영화 '말죽거리 잔혹사'만큼의 흥분으로 유리창이라도 와장창 깨고 싶을 정도로 흥분되었다. 내가 북북 갈며 선두에 섰고 나머지 왈짜들이 우르르 계단을 따라 내려올 진짜 무슨 일이든 터트리지 않으면 큰일 날 것만 같았다. 시내를 활보하던 고등학교 형들이 그랬을 것이고 농구부 전입생들 역시 이 방의 소도시 골목골목 어깨를 흔들며 이런 기분을 내었을 것이다.

문제는 피죽으로 망가진 내 얼굴이 너무 무시무시한 것이다. 피를 닦아내었을 뿐 멍든 자국과 흉터만 봐도 흉물 그 자체이다. 노래방 계단에서 우연히 마주친 날라리 여자 선수들조차 감히 '얼굴이 왜 그래?'라고 묻지 못했다. 민지도 마찬가지다. 붓고 멍들고 찢어지고 밤텡이가 된 내 얼굴을 보며 화들짝 놀랐지만, 눈길이 마주치자마자 재빨리 외면했다. 그러거나 말거나 우리는 한판 붙는 용감무쌍 질풍노도다.

할머니 가게에 출정 소식을 일러바친 건 민지가 틀림없을 것 같다. 다급한 잰걸음에 할머니가 화들짝 놀라 큰삼촌에게 알렸을 테고 큰삼촌이 아버지 쉬는 시간에 맞춰 핸드폰을 친 게 순서였을 것이다. 지금도 궁금하다. 민지의 고자질은 누구를 위한 것이었을까.

각목 출정으로 운동장에 저벅저벅 발을 디딜 때 합숙소 저편으로 트럭 시동 소리가 어둠을 깨는 것이다. 일순 각목을 감추며 긴장한 채 동작을 멈추었다. 자객처럼 납작 엎드릴 즈음 다시 트럭 라이트가 반짝 터지면서 그릉그릉 신음을 토했기 때문이다. 계단으로 치고 올라갈 계획을 중지한 채 납작 엎드렸는데,

'아차, 우리 트럭이다.'

먼저 아버지가 내렸고 그 뒤로 불안하게 서성이는 큰삼촌의 가분수 체형이 나타났다. 아버지의 그림자를 감지한 순간 선배들이

자라목을 쏙 집어넣었다. 몸을 납작 움츠리거나 꾸뻑 인사를 하고 재빨리 몸을 감춘 것이다. 이제 아무 일도 벌일 수가 없다. 그동안 기를 모으고 힘을 보탠 모든 계획이 한 방에 깨졌으니 허망한 노릇이다.

지금이 자유당 시절인 줄

"광일아, 지금이 자유당 시절인 줄 아느냐?"

드라마 '야인시대'의 우미관 골목 주먹들이 튀어나오면 기가 죽었다. 김두환이나 이정재, 시라소니 등 식민지 시대 주먹들의 야사가 자유당까지 연장되는데 그중에서 시라소니가 가장 오리지널 야생 스타일이다. 김두환은 패거리의 오야붕이고 시라소니는 독고다이다.

시라소니는 버림받은 호랑이 새끼를 칭한다. 호랑이가 새끼들을 절벽에 떨어뜨리면 대개는 바락바락 기어올라 어미의 꼬랑지에 매달려 따라다닌다. 그러나 절벽에 오르지 못한 몸이 허약한 새끼들은 대개 다른 야생동물들의 먹잇감이 되는데 그때 허허벌판에서 살아남은 딱 한 마리 '레전드 즘생'이다. 그 시라소니가 탁구대를 단숨에 건너뛰어 상대방의 이마에 박치기를 먹이며 건달 서너 명을 간단하게 해치우는 걸 보면서 아, 감동을 먹지 않으면 그는 사내가 아니다.

아버지가 당신 아들만 점잖게 데려가려 했던 것은 그때까지 어둠에 가려진 내 얼굴이 보이지 않아서였다. 그 침착함은 한 방에 깨어졌다. 라이트에 비춰진 아들의 처참한 면상을 확인하는 순간 눈빛의 꾕음이 우당탕탕 쏟아지는 것이다. 우우우, 담벼락 바깥 검둥개들이 일제히 울음을 터뜨린 건 아버지의 눈빛에서 유리창 깨뜨리는 소음이 터졌기 때문이었다. 그리고 당신 혼자 합숙소 계단을 두들기며 난장을 쳤다.

이제 내 옆에는 아무도 남지 않았다. 의기양양했던 토박이 거사팀은 한 명도 빠짐없이 꼬리를 감췄으므로 어둠 속의 운동장은 실로 고요, 고요에 빠졌다. 그리고 나 혼자 철봉대에 기댄 채 합숙소에서 터지는 아버지의 고함소리를 감당해야 했다. 혼자서의 외로움이 그런 것일까. 솔직히 욱신거리는 몸의 통증으로 아무 생각도 들지 않았다.

20분 남짓 지났을까, 아버지 뒤로 김성일 감독이 따라왔고 그 뒤로 추리닝 차림의 농구부들이 한 줄로 서서 현관문을 빠져나오는 것이다. 그들은 테니스장 활극 스크린의 기세등등 표정을 쌍둥 감춘 채 파리하게 고개를 숙일 뿐이었다. 아버지가 내 얼굴에 손전등을 비추며,

"당신네 학생들 얼굴과 비교해 보시오. 똑바로."

아버지의 이글이글 끓는 눈빛 때문에 내 눈동자가 더 아프게 부

셨다. 김 감독도 처분만 고분고분 기다리지는 않았다. 다만 아버지에게 맞설 상황이 전혀 못 되므로 기(氣)의 저울질 중인 것 같았다. 일렬로 늘어선 선수들의 얼굴에 하나씩 플래시와 그림자를 겹쳐주며 보스의 카리스마를 지키려고 애쓰는 표정이 역력했다. 불빛에 반사된 농구부들은 당연히 얼굴이 말짱하고 오히려 반들반들 윤기까지 흐르는 것 같았다. 김 감독의 속마음으로는, 후배들의 하극상은 마땅히 응징해야 한다는 방침이나, 차마 겉으로는 표시를 못 내고,

"드릴 말씀이 없습니다. 이 자식들 진짜."

뒤통수를 쥐어박았지만 아프지 않게 때리는 것을 확연히 느낄 수 있었다. 농구부에게는 서슬 퍼런 표정을 던져주는 척하다가 아버지와 눈이 마주치는 순간 읍, 하고 고개 숙이는 두 얼굴을 동시에 보여주는 것이다. 어른이 되는 거란 그렇게 몇 개의 가면을 품고 하나씩 꺼내는 과정이리라.

"어릴 적부터 얼굴만큼은 단 한 번도 때린 적이 없소. 이게 손 한 번 안 본 아들 얼굴이오? 보세요."

다시 가쁜 숨을 몰아치더니 트럭 문을 열고 생수 한 통을 꺼내왔다. 울컥 치미는 울화 때문에 숨을 고르지 못하는 거라고, 나는 판단했다. 김 감독은 아버지의 눈길을 등허리 쪽으로 받으면서 농구부 앞으로 어슬렁어슬렁 걷다가,

"싸움 결과는 둘 중 하나밖에 없다. 뒈지게 두들겨 맞든가, 아니

면 신나게 때리고 나서 집문서 팔아 돈 물어주고 징계 받고 짤린 다음 감옥에 갔다가 평생 폐인으로 살아가든가… 새끼들아, 이게 좋냐?"

기실 그 목소리의 카리스마가 쇼라는 걸 눈치 챘지만 그런 대로 받아들일 수밖에 없었다. 선수들이 차마 고개를 들지 못하자 로봇 같이 딱 벌어진 어깨를 치렁치렁 흔들며, 낮은 소리로,

"느네들 위해서 전교생이 정성스레 쌀도 모으고, 돈도 걷고, 원정 응원도 나가는데 이러면 성원할 맛이 나겠냐?"

정성스러운 마음은 아니었지만, 전교생 모두 쌀 한 봉지씩 제출했던 건 사실이다. 그냥 내라니까 한 봉지씩 담아냈을 뿐인데 그나마 나는,

"배광일, 니껀 걱정 마."

용주가 즈이 집 쌀자루에서 한 됫박 더 퍼왔으므로 기실 쌀을 걷었던 기억조차 흐릿하다. 그건 그렇고,

"네놈들은 장차 태극마크 달고 올림픽에 출전할 거냐? 아니면 소리읍 터미널 반건달로 살아가면서 조무래기들 삥이나 뜯을 거냐? 이 새꺄, 너부터 얘기해봐."

"옛, 저는 반드시 태극마크를 달겠습니다."

경진이가 마치 훈련병처럼 절도 있는 목소리로 정답을 복창한다.

짝.

짝.

선수들은 김 감독의 가벼운 싸대기를 모두들 기꺼이 받아들였다. 분하고 원통하지만 거기서 종을 칠 수밖에 없었다. 아닌 게 아니라 싸움의 결말은 항상 '맞기 아니면 돈 물어주기'다. 그랬다. 아버지의 등장이 없었더라면 '박힌 돌과 날아온 돌'의 전설적 승부가 벌어졌을지도 모른다. 그리고 후폭풍으로 쌍방 모두 상처투성이로 치료비 실랑이를 거친 다음 집단 징계를 먹었을 것이다.

삼청교육대

그 별 두 개짜리 대머리 아저씨가 대통령이 되기 직전인 '국보위 의장' 시절이었다. 열아홉이었던 아버지 배송균이 그야말로 이름 모를 군 막사에 끌려갔고 'C등급'으로 분류되어 4주 훈련을 받게 된 것이다. 아무 잘못이 없었지만 불량한 포즈 때문인가 했단다. 공업고 3학년이던 아버지는 보일러공 현장실습을 끝내고 작업복 차림 그대로 포장마차에서 술자리에 합석한 게 전부일 뿐이었다.

친구 하나가 전봇대에 오줌을 누다가 철모 쓴 군인들에게 엉덩이가 차이면서 술기운을 빌려 대차게 반항을 한 것인데 그때까지만 해도 군인들이 그렇게 무서운 줄 까맣게 몰랐단다. 그들은 함께

술을 마신 일행을 검문하다가 아버지의 팔목에 박힌 담배빵 다섯 개를 보더니 이유도 묻지 않은 채 그대로 끌고 갔다. 그리고 지옥을 보았단다.

"으흠, 올해 여름은 국방부 신세를 좀 지겠군."

호송차에서만 해도 여유를 보이던 건달들도 훈련소에 내리자마자 바싹 꼬리를 내렸다. 바로 코앞에 총구가 겨눠졌고 여차하면 방아쇠를 당길 듯 검지손가락이 들어간 상태로 모두들 자라목을 쏘옥 집어넣었다. 동작이 느리면 대번에 개머리판과 곤봉이 날아왔다. 모든 동작에 익숙해지는 데 채 하루가 걸리지 않았다. 원산폭격, 피티 체조, 한강철교, 침상 위에 철모 깔고 구르기…, 시키는 대로 움직이는 로봇 노예가 되었다. 수련원 수칙도 단박에 외워버렸다.

수련원 수칙

넷 : 나는 주면 주는 대로 먹는다.

다섯 : 때리면 때리는 대로 맞는다.

여섯 : 개인행동은 일절 금한다.

하루는 열아홉 배송균 수련생이 마흔아홉 공석구 수련생과 맞짱을 텄으니 30년 차이의 주먹 대결이 벌어진 것이다. 날은 춥고

발이 시린 새벽녘에 중년의 사내가 배송균 수련생의 모포를 걷어 간 게 이유였다. 그렇게 두 수련생 모두 원초적 싸움을 벌일 때까지만 용감했다. 배송균이 상위 자세에서 공석구에게 타격을 날리려는 순간 등짝으로 곤봉 세례가 쏟아지면서 모든 게 끝이 났다. 그리고 육군 소위 곽문도 교관 앞에서 두 사람 모두 개새끼가 되었다. 배송균에게는,

"어린놈이 싸가지 없이."

싸대기를 날리더니 공석구 수련생에게는,

"나잇값 좀 해라. 미친 새끼야."

무릎 꿇린 상태로 군홧발 날리는 걸 그냥 지나쳤어야 했다. 얻어맞는 공석구 수련생의 표정에서 갑자기 돌아가신 아버지의 얼굴을 떠올린 것이다.

"중대장님. 저를 때리십시오. 어른에게 덤빈 제가 잘못한 겁니다."

진심으로 사과한 만큼 무시무시한 대가를 치러야 했다.

"안 그래도 어린놈부터 손봐주려 했다. 고맙다. 개새끼야."

가죽 장갑 귓방맹이 오십 대를 견뎌야 했던 그 때 기억이 수십 년 넘도록 악몽으로 남았다.

경기도 포천에서 4주를 받았고 조치원으로 장소를 옮겨 또 2주를 더 받았다. 아버지는 출소할 즈음의 인터뷰가 가장 부끄러웠다고 오래도록 회고했다. 하필 방송사의 마이크가 배송균 훈련병 입

에 닿았을 때에는 거의 제정신이 아니었다.

"새사람이 될 수 있도록 기회를 주신 정부와 대통령 각하에게 감사를 드립니다."

그랬다. 아무리 얼음 주먹이라도 군인들을 이길 수는 없었다. 직후 전두환 소장이 대통령이 되었고 세월이 또 빛의 속도로 흘렀다. 그리고 노태우와 김영삼, 김대중, 노무현을 거쳐 지금 대통령은 이명박이다. 재작년에 노무현 대통령이 부엉이 바위에서 뛰어내렸던 일이 나한테는 가장 쇼킹한 사건이다.

투석

격주 일요일로 쉬는 정비소 휴업일이었다.

아버지와 함께 오래전 영화 '실미도'를 보는 중이었지만 재탕, 삼탕의 지루함은 손톱만큼도 없었다. 그러니까 재미있는 영화는 뭐 한 장면이라도 빼먹을 틈새가 없는 것이다. 북파공작원들의 지옥 훈련, 생식기 표기 욕설, 막장 사내들의 독기와 번뜩이는 주먹질까지 스릴과 서스펜스로 빈틈을 찾을 수가 없었다. 지옥의 전사 숫자는 남파공작원 124군부대 김신조 일당과 같은 서른한 명으로 맞췄단다. 오로지 '김일성 모가지 따기'만 아로새기는 설경구 외 서른 명 모두 막장의 사나이들이다. 그리고 인간 병기로 개조되기 위한 지옥 훈련으로 독기를 투입받는 중이다. 때리는 배우도 멋이 있고 두들겨 맞는 배우도 멋진 포즈다. 지금은 아버지와 함께 시청 중인데.

화면 밖에서 가쁘게 넘어가는 숨소리가 자꾸 들렸다. 처음에는 찌이찌 화면 끓는 소리인 줄 알았는데 아버지의 얼굴에서 비지땀이 좌르르 흐르는 게 수상했다. 나는 아버지가 그 옛날 삼청교육대 체험과 실미도 화면을 동일시하며 공포에 젖은 걸로 생각했다. 그래서 고개를 돌리지 않은 채,

"숨이 왜 가빠? 누가 따라오는 것도 아닌데?"

슬쩍 던진 말이었다. 그런데 평소와 다르게,

"영화나 봐! 헛소리 그만하구."

쌍둥 자르며 화를 내는 것이다. 일그러진 표정도 평소와 다르게 수상하다. 지옥의 전사 설경구가 부대장 안성기에게 총을 겨누는 화면이었다.

"당신의 임무는 우리를 평양에 보내는 겁니다."

부들부들 떨며 울부짖는 순간이다. 그러자 냉혈 인간 안성기가,

"나의 임무는 이제 너를 죽이는 거다."

차갑게 응수하며 권총을 뽑는다. 둘 중 하나는 죽어야 하는데, 지난번에 본 기억으로는 설경구가 먼저 방아쇠를 당겼던 것 같다.

그때 아버지가 한심하다는 표정으로,

"내가 일부러 이렇게 숨을 쉬겠냐?"

"아, 모…."

말대꾸하려는데 갑자기 목이 막힌 건 아버지의 얼굴에서 처음 만난 음울한 그늘 때문이다. 평소 '시발' 소리까지 넘어가 주던 아버지였지만 지금 표정은 뭔가 다르다. 10분 남짓 침묵의 시간이 깊고 어둡게 흘러갔다. 영화가 끝나자마자 아버지가 내 손을 잡아당기는 바람에 섬찟한 불안감이 이마를 딱 때리는데,

"아빠가 십오 년 전부터 투석을 해왔거든. 이틀에 한 번씩."

"투석? 돌 던져? 큰삼촌처럼?"

도리질 치다가 그냥 내가 먼저 고개를 푹 숙였다. 아버지의 나약한 모습이 처음은 아니다. 나이를 먹으면서 '아버지의 산'이 그렇게 조금씩 낮아지는 중이었다.

날개 꺾인 천재, 큰삼촌의 그 투석인 줄 알았다. 가분수 체질답게 어렸을 때부터 천재 소리를 들었고, 고등학교를 장학생으로 마치자마자 명문대 철학과에 입학했으니 '개천에서 솟아오른 용'이었다. 아버지는 큰삼촌의 뒷모습을 오래도록 반복하며 회상했다. 큰 가방을 메고 서울행 버스를 타는 대학생 동생의 뒷모습이 떠오를 때마다 가슴이 벅차올랐단다.

그러나 대학생 배지를 단 지 반년 후 큰삼촌은 집안의 기대를 깡그리 날려버린 큰삼촌이다. 무슨 사상 서적과 사상 동아리를 접하면서 투석전(投石戰)에 몸을 던진 것이다. 머리통이 실제로 금이

간 철학도 출신 큰삼촌 얘기는 따로 풀어도 한 보따리다.

신입생 초기에는 '분단 시대 한반도 젊은이'란 문장을 되뇌면서 눈시울 적시곤 하는 모습이 감동적이었다. '이 어둠을 사르는 불빛이 되기 위해 우리 모두 일어서야 한다'고 결의를 보일 때는 어린 나까지 두 주먹 불끈 쥐어졌었다. '독재 타도', '인간 해방', '군중들의 함성' 같은 문자를 말할 때까지는 그냥 용감한 학생인 줄만 알았다.

안타깝지만 거기까지만 나의 존경을 받았다. '독재 타도' 스크럼을 밀고 가다가 바퀴벌레 전경 군단과 대치되면 으레 투석전으로 이어지던 그해 유월이란다. 대통령은 전두환, 그리고 86아시안 게임을 앞두고도 대학가의 시위는 끊어지지 않았다. 대학생과 전투경찰이 최루탄과 화염병 공방전으로 팽팽하게 맞서며 같은 조국 젊은이끼리 '잡아라, 죽여라' 날선 눈빛 번뜩였단다.

큰삼촌은 시위 도중 어디론가 끌려갔다 다시 돌아온 후 사람이 완전히 이상해졌다. 그때까지 나는 고문 후유증이라는 단어를 전혀 이해할 수 없었다. 그러나 눈동자의 초점이 흐려지면서 몽상에 빠지기 시작한 건 고문 후유증이 아니라 독서 후유증 같았다. 그는 병원에서 나오자마자 이상한 책들만 골라 닥치는 대로 독서에 빠지면서 완전히 맛이 갔다. 뭉크의 '절규'에 나오는 앞자리 인물처럼 주먹만 한 눈알을 동굴처럼 음습하게 벌리는 포즈가 시초였다. 그 후 혼잣말이 시작되었다.

"최초의 인간은 누구였을까."

혼자 중얼거린 다음,

"1억8000만 세대 전의 물고기부터 시작된다."

자문자답하기도 했으니 옆의 사람이 어리둥절 대꾸할 틈도 없었다. 바퀴벌레가 인류의 가장 오래된 조상이었다든가, '저 깊은 원시의 DNA에 따르면 이 세상의 모든 동물이 친척이라'는 주장도 강변했으나 아무도 듣지 않았다. 철저히 혼자였다. 저수지 끝 물가에 서서 '수평선 저쪽 끄트머리에 서 있는 누군가와 대화 중'이라며 하염없이 주저앉던 세월도 지냈다. 이 세상에서 가장 착한 사내가 그렇게 천덕꾸러기가 되었다.

지금은 다시 총기가 회복되는 중이었다. 언제부터였나, 40대 홀아비로 방구석에 틀어박혀 시를 쓰기 시작하면서 눈빛이 맑아졌다. 시인이란 그렇게 절망의 풍경도 희망으로 탈바꿈시키는 것일까. 큰삼촌의 땀에 전 베개에서 민들레 노란 꽃이 피는 문장의 마술도 보았다. 아스팔트 균열 사이로 신생아 맑은 눈빛이 방실거리기도 해서 가슴이 울렁거렸다. 무심히 버려진 언어들이 큰삼촌의 눈길을 받는 순간 울림을 주는 것이다. 그뿐이었다. 삼촌은 그냥 식구끼리만 아는 시인이었다.

삼촌의 투석은 그렇게 종류가 다른 것이었는데 아버지의 혈액 투석(透析)은 '거르다'는 뜻이었다.

콩팥의 기능이 완전히 상실되어 체내 불순물 제거가 어려운 경우에는 인공 반투막을 사용해 혈액 투석을 한단다. 몸의 피를 일부 뽑아 그 속의 찌꺼기만 걸러서 뺀 다음 깨끗해진 피를 다시 몸속에 집어넣는 과정을 뜻한다. 신장 기능을 대행하는 장치를 이용하여 혈액을 몸 밖으로 꺼내 노폐물을 없애고 전해질(電解質) 따위를 되돌려 보내는 치료법이라고, 인터넷에 나와 있다.

"사람의 몸에도 정수기 필터 효과를 내주는 기계 같은 과정이 있거든. 걸러서 깨끗한 피를 혈관으로 돌려주는 건데… 원래는 그게 콩팥의 역할이야. 내 신장이 제 기능을 못 하니까 치료를 받아야 하는데, 기계는 아무래도 인체만큼 정화를 못 해주니까 이틀에 한 번씩 투석을 받아야 한다. 지금은 핏속에 헤모글로빈이 적어지면서 산소 공급이 원래 정상 수치보다 모자라니까 숨을 몰아쉴 수밖에 없어."

평소 아버지답지 않게 애절한 표정이 가슴 아프다. 이해는 못 했으나 '이틀에 한 번씩'이라는 대목에선 더욱 기가 막혔다. 그러고 보니 우리는 기껏 동네 식당에서 외식이나 해보았을 뿐 가족 여행을 가본 적이 없었다. 어머니가 없어서인 줄만 알았는데 그게 아니라 '아버지의 투석'을 거를 수 없었기 때문이다. 생수병을 몸에 달고 다니는 이유도 신장이 독소를 제대로 못 걸러낼 때마다 혈액순환을 위해 물을 공급하는 것이고 그것조차 한계가 있으면 얼음물로 대체하곤 했다. 핏속의 헤모글로빈이 부족해지니까 산소 부족으로 이어지면서 평소에도 호흡이 짧아지고 정신도 흐려진단다.

나도 그렇게 인터넷 사냥에 빠지면서 '투석'을 공부했으나 지식만 늘어날 뿐 처방 방법이 없었다.

두 가지 생각이 머리를 때렸다. 먼저 어려운 인체 용어를 새롭게 각인하는 것이고 또 하나는 쇠해지는 아버지를 통해서 내가 철부지를 벗어난다는 절망적 깨우침이었다. 이제 그니의 숙여진 고개가 영원히 세워지지 못할 것이다. 어쩌면 내가 원하지 않는 순간 가장(家長)이 될지도 모르고 그렇다면 철부지 사춘기에서 빨리 벗어나야 한다. 그러나 고백의 충격은 나보다 아버지가 더 컸던 것 같다. 아들 앞에서 숨 가쁜 표시를 내지 않기 위해 가슴을 지그시 누르는 장면을 여러 차례 만나면서 깊은 소용돌이에 빠져야 했다.

'아버지의 몸에도 허약한 아킬레스건이 있구나… 에이스 파이터들도 질병 앞엔 깨갱이구나. 이런 거는 사람이 노력해서 해결할 수가 없는 건가.'

나의 일탈과 무관한 불행이 있다는 걸 처음 알았다. 또 있다.

'화를 주먹 싸움으로 풀면 안 되는구나.'

처음으로 질풍노도 액션의 행보를 아프게 반성했다. 그리고 목숨을 건 열공에 빠지겠노라며 터미널 2층 성지학원에 다시 등록했다. 여섯 살부터 다녔으니 새로 바뀐 원장보다 훨씬 오래 다닌, 그 학원 수강이 일주일 만에 깨져버린 이유도 또 아버지 때문이다.

사동고개 커브길에서

배송균 상병의 몸의 지각(知覺)이 터진 것은 대대 ATT 훈련 도중 갑자기 쓰러진 원인이 신장 이상으로 밝혀지면서부터였다. 군의관들까지 모두 죽는다고 했단다. 결국 육군수도병원에서 할아버지의 신장을 떼어내어 이식수술을 받았으니 '부성의 순애보'다. 그렇게 기적적으로 목숨을 건졌고 의가사제대를 했으니 아주 위험한 순간만큼은 벗어난 줄 알았다. 문제는 이식한 신장이 원래 노인의 장기이므로 금세 노화가 시작된 것이다. 그게 아버지의 신산고초가 되었다.

이산 자동차 정비소에서 고모부와 동업을 했는데, 퇴근 후 대전의 대학병원까지 직접 운전해서 투석을 받고 다시 소리읍까지 돌아오길 십 년째 반복이란다. 정화 기능이 상실된 몸에 혈액투석을 위해 이틀에 한 번씩 왕복 세 시간을 운전했으니 고된 운명의 일상이 끝도 없이 반복되는 것이다. 장애등급자를 위한 무료 치료 시스템도 있긴 했지만 서울까지 원거리 통행이 불가능하므로 차악을 택한 것이었다. 하지만 중년의 가장이었던 아버지로선 울 수 있는 공간이 없었고 또 혼자서 견뎌야 했다. 그걸 얼떨결에 아들에게 고백을 한 다음 절망에 빠진 것이다. 그날도 투석 시간을 대기 위해 가속페달을 세게 밟은 게 치명적 화근이다.

'소리→기산' 방향의 내리막 커브 길인 사동고개는 당연히 운전자가 조심해야 하는 코스였다. 야산을 허무는 고속도로 작업 이후 사양길에 접어든 구(舊)도로 휴게소 앞길은 적막하고 음습했다. 계곡의 물안개까지 차고 올라와 수시로 시계가 흐리고 음습해지는 그 자리였다. 하필 그날은 가로등까지 고장 나서 조명도 너무 흐렸다. 내리막 커브를 돌던 순간 고라니 한 마리가 뛰어들었다. 고라니는 수풀 속으로 자취를 감추었고 아버지가 재빨리 핸들을 꺾은 쪽은 아득한 벼랑 끝이었다.

나 혼자 빈 방에서 곰플레이어로 '아마존의 눈물'을 다운받아 보는 중이었다. 아마존 토종 밀림족들은 아프리카 흑인들과 달리 아예 홀라당 벗고 살았다. 예전의 논픽션에서 만난 원시 부족들은 아랫도리 사타구니만큼은 표주박으로 가리거나 모자이크 처리를 했었는데 생태 드라마의 아마존 원주민들은 남녀노소를 불문하고 실오라기 하나 걸치지 않은 새까만 맨살이었다. 처음에는 아주 요상했는데 나중에는 그 오리지널 맨살이 자연스러웠다. 사타구니 거웃이 드러나는 민망함보다는 늪 속의 맨몸 사냥에 더 조마조마 흥미가 당겼다. 딱 한 가지, 아마존 원주민들은 입술 아래 턱 밑에 구멍을 뚫고 '뽀뚜루'를 매달고 사는 것이다. 처음에는 원숭이 뼈로 턱을 뚫었고 자라서는 그냥 흙탕물에 닦아서 다시 끼우는데 그렇게 달랑달랑 달고 다니는 나무 막대기가 아주 위험해 보였다. 원주민 여자 하나가 불룩 나온 배를 어루만지며,

"보름달이 세 번 뜨면 아기가 나와요."

라고 말하는 자막까지 읽었는데, 그 순간 전화벨 소리가 따르릉 울리는 것이다. 여느 때 같으면 받지 않고 그냥 곰플레이어 화면에 빠질 수도 있는데 그날따라 왠지 자동차 경고음처럼 때리는 수화기 쪽으로 손이 움직여지는 이유를 알 수가 없는 것이었다. 할머니다. 이상하다. 오늘 따라 왜 전화벨 소리가 소방차 사이렌처럼 요란스러울까?

"느이 아버지… 사고 났다."

쿵.

터널처럼 음습한 침묵 속에서 늘어진 테이프처럼 풀려나오는 할머니의 목소리를 알아들을 수가 없었다. 일단 볼륨을 완전히 죽였다. 벙어리 화면 속에서 발가숭이 여자들이 원숭이 목에 대창을 쑤시는 중이었다. 그 무성 화면의 적막함에서도 할머니 발음이 자꾸 이빨 사이로 빠져나오듯 소통이 되질 않는 것이다.

"뭐라구? 다시 말해봐."

"오늘 못 들어갈 테니까… 혼자 밥 먹고… 있으라구."

벙어리 화면의 여전사가 튀어나온 원숭이 눈알을 통째로 끄집어내는 중이었다. 마찬가지였다. 맨살의 그미들이 넝쿨을 끊어 원숭이 대가리를 질질 끌고 오는데도 침묵의 수렁이 끝나지 않는 것이다. 나는 원숭이의 배를 가르는 장면에서 눈을 떼고 다시 수화기를 들었다.

할아버지는 한참 동안 핸드폰을 받지 않다가 아주 나중에야 간신히 통화가 되었다. 치렁치렁 늘어진 목소리였지만 침착하려 애쓰는 느낌이 역력한데,

"어떻게 됐다구요? 아빠가?"

"일단 끊어… 지금은 아빠를 살려야 하니까."

아차, '아빠를 살려야 하니까'란다. 섬뜩했지만, 좋은 쪽으로 믿으려고 더 이상 상상의 폭을 차단한 채 마음을 재빨리 돌렸다.

컴퓨터 게임을 하고 싶지는 않았지만 시내에 나온 김에 무심한 발걸음처럼 끌려갈 수밖에 없었다. 오랜만에 방문한 피시방에는 피를 나눈 삼총사들이 여전히 화석처럼 죽치고 있었다. 내가 마음을 잡고 학원수강과 동시에 발을 끊은 동안에도 삼총사 멤버들은 여전히 피시방에 등을 붙이고 살아온 것이다. 그네들은 휴일 맞이로 아침부터 밤 열한 시까지 컴퓨터에 빠지기도 했는데 최근에 스타크래프트에서 카트라이더로 바뀐 점이 다르다. 그 석고상 벗들에게 나의 공부하는 변신 포즈를 보여주는 게 제일 민망했었고.

집에 돌아와서도 큰삼촌의 굳은 표정을 놓친 것은 나 자신부터 워낙 피곤했기 때문이다. 어지럽다. 그래도 방에 들어가기 전에,

"연락 온 것 있어? 아빠 교통사고."

물으면서도 삼촌의 눈에 덮인 어두운 그늘을 깜빡 놓친 것이다.

"내일 삼촌이랑 병문안이나 가면 돼."

이상하다. 그날따라 큰삼촌이 아버지 대신 내 방에 들어와 자는 이유도 묻지 않은 것이다. 그저 삼촌이 먼저 이불 두 채를 나란히 깔아놓더니 오늘 따라 아버지 베개에 성경책을 올려놓고 담요를 덮는 장면에 갸우뚱했을 뿐이다. 마치 조그만 사람이 들어 있는 것처럼 담요가 뾰똑하게 솟아 있었다.

'삼촌이 또 이상해지셨나.'

그런 생각으로 잠을 청하는데 아버지의 이불에서 자꾸만 숨소리가 들리는 것이다. '새근새근'이 아닌 100미터 달리기 직후의 '헉헉' 거친 숨소리다. 그런 생각을 하면서도 자꾸 눈꺼풀이 내려와 일단 잠을 청했다.

아침을 먹자마자 대전행 직통버스를 타야 한다며 서두르는 것도 수상했다. 병문안이면 조퇴를 하는 게 상식인데 굳이 학교를 빠지라는 것이다. 어쨌든 삼촌 혼자 이빨을 딱딱 부딪치며 재촉하는 바람에 불안하게 따라갈 수밖에 없었다. 대학병원 병동 오른쪽을 비켜서 장례식장으로 돌아갈 때까지 아무 말도 물을 수 없었던 건 삼촌의 얼굴이 너무 굳어 있었기 때문이다. 그러다가 할아버지가 청심환을 들고 기다리는 장소가 영안실 앞이라는 걸 알아차리며, 아차, 무너지는 빙하처럼 '와르르' 환청이 쏟아지는 것이다.

"삼촌, 왜?"

그제야 삼촌이 손을 왈칵 움켜잡으며,

"형님이 돌아가셨어, 어제 저녁에… 미안해."

장례식장 바로 코앞에서 부음을 가르쳐주며 '미안해'라고 말하는 것이다.

"우리 아버짓!"

아, 아버지가 돌아가셨다. 희망이란 게 이렇게 쉽게 무너질 수도 있구나. 허공이 유리창처럼 쨍그랑쨍그랑 갈라진다.

"빨리 청심환이나 삼켜."

나는 삼촌과 할아버지를 밀어붙이듯 뿌리치고 안으로 뛰어 들어갔다. 그리고 사진틀에 담긴 아버지의 얼굴을 만났다. 하얀 국화 송이에 파묻혀 환하게 웃고 있는 아버지의 영정을 분명히 만난 것이다. 시나브로 감추려 했던 기우의 감정들이 모조리 현실이 되는구나. 모처럼 착하게 살아보려 작심했는데 시발, 나는 왜 어린 나이부터 엉망으로 깨지기만 한단 말인가.

"광일이 청심환 먹이라니깐."

할머니의 외침이 전혀 들리지 않은 건, 이제부터 다시 아주 나쁜 사람으로 변신할 작정이기 때문이다. 닥치는 대로 부수고 두들겨 패고 싶었다. 영안실을 순회 점검 나오는 의사와 간호사가 첫 타깃이 될 뻔했다.

"사람이 이렇게 쉽게 죽는데 병원이 왜 필요해요?"

장년의 의사는 일단 간호사를 막아주며 묵묵부답으로 표정을 관리하는데,

"내 앞에서 어떻게 죽었는지 똑바로 설명해 봐요. 의사가 왜 말

못해?"

일부러 눈을 부라리며 어깨치기로 들이밀었다. 금테 안경의 의
사는 무데뽀로 퍼붓는 럭비공 소년을 안쓰럽게 바라보다가 어깨
를 톡톡 두들기며 격려의 표정을 지으려 애를 쓴다. 힘을 내라나,
어쩌라나. 그러나 나는,

"놔요, 아프게 왜 때려?"

가슴이 아프다는 건 마음만 아픈 게 아니라 실제로 생살이 찢어
지게 아픔을 느끼는 것이다. '투석의 고통이 천국처럼 행복했던 추
억'이 되는 지금 현실이 죽고만 싶을 뿐이었다.

이번에는 보험회사 직원들이 눈에 딱 걸렸다. 장례식장 저쪽에
서 창틀에 기대어 즈이끼리 서류를 짚어보면서 미소를 짓는 것이
다. 완전히 조각조각 찢어버리리라.

"사람이 죽었는데 웃음이 나와요? 당신들은 시체가 다 돈다발
로만 보이냐구?"

달려들어 어깨를 밀쳐도 아무도 대응이 없었으므로 더욱 분이
풀리지 않는 것이다. 그들이 이글이글 끓는 질풍노도의 눈길을 피
해 계단 뒤쪽으로 사라졌기 때문에 나는 뒤통수에,

"빨리 꺼져. 아니면 대롱대롱 묶어버릴 거야."

그들이 종종걸음으로 도망치지 않았더라면 진짜로 작신 두들겨
팬 다음 창틀 바깥에 매달아버릴 작정이었다. 그러거나 말거나 할
아버지는 나의 소동을 일체 탓하지 않은 채 고즈넉이 다가오더니,

"화장을 할까. 아니면 묘지를 만들까?"

"…예?"

"무덤이 낫겠지? 가끔 찾아가 아버지께 안부를 물어야 하니까."

장례에서 가장 중요한 결정권을 나에게 주는 것이다. 그 찰나,

'이제 내가 매듭을 풀어야 하는 차례구나.'

그런 생각이 섬뜩하게 가슴을 때렸다. 비로소 살아남은 자의 책임을 떠올리며 몸에 쌓였던 노여움이 한꺼번에 빠져나가는 것이다.

아버지의 목소리

불과 두어 시간 남짓 사이에 화해의 풍경이 시작된 건 김순구 선생님의 등장부터였다. 그리고 이상하다. 나뭇잎처럼 작은 선생님의 손바닥에서 따뜻하고 축축한 기운이 자르르 전달되는 것이다. 노는 패들한테 '호구 선생'으로 개무시나 당하던 스승의 눈동자에서 이슬이 폭포처럼 쏟아진다. 그의 작은 몸에 기대고 의지하고 싶은 마음이 생긴 것도 처음 있는 일이다.

'내 옆에 아직도 사람이 남아 있는 걸까?'

하는 생각이 싸하게 파고드는데 이번에는 삼총사의 문상이 민지와 함께여서 더욱 뭉클했다. 할머니는 사내아이들을 대충 토닥

이더니 유독 민지만 오래 껴안고 손주 며느리 맞이하듯 등을 두들 겼다. 솔선수범 음식 수발을 자청하는 민지의 포즈가 더욱 새색시 같았는데 눈이라도 마주치면 재빨리 새초롬해질 뿐 더 이상 수다 는 없었다.

마침내 농구부 김 감독님이 병국이와 경진이를 대동시켜 조문 실에 등장하는 순간 사생결단 부딪치던 지난 화면들이 자르르 지 워져버렸다. 그때까지 경진이의 뻣뻣하게 굳은 몸이 부들부들 떨 고 있기에 오히려 내가 먼저,

"고마워요, 형."

어른들이 문상을 받듯 정중하게 손을 끌었다. 처음 붙여보는 '형' 소리에 감동을 먹었는지 굳었던 그의 몸도 따스하게 풀어지 더니,

"나쁜 기억은 남자답게 잊자. 오늘 같은 날."

'남자답게'라는 부분에서 특히 힘을 주기에,

"응, 사나이답게."

꽉 잡은 손목에 더 힘을 주면서 진흙탕 화면을 돌돌 말아 치워 버렸다. 민지와 경진이가 외사촌간이라는 사실을 나중에 알면서 껌딱지처럼 붙어 있던 찝찝함이 그렇게 해결되었다.

언덕길 오르는 장의 버스로 눈발이 우르르 몰려왔다. 창가에 얼 굴을 붙이는 순간 콧등이 시렸던가. 끝없이 모락거리는 수증기 늪 속으로 스팀 열기가 쏟아지면서 아주 잠깐 눈을 감았던 것도 같다.

불현듯 아버지가 찾아온 것이다. 언덕바지 소나무 둥치 아래에서, 투석의 짐을 벗어난 채 아들만 바라보는 표정이 그리도 고즈넉하다. 참으로 기다리던 아버지의 미소를 만났는데 더 이상 발끝이 떨어지지 않는 것도 이상한 일이다. 흐릿한 그림자 하나 자꾸 깊은 산속으로 사라지는 중이고 나는 '함께 가요' 소리 지르지 못한 채 발걸음만 종종거리는 것이다. 어디선가 많이 본 장면 같다. 그러다가 돌연,

"따라오지 마라."

한마디가 비수처럼 박힌다. 동시에 까마득한 세월들이 보자기 풀어지듯 한꺼번에 좌르르 쏟아진다. 비로소 과거의 늪에서 벗어나 홀로 서야 했다. 지금도 눈발을 만날 때마다 하관 사이로 차갑게 떨어지던 풍경이 서늘하게 겹치던 이유다.

작가의
말

―――――

　서해안 천수만에서 유년을 보냈다. 양지편 대나무 언덕으로 파도가 출렁거리던 바다는 리아시스식으로 촘촘해서 얼핏 저수지처럼 아담했다. 대부분 논두렁 밭두렁에 파묻히다가 농한기가 되어서야 갯바구니 들고 오그르르 바다로 나가던 풍경들이 아스라하다. 모든 마을마다 바다가 있는 줄 믿고 있던 유년이다.

　철 이른 객지 생활의 습성일까, 갯마을 향수병에 시달리던 사춘기를 보냈다. 원효로 골목길 자취방 앉은뱅이 밥상에 고개 박으면 원산도 어디쯤 갈매기 날갯짓이 끼룩끼룩 어깨를 누르는 것이다. 그 기억들이 활자로 박히던 것도 운명이다.

　성장소설의 배경을 착한 쪽으로만 뼈대를 맞추기도 했다. 깊은 밤, 모래밭에서 머리카락 쓰다듬던 이웃들의 하얀 이빨 떠올리며 아픈 상처를 아름답게 묘사하려 공을 들였던 것 같다. 『닭니』와 『꽃 피는 부지

깽이』그리고 몇 개의 출산물들이 대개 그랬다.

　문득 그 '착함'의 캐릭터가 바리게이트 되어 문장들을 가로막지 않았나를 떠올리기도 한다. 이제 그 틀을 바꿔야 할 시점이다. 일제강점기와 6·25전쟁 그 후 산업화 시국 전후의 아리고 시린 사연들을 전면에 배치하고 싶다. 권력자나 그 끄나풀들이 그랬듯이 민초들 사이의 그물망도 더 적나라하게 파헤치고 싶은 것이다.

　글판에 몸을 담은 지 수십 년.

　최루탄 연기 자욱하던 아스팔트 청춘들이 빛의 속도로 지나가고, 이제 초로의 시점이다. 그랬다. 소금 같은 글을 쓰고 싶었다. 상처 속에 피는 꽃이 가장 아름답다고 믿었던 젊음의 언저리 즈음이다. '민주주의와 빵과 통일과 사랑'의 문장으로 이 땅의 독자들을 감동시키고 싶었다.

　36년간 몸담았던 교단을 떠나니 몸이 새털처럼 가벼우면서도 허허로움을 감추기 힘들다. 국어교사라는 마크는 나의 업보이면서 삶의 자존이었고 우렁각시처럼 통장에 숫자를 찍어주었다. 상처를 받았고 싸우는 방법도 터득하면서 사람을 만났고 삶의 뼈대를 만들어주었다.

　등이 굽고 잇몸이 도미노 현상으로 허물어지던 몸의 변화에 익숙해졌다. 괜찮다. 번번이 조명을 피해가던 그늘진 일상도 기실 견딜 만하다. 지금껏 벗들의 후광으로 살아왔듯이 이 글들이 독자들의 사랑을 받기를 기대한다.

2019년 가을 강병철 모심